朝俞

木瓜黄 著

—我……没喜欢过人。
—我也没喜欢过人。

中国·广州

图书在版编目（CIP）数据

朝俞 / 木瓜黄著. —广州：广东旅游出版社，2021.9（2024.11重印）
ISBN 978-7-5570-2551-9

Ⅰ. ①朝… Ⅱ. ①木… Ⅲ. ①长篇小说－中国－当代 Ⅳ. ① I247.5

中国版本图书馆 CIP 数据核字（2021）第 161066 号

朝俞
ZHAO YU

著　　者　木瓜黄
出 版 人　刘志松
责任编辑　梅哲坤
责任校对　李瑞苑
责任技编　冼志良

广东旅游出版社出版发行
地　　址　广东省广州市荔湾区沙面北街 71 号首、二层
邮　　编　510130
电　　话　020-87347732（总编室）　020-87348887（销售热线）
投稿邮箱　2026542779@qq.com
印　　刷　北京盛通印刷股份有限公司
　　　　　（地址：北京市大兴区亦庄经济技术开发区经海三路 18 号）
开　　本　880 毫米 ×1230 毫米 1/32
字　　数　300 千
印　　张　8
版　　次　2021 年 9 月第 1 版
印　　次　2024 年 11 月第 10 次印刷
定　　价　39.80 元

本书若有倒装、缺页影响阅读，请与承印厂联系调换，联系电话 010-57735441

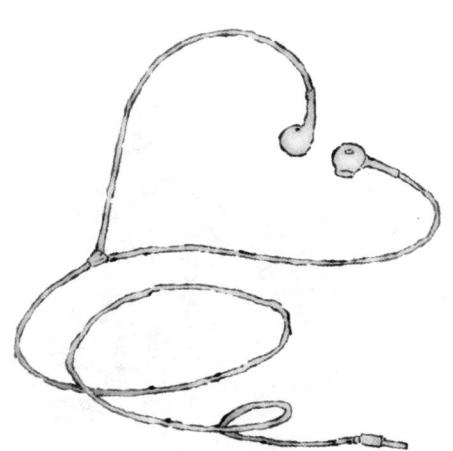

第一章	001
第二章	016
第三章	031
第四章	044
第五章	057
第六章	070
第七章	083
第八章	097
第九章	119

CONTENTS

CONTENTS

第十章
132

第十一章
146

第十二章
161

第十三章
174

第十四章
188

第十五章
202

第十六章
215

第十七章
229

第十八章
238

学霸相性三十问
248

r=a(1-sinθ)

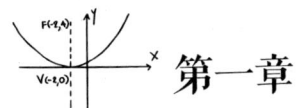 第一章

"下一站黑水街,准备下车的乘客请从后门下车。"

公交车从B市郊区出发,绕了小半个圈后缓缓拐进商业街,街道四通八达,行人熙攘。

语音播报员将这行字念得字正腔圆,这跟平常念的普通话还不一样,听上去像机器仿声,连尾音上调的幅度都显得刻意。

谢俞坐在最后一排的角落里,扭头望了一眼窗外炽热的阳光。

车内空调温度很低,但他还是觉得热。

公交车本来开得就慢,现在又被人流四面环绕,速度直接降成老爷车,正好碰到一个红灯,长长的车身剧烈晃动一阵,徐徐停下。

谢俞拿着手机,一边看窗外一边等对方接电话。

电话嘟了好几声终于接通,熟悉又嘈杂的声音钻出来,紧接着是一个女人的声音,她的嗓门更大,直接盖过了那片纷乱,豪迈又有点儿哑,不知道在跟谁吵架。

"谁知道那六车货什么时候能到!就没有个准信儿,那帮孙子成天推三阻四,一会儿说明天一会儿又说后天,时间变个没完,最后直接跟我说他们也不知道……"

谢俞平静地听那女人叫骂。

"催什么催!现在连电话都不敢接了,跟我玩失踪。也不出去打听打听,整个黑水街谁敢惹我许艳梅。"

眼看这话越说越难听,仿佛能吼个八百字小作文还不带停顿的,谢俞这才出声提醒对方:"梅姨。"

所有脏话瞬间消音。

许艳梅冲其他人摆摆手,闭上嘴,连手指缝里夹着的烟都毫不犹豫地掐灭了,

随手往桌角上摁,又指指桌上那通意外接通的电话,示意此次"不按时出货讨伐会"可以散会了。

她掐完烟,将横跨在简陋办公桌上的长腿收回去,语气中散发着其他人从未感受到过的温柔,和刚才那个满口脏话的疯婆子简直就不是同一个人。

"我们午休时间凑在一起随便聊聊天,没啥事儿,闹着玩儿呢。生活这么平淡,偶尔说说脏话对心情好……"

谢俞也不拆穿,只问:"抽烟呢?抽烟也对身体好?"

许艳梅浑身都是尼古丁的味儿,睁眼说瞎话,心想反正这臭小子也不能从电话里钻出来:"我没抽,你不让我抽烟之后我就戒了,哎,别跟我提这茬,提了我怕我烟瘾又犯,不能刺激我。"

装得倒是挺像,谁刺激谁。

谢俞听着她这副日益严重的老烟嗓——也就只有骂人的时候才能陡然间明朗起来,用脚指头想都能知道这话到底是真是假。

"放假了吧?前阵子听你妈说你二十号考完最后一门,给你发的信息你怎么都不回?"

许艳梅继续转移话题道:"考得怎么样?我可是在网上找了好半天才找来的句子,那些句子都文绉绉的,找的时候快给我酸吐了。"

"面对考卷不彷徨,尽力就是好成绩,让梦想在考场上扬帆起航,让人生在知识的海洋里遨游!小兔崽子,考试加油!"

谢俞也不知道为什么这条毫无新意,一看就是批发来的语录,并且完全不符合现代青少年审美的短信,他能够一字不差地背出来。

公交车正好驶进隧道,遮住了外头烈到灼人的光,周遭事物暗了下去。

谢俞本来就穿着一身黑,此时更是整个人隐在黑暗里。他将身子往后靠,伸了伸因为空间不足而勉强缩在一起的两条长腿,漫不经心地露出一抹笑:"那你还找?我什么成绩你又不是不知道,让我回你什么?难道是谢谢鼓励,争取不做倒数第一?"

才歇息不到两分钟,黑水街一姐许艳梅同志这边又有人嚷嚷起来:"你们这里是黑店吧?还批发市场,价格那么高,摆明了坑人!"

"你说什么?"被人搅和,许艳梅没听清谢俞的回答,"这儿太吵了,还来了群傻子想砸店，改明儿我去买个大喇叭，我还不信镇不住这帮孙子。"

谢俞扣着电话的手指略微收紧，话在嘴边打了两个转，最后还是没说出口："没什么。短信我看见了，忙着复习，忘了回。"

"好好好，虽然咱成绩是差了那么一点，但是别气馁，不到最后一刻不能认输，谁怕谁啊，是不是？"

许艳梅说着说着嗓门又大起来，捂住听筒，冲那几个不依不饶说坑人的顾客吼道："干什么？干什么？坑的就是你这种王八犊子，爱买不买，不买别在这儿杵着！"

车从隧道口钻出去，大片大片阳光重新洒进来，一直顺着车头洒到车尾巴上。

谢俞微微眯起眼，看到窗外熟悉的景物，知道就快到站了。

今天周一，是工作日，也是暑假开始的第三天，车上人并不多。

几个学生坐在前排，女孩子们扎着马尾辫，出去玩还规规矩矩地背着书包，衣裳白净。

黑水街这一片虽说是商业街，物价着实不高，跟繁华两字也搭不上边，街道建设在郊区里头都算差的，楼房破旧；但是这种廉价的生活文化，吸引了不少没有高消费能力的人群，尤其是初高中生。

谢俞盯着女孩儿发圈上那个透明里还透着点儿粉的玻璃坠饰看，那坠饰透过光，闪闪发亮。

"到了到了，准备下车了。"那女孩马尾辫一甩，扶着杆子起身，"我上次吃炒年糕就是在这儿，我带你们去。"

与此同时——

"黑水街南站到了，准备下车的乘客请从后门下车，谢谢配合。"

车缓缓停下，车门打开的瞬间，一股热浪夹着燥热的风从门口扑进来。

许艳梅还以为是自己听错了："兔崽子，你在哪儿呢？我怎么听到报站报黑水街。"

谢俞起身下车："许艳梅同志，我还有十分钟就能到广贸门口，你好好想想怎么收拾身上这股烟味，想想怎么跟我交代，也顺便想想你当初是怎么跟我保证的。提着头来见我吧。"

许艳梅回头瞅了眼办公桌烟灰缸里的一缸烟头……

"梅姐，咋的了？怎么满面愁容？"

许艳梅推开门走出去,撩起袖子进仓库帮店主们一块儿干活:"别提了,愁死我了。"

许艳梅在黑水街上经营服装批发生意,十几年前就开始干了。刚开始是和几个小姐妹在街口摆摊,后来有模有样地盘了家店,最后盘下黑水街中心广贸大厦里两层楼——这两层楼里会聚着上百家小店,形成了这样一个"批发市场"。

作为批发市场老板娘,梅姐在黑水街这一块儿,名气那是响当当的。为人也是响当当的仗义,女中豪杰。

"愁?我怎么觉得你嘴角这笑都快挂不住了。"其中一名店主说。

许艳梅道:"瞎说什么啊?对了,你有没有什么香水啥玩意的,给我喷喷,小俞儿马上就到了,我这浑身都是烟味,被他逮着肯定一通数落。"

店主支起身子,拍拍裤腿上的灰:"原来是你那位宝贝儿子,你看看你都怕成什么样了?香水我有,我去给你找找。"

"能不怕吗?我们家小俞儿是好孩子。"许艳梅说这话的时候声音很小,她手上发力,用小刀猛地划开一袋捆绳,自言自语地说,"我可不能带坏了他。"

"又不是亲生的,不就是认的干儿子嘛。"

"什么好孩子?我儿子跟谢俞一个班,那可是个刺头啊,成绩差不说,班里都没人敢跟他做同桌,好像还是什么学校老大,浑着呢。也就梅姐当他宝贝似的捧着,平时连脏话都不怎么在他面前说。"

"听说他考高中还是作弊的,不然就他那个成绩,撞了鬼了能考得上。虽然说二中不是什么好学校,但垫底的普高也是个普高。"

"算了算了,别说了,都散了吧,做事去。"

等许艳梅拆完捆绳出来,那群嚼舌根的店员已经散开,各自站在三四尺宽的摊位前面卖力吆喝:"两件九十九,两件九十九!错过今天等明年!羽绒服全部反季亏本清仓了!""走一走,看一看,两件九十九!"

许艳梅带着浓郁的香水味儿走过去:"我出去一趟,要是有什么事就给我打电话。再有那种不识相的傻帽儿,不用跟他们讲道理知不知道,骂就对了,讲个屁的道理。道理是说给人听的,不是说给傻帽儿听的。"

谢俞绕了点路,跑了三家杂货店终于找到一个带扩音器的喇叭。

这个红白色的喇叭是从一堆杂货下面好不容易翻出来的。店家为了展示它虽然

$r=a(1-\sin\theta)$

积了一层灰但功能依旧强悍,立马接上电,当场放了一首《该死的温柔》。

功能确实强大,震耳欲聋。

谢俞被它震得耳朵疼,边掏钱边说:"行了,多少钱?"

店家离这个喇叭更近,压根没听见谢俞说的这五个字。他用袖子擦擦上面的灰,声嘶力竭地扯着嗓子推销,老大爷一把年纪了,难为他还能嘶吼出这种高音:"耐用!不好用包退!包退!"

"多少钱?"

"品质有保证!有问题你尽管找我!小店坐不改名行不改姓——"

一只手横着伸到老大爷面前,细长,骨节分明,指甲盖修得干干净净。

谢俞面无表情地摁下开关按钮,耳边终于清静:"多少钱?"

老大爷比画了个二,又比画个五,然后说:"要吗?要了我就帮你包起来。"

谢俞还没来得及点头,老大爷已经拿起塑料袋把喇叭往里头装,并且眼疾手快地从桌上厚厚一沓纸里抽出来几张来历不明的宣传单一并往塑料袋里塞。

开杂货店还不够,身兼着发传单的重任,谢俞对黑水街人民的行动力和业务水准有了新的认识。

老大爷没塞够,又扔进去几张,从大体颜色上来看,那些传单都不带重复的:"副业、副业。积极奔赴小康,为了发财而奋斗……找您的钱,拿好了,欢迎下次光临。"

那些传单,几乎囊括了各行各业,从割包皮到小额贷款,一应俱全。甚至还有开锁、神奇老中医、私家侦探、专业替考……

谢俞直接抽出来往垃圾桶里扔,扔到剩最后一张,上头写着:神不神秘,刺不刺激?

谢俞正要扔,就听到身后有人气壮山河地喊:"臭小子!"谢俞手一抖,反手将传单塞进了裤兜里。

许艳梅搓搓手:"怎么有空过来看我?"

谢俞见到她的第一个动作就是把黑色塑料袋递给她,然后迅速往后退了几步,唯恐避之不及:"你身上这什么味,厕所清新剂?没事喷成这样你想干什么?"

"狗屁厕所清新剂,老娘这是女人味。"

说完她打开塑料袋看到里面的东西,愣了两秒:"我就随口一说,你还真给我整了个大喇叭——怎么弄这个?这是开关?"

谢俞太阳穴猛地一跳："别摁它，太吵。"

话说得太晚，许艳梅像个刚得到新玩具的小孩儿，已经将那个红色按钮按了下去，于是在杂货店里没放完的歌又从扩音器里杀了出来，大有绕梁三日之势。

许艳梅有点蒙："这么猛？"

"赶紧关了，"谢俞说，"还有你这嗓子，自己心里没点数是不是？抽烟，你就抽吧。"

"没那么夸张……依照我这强健的体格，少说还能再战个三百年。"

谢俞默不作声地打量着她，一眼就注意到她右手一直有意无意地扶着侧腰。由于常年操劳，许艳梅的腰一直不太好，得每天贴一贴膏药，不然有时候甚至疼得爬不起来床。

"强健？你可真敢说。"

许艳梅察觉到谢俞的目光，立马把手放下来，嘴里说的话也不知道是真是假，流畅地往外蹦："我腰没事。那个，上次你叫我去医院看看，我去了，挺好的，医生说没太大问题。"

谢俞边听边往广贸大厦里走，他身上穿着件普通到有些廉价的黑色T恤——是许艳梅以前给他买的。她经常给他寄衣服，只要看到合适的就会买下来，最后积累起来，寄过去足足有半人高的大纸箱。

他双手插在衣兜里，衣服袖子往上折了几道，露出一截清瘦的手腕。头发中长，明明看起来挺软，甚至由于过于细软而自然弯曲，却平添几分凌厉。

他问："今天要卸几车货？"

许艳梅今年已经四十多岁，平时忙着进货出货，整天盯这盯那，杂七杂八的事都归她管，就是没什么时间管管自己。头发还是去年过年时到理发店烫的，疏于打理，现在像杂乱的泡面，干枯发黄。

从五官上不难看出她年轻时的貌美，只是岁月不饶人。

现在就算被扔进人群里，她也只是一个普通得不能再普通的中年妇女，甚至让人怀疑从她眉眼里窥探到的那份旧时的美丽，是不是错觉。

"十八车。别看现在还是夏天，但是秋装也得盯着，不然到时候供应商那边工期可能来不及。"说到工作，许艳梅下意识就想摸兜，最好是摸出一根烟来解解馋，然而只摸到打火机，没有烟。

$$r=a(1-\sin\theta)$$

谢俞又问:"雇的人手够吗?"

"够够够,用不着你,"许艳梅说,"上回你不声不响过来帮忙这账我还没跟你算。"

偶然得知她卸货的时候闪了腰,谢俞翘了一天课,许艳梅找到他的时候他已经混在工人队伍里跟着卸了四五车货。男孩子脱了校服,浑身是汗。

批发市场的生意,也是这半年才慢慢好起来,当时生意不好做,请卸货工人能少请几个就少请几个,盘下广贸两层楼已经够吃力,自然在如何节省开销上动心思。

两人站在电梯里,逼仄的空间将那股神似空气清新剂的香水味发酵得更加浓郁,这工作电梯大概还运过生鲜,除了熏人的香味之外,还若有若无地夹杂着一股发臭的鱼腥味。

许艳梅问:"又长高了是不是?"

谢俞道:"快一米八了。"

许艳梅上上下下打量着他,又想笑又想皱眉:"瘦了。"

电梯门开了,谢俞走出去,许艳梅还在那揪着那个"瘦"字不放:"三餐要按时吃,现在那些小年轻总喜欢动不动就搞什么减肥,你可别想不开……哎,怎么停这不走了?"

谢俞挡在她面前,将她的视野遮得密不透风。

"怎么了?什么事?"

谢俞没给她机会看清楚前面到底发生了什么。

他直接把许艳梅推回电梯里,干脆利落地摁下电梯开关。

他反应太快,快得甚至让里头那帮凶神恶煞的人一时间都没反应过来,等他们回过神,电梯门已经缓缓合上。

为首的男人满脸横肉,脖子上围了条金链子,他把咬在嘴里的烟头拔出来,随手往脚边一扔,骂骂咧咧地往前走:"许艳梅,你给老子站住!"

就他一人反应快,其他弟兄还不知道他们要找的女人差点从他们眼皮子底下溜走。金链男大手一挥,怒不可遏:"还愣着干什么?上啊!一个个杵在这儿看戏呢。你!赶紧从那边楼梯下去逮人!"

电梯已经合上一半,谢俞压低声音快速地说:"先下去,找人过来。"

许艳梅从电梯缝里瞧见了那男人的脸,想说的话太多,可是时间紧迫,她急忙喊:"谢俞!"

谢俞看着她:"梅姨,听话。"

只来得及看上一眼,那道缝已经关得严严实实,电梯带着她往下降。

电梯边上立着个拖把,大概是清洁工收拾完卫生忘记带走的。谢俞顺手抄起,抬脚踩在拖把头上,手上发力,直接将木棍整根抽了出来。

谢俞手里掂着木棍,这才抬眼看他们:"想干什么?"

他知道这帮人。

面前这个人名叫虎哥,据说几个月前刚从监狱里放出来,声称自己差点捕死了人才被关进去的,横到不行。随他怎么吹,事实到底是什么样子也没人想去理会。

虎哥享受着被小弟们尊为大哥的滋味,直到他遇到许艳梅——所有事情都源于一件事情,他看上她了。

许艳梅有几分姿色,性子泼辣,带劲。

就是有一点不好,给脸不要脸。三番五次拒绝他,简直不识好歹。

想到这,虎哥眼神沉下去:"小屁孩,别多管闲事。"

谢俞依旧没什么反应,而缩在里面不敢吱声的店员们心都快提到嗓子眼,他们还是头一回遇到这种事。这群人大摇大摆地进来,乱砸东西,一看就不是好惹的。

也不知道该不该报警······

然后他们就看见梅姐嘴里的"好孩子"站在电梯口,一个对五个,脸上没有什么表情,一只手从裤兜里伸出来,冲那群人轻轻勾了勾,不知道是挑衅还是真的满不在意:"找死找到家门口来了,没空跟你们废话,一起上吧。"

虎哥不想承认他刚才有一瞬间被这个看起来还在念书的男孩子唬住了。

这孩子眼神阴沉沉的,冷得瘆人,看着他们感觉跟看一堆垃圾没什么分别——总之绝对不是一朵温室小花该有的眼神。

虎哥正在气头上,主动扯开衣领:"年纪轻轻口气倒是不小,知道我是谁吗?出去打听打听,有谁见了虎哥不得敬让三分······瞧见没有,老子脖子上这道疤,那可是当年和狱警打架打出来的。你个毛都没长齐的小屁孩,跟那个死女人什么关系?这是干什么,啊,打我?还想学人家打架?就用这根小木棒,你还想——"

谢俞二话不说伸手揪住虎哥的衣领,猛地朝他逼近,膝盖狠狠地顶在对方小腹上,紧接着他又用手禁锢住虎哥手肘,丝毫不给人缓冲的时间,最后将对方拉向自己。

那是一个相当漂亮的过肩摔,干脆利落。如果不是气氛那么紧张,后面那群店主简直想鼓掌喝彩。

虎哥被摔得眼前发黑,连话都说不出来。

然而谢俞并没有打算就这么轻易放过他,他又把人从地上扯起来,往电梯钢板门上按,砰的一声,手指骤然收紧,直接扼住了虎哥的脖子!

"很嚣张,把蹲过监狱当成男人的勋章是吧?"

虎哥反应过来,抬脚想踹,又被谢俞结结实实地打了一棍子,他的小腿肚不断抽搐。谢俞松开手,他便重重地摔在地上,一手撑着地面,一手捂着肚子忍不住干呕。

"刚才骂谁?"

虎哥眼睁睁地看着谢俞那张堪称漂亮的脸缓缓逼近,只是少年眉眼间的戾气满得都快要溢出来,比起这出类拔萃的样貌,他更惊异于面前这人浑身的冷漠和阴郁。

谢俞重复问了一遍,憋着火,声音喑哑:"你刚才骂谁呢?"

虎哥不说话了。

"没人教你怎么做人,我教教你。"说着,谢俞用脚尖踢了踢虎哥。

虎哥身后的几个兄弟对视几个回合,都从彼此眼里瞧见了犹豫,然后他们达成共识,拔腿就跑。

"这下完了,怎么办?"

个子高的那个边跑边问:"要不我们还是报警吧?"

"报什么警!"另一个说,"这样以后我们还怎么混?"

顾雪岚接到派出所电话的时候正在喝下午茶。

女人脱下丝绸披肩,里面穿一条高定蕾丝长裙,衬得腰身凹凸有致,说不出来的优雅。裙摆处低调地绣着两朵暗花,脚腕白嫩细腻,像块光洁的玉。

精心打理的长鬈发披在脸侧,她正笑吟吟地听着对面的贵妇们聊最近看上的冬季新款,时不时地插上一两句:"陈太太既然这么喜欢,不如改天直接飞过去买……"

"夫人,您的电话。"

顾雪岚侧过脸，手指搭在陶瓷茶杯上，随口问："谁打来的？"

那人举着电话也不知该不该说，犹豫几秒，弯下腰附在顾雪岚耳边，用只有他俩才能听见的声音说："派……派出所。说是二少跟人打起来了，打得还挺严重，对方叫嚣着要赔医药费。您看，这事情怎么着？派人过去瞧瞧？"

顾雪岚脸色"唰"地变了。

派出所。

"谢俞的监护人？"

"我是他妈妈。"顾雪岚站在派出所里显然有些局促，"他没事吧？受伤了吗？要多少医药费？多少都行，只要能立马放他出来。"

女警连头都没抬，动作娴熟地从右手边文件夹里抽出来一张纸拍在桌上："这些另说，先填单子。"

隔了一会儿，那位女警把手头上的事情忙完了，才盖上笔盖，抬起头道："你儿子挺厉害啊，一个人对五个，给人打的，全是暗伤，不去医院都看不出来。"

顾雪岚浑身僵硬，不知道该露出什么表情。

女警上下打量她一眼，随口问："你们不是本地人吧？"

顾雪岚道："我们……是A市人。"

谢俞这次打架情节并不算严重，虽然那几个报警的小兄弟口口声声说自家大哥是如何被欺凌、被摁在地上暴揍的，但是负责做笔录的几位警察心里都在质疑。

他们接到过无数个报警电话，头一次遇到这种"受害人"：五颜六色的鸡窝头，耳钉鼻环，浑身一股烟味，还有胳膊上霸道的左青龙、右白虎文身。尤其是通过他们的身份证号码，一查都是有好几个案底在身的不良青年。

"你们所说的情况属实？"

"属实属实，绝对属实，我们大哥现在还站不起来呢。"

他们把目光移向休息室沙发上那个面目可憎、脖子上还拴着根黄金"狗链"的男人身上，那男人捂着肚子，嘴里不停哀号："疼死我了，哎哟喂……欺负老实人了啊，现在的孩子怎么这样……疼疼疼，说话都疼。"

顾雪岚填了表，在右下角签上自己的名字。

女警道："行了，你在这儿等着吧，你儿子还没审完。"

$$r=a(1-\sin\theta)$$

顾雪岚握紧了手包,她不太想在这里多待:"还没审完?"接到电话之后,她立马从A市赶过来,足足两个小时的车程。

女警看她一眼:"双方口供不一致。"

候审室里。

谢俞第三次重复道:"我没打他。"

虎哥在这不长不短的两个小时里,体验到了人生如此变幻莫测,也感受到了被冤枉究竟是什么滋味。面前这位才上高中的小屁孩给他上了一课——什么叫不要脸。

他坐在谢俞对面,长桌挺宽,他一掌拍在桌子上,扯着嗓子怒吼,仿佛要掀了房顶:"警察!他撒谎!他在撒谎!"

那警察也不是好惹的,在黑水街这一片管辖区工作,再温和的性子也被磨出了棱角:"嚷嚷什么?给我坐好了,你这像什么样子?不行就给我出去,让你说话了吗?"

虎哥不情不愿地坐了回去。

警察扭头看看虎哥对面的"柔弱少年",声音都放低了几分:"谢俞是吧?你别怕,有我们在,他不敢对你做什么。"

谢俞安静怯弱又十分懂礼貌地说:"谢谢警察叔叔。"

虎哥气得恨不得越过桌子扑到他面前,撕开这人虚伪的面具:"你别演戏了,被打的人是我,我才是受害者!"

警察用文件夹拍拍桌子:"你再吵就出去!你看你把人孩子吓成什么样了!"

谢俞相当配合地哆嗦两下,装作被黑社会吓到的样子,虽然演技十分不走心,但效果显著。

假的,都是假的!你瞎!

虎哥在心里咆哮。

这人到底是什么妖魔鬼怪啊!小小年纪已经这么会披羊皮了吗?

这明明就是一匹狼啊!

谢俞出去的时候天已经快黑了,没负一点责任,赖得完美。

批发市场大妈们齐心协力,虎哥身上被打出来的伤被认定为"鬼知道在哪里被谁给打的",他不得不写了保证书,深刻检讨发誓再也不找黑水街人民群众的麻烦,洗心革面,重新做人。

011

虎哥撅着屁股，趴在桌上，手边放着一本《新华字典》，不会写的字就翻字典，他们还不让他写拼音。

这可以说是虎哥人生中无比耻辱的一段经历了。

谢俞往外走的时候，还被虎哥叫住。

警察手里握着警棍，全程戒备，厉声警告道："陈雄虎！你又想干什么？"

"我不干什么，你在边上押着我呢我能干什么，我就想跟他说句话。"说完，虎哥盯着谢俞，不死心地问，"你哪条道上的？"

谢俞停下脚步，用一种复杂的、仿佛看傻子的眼神看他。

虎哥又问了一遍，不依不饶："你到底是哪条道上的？"他觉得这人背后的社会势力深不可测，总得知道自己这次到底是惹了哪路神仙，死也得死个明白。

在虎哥灼灼的目光下，谢俞慢悠悠地张了口："我？我走的是正道。"

虎哥："……"

派出所门口停着一辆熟悉的银白色宾利，顾雪岚坐在车里，从窗户外面隐隐能看见她的侧脸。

谢俞上了车："妈。"

顾雪岚没有说话。

谢俞接着道："其实你今天不用过来的，我知道该怎么收场。"

那个虎哥，谢俞从一开始就知道这人在虚张声势，真正的狠角色不会整天把"老子蹲过监狱"骄傲地挂在嘴边，更不会喝了酒趁着广贸临时没人才敢过来，最后居然还蠢到主动报警。

空气里弥漫着沉默，等车开出去一段路顾雪岚才说："你还知道我是你妈？你没事又跑到这里来干什么？最后警察说人不是你打的……其实是你打的吧？"

谢俞将身子往后靠，用一种无所谓的语气说："是我打的，嫌我给你丢脸了？"

顾雪岚的手抓着毛绒车垫边沿，手指骨节凸起，顿了顿还是狠声说："是，我嫌丢人！知道嫌丢人就别总干这种丢人的事！"

司机在前面叹口气，救场道："二少，别跟夫人顶嘴了，来的路上夫人一直在担心你，生怕你出什么事，有个什么好歹。"

谢俞想说，别叫我二少，我不是你们钟家二少爷。

每回听到这两个字，他都浑身不舒服，像是被迫套在一件不合身的衣服里，勒着脖子，喘不过气。

顾雪岚平复下来，转移话题："我给你找了几个补课老师，从明天开始一直到开学，你哪儿也别去了，待在家里好好学习。你现在这个成绩，什么水平你自己清楚。"

谢俞道："用不着，我成绩就那样，别白费心思了。"

顾雪岚："安排你出国你又不肯，留在国内你看看你整天干的什么事。一摊烂泥，糊都糊不上墙，你说说你想干什么？"

车缓缓驶进地下车库，这是一幢私人别墅，青山绿水环绕，前几天刚下过雨，水雾还未散去，湿气扑面而来。

谢俞打开车门下车，回敬了一句："我自己的事情我心里有数。"

顾雪岚被他这样的态度气得不行，司机劝道："叛逆期叛逆期，男孩子嘛，都是难免的，棱角尖得扎人。我家孩子以前也这样，挨过去就好了，会懂事的。"

顾雪岚坐在车里，揉了揉太阳穴，说不出话。

——厉害啊谢老板，说好来看我，都看进派出所里去了，我真感动。
——你从派出所里出来没，要哥们过来捞你不？
发信人雷子。

谢俞一边进屋一边低头看短信。

他忙着换衣服，没时间打字，直接将电话拨了过去。

这个点，雷子应该还在烧烤摊帮忙。

果然，电话接通之后，入耳的不是雷子的声音，而是不知道谁在说"再来十串羊肉"。

"来了来了，三号桌十串羊肉。"

雷子说完就把围裙一拽，弯腰从后门溜出去了："谢老板你没事吧？你到家了吗？这派出所说进就进，暴脾气十年如一日啊。"

谢俞刚把T恤衫脱下来，裸着上身："我能有什么事，对了，你找人盯着点那个狗哥，我怕他再去找梅姨麻烦。"

"狗哥？"雷子琢磨了两下，醒悟过来，"你是说那个虎哥？"

谢俞："都差不多。"

雷子："这差得可有点多。"

雷子又问："以前你就老这样，总记不住别人名字，您还记得我叫什么吗？"

谢俞："周大雷，你有病吧？"

"记得就好、记得就好，我总觉得依你这个性，真能忘了。"

雷子找到一个塑料小板凳，往那儿一坐，从兜里摸出根"中华"，叼在嘴巴里继续说："梅姨哪里需要我保护，她罩着我还差不多。我顶多就算一烧烤摊小王子，她才是大名鼎鼎的黑水街一姐。"

谢俞察觉到他话里明显还有话："怎么？"

"你走得早，你是不知道，梅姨找了人，把他家底都扒光了。什么蹲过牢杀过人啊，都是瞎吹，他就是偷过东西，还被屋主当场擒住……我看他在黑水街是混不下去了。"

谢俞将手机搁在床上，准备换裤子。

雷子说着说着，也不知道是不是烟抽得太寂寞，突然感慨起来："想起以前咱哥几个在一块儿的时候，真好。不过我也替你高兴，钟家在A市出了名的有钱，分公司都开到B市来了，你妈能带着你嫁进去……吃穿不愁，不用跟以前似的，到处躲债。"

谢俞裤子也不脱了，手一松，顺势往床上倒。吊灯亮得晃眼，他不知道是在问别人还是在问自己："是吗？"

雷子那头太吵，压根没听见他说了什么，吸进去最后一口烟，起身道："谢老板，我不跟你唠了，三号桌开始催了，小心老子把木炭掏出来砸他脸上……"

通话中断。

谢俞躺在床上发愣。

半晌，他才抓抓头发，正要爬起来洗澡，从裤兜里摸到一块硬邦邦的小方块，摸出来一看是张传单——那张没来得及扔掉的黄色小广告。

出乎意料，它接下去要推广的并不是什么非法软件，因为他瞥见了传单下方四个加粗加大的黑色字：题王争霸。

谢俞眉头一挑，觉得这种挂羊头卖狗肉的手段很是新鲜。

他顺手将传单翻了个面。

反面写着：这里有最新最全的奥数题目，最惊心动魄的擂台厮杀，题量涵盖语数英物理化所有科目，上百位教授精心编题，给你意想不到的陷阱体验，没有最难

014

$r=a(1-\sin\theta)$

只有更难。

你，会是我们翘首以盼的题王吗？

神不神秘，刺不刺激？

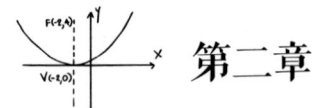

第二章

顾雪岚晚几步进屋,脱下披肩给保姆:"晚饭准备了吗?"

保姆接过:"按照您的吩咐已经准备好了,都是二少爱吃的,现在就用还是等等?"

顾雪岚高跟鞋踩在大理石地板上,吊灯光彩夺目。她往前走两步,然后脚步顿住,又退了回去,转个弯往相反的方向走,嘴里扔下一句:"你去楼上叫他。"

谢俞在浴室里,浑身湿透,水从头顶顺着发丝落下去,氤氲热气不断打在四周的玻璃上。

手机搁在洗手池边发出嗡嗡的振动声。

他闭着眼,冲掉身上最后一点泡沫,耳边响起两下敲门声,紧接着是保姆慎微而克制的声音,透过门板,闷闷地传进来:"二少,开饭了。"

"我没胃口。"

"这……但是夫人已经……"

谢俞睁开眼,又重复一遍:"没胃口,吃不下。"

阿芳来钟家不过两年时间,不算长,说话做事都还战战兢兢的,生怕哪里出差错。她来的时候还没见到人,倒是先听了不少关于钟家的流言蜚语。

说是原来那位钟太太自杀去世,过了几年,钟大老板又往家里领回来一个女人。顾雪岚这三个字,说出去都没人知道,她来的时候甚至还带过来个拖油瓶,一大一小。这女人坐上了钟太太的宝座,还坐得稳稳的,不管别人怎么笑都没掉下来。

可怜了钟家那位大少爷,没了妈,又看着别人这么住进自家里。

回去复命的时候,她不知道怎么说,低着头站在餐桌边上,半天没憋出一个字。

顾雪岚看她那副样子,什么都知道了,她拿起筷子,也不知道是不是真像她自己说得那么不在意:"爱吃不吃,有他饿的时候……你先下去吧。"

谢俞穿好衣服,头发还在往下滴水,他想去看看那个神秘游戏下载得怎么样了,拿起手机一看全是微信消息提示,放眼望去,压根找不到下载游戏的进度条。

$r=a(1-\sin\theta)$

一个叫"不要总打打杀杀"的群聊，推送消息超过了一百条。

烧烤摊王子·雷：他最好识相，再让我碰到，见一次打一次。

雷子他爹：好儿子！有气魄！

雷子他娘：打到他爬不起来，臭嘚瑟几个月，真把自己当大哥。

....

周大雷这一家人真是整整齐齐。

谢俞往上翻，内容大同小异。

虎哥人已经被大家联手整治了一顿，现在还得在黑水街人民群众的群聊里供人消遣。

黑水街这些年不停地开发，人来来去去，搬进来了很多新住户。群里这些都是十几年前老街区的左邻右舍，几十号人，熟得就跟一家人似的。

雷子以前就经常跟他吐槽，自从有了这个群，简直一点个人隐私都没了。

偷摸翘课去网吧，网吧老板笑嘻嘻道："胆子有多大，世界就有多大，我很欣赏你，胆量跟其他小孩都不一样。"然后他扭头就在群里发雷子手持鼠标登录游戏界面的高清特写，@了雷爸雷妈，并附文道："你们儿子不好好上课又跑出来打游戏！"

雷爸雷妈立马扔下摊子上的活，杀进网吧，追着雷子跑了整整三条街。

谢俞拿着毛巾正在擦头发，冷不防被人@。

烧烤摊王子·雷：@XY，你说是不是，思前想后彻夜难眠还是觉得太便宜那个傻子了。

这还非得扯上他，话题没完没了。谢俞随手打了几个字上去。

XY：别扯上我啊，我三好市民。

烧烤摊王子·雷：......

烧烤摊王子·雷：真有脸，你打人的时候怎么不想想你是三好市民？！

《题王争霸》安装成功。

谢俞对这个《题王争霸》的兴趣更大一点，干脆利落地结束话题：不跟你扯了烧烤王子，打游戏去了。

两人对"游戏"这两个字的认知显然有些差异，周大雷也喜欢玩游戏，无论是《连连看》还是《英雄联盟》，相当博爱，从不挑食。他在游戏方面还真有点天赋，以前能在黑水街耀武扬威，也是凭借着别人死都打不上去的最强王者段位。

于是烧烤摊王子立马来了精神，私聊谢俞问道：什么游戏，新出的《鸡王之战》？一起来开黑啊！

XY：不是。

XY：别问了，你不行的。

XY：你玩不来。

冷漠三连。

暴击。

烧烤摊王子·雷：你有种说出来，大哥分分钟给你打进排行榜前十。

周大雷把烟掐灭，准备好好迎接这场男人之间的战役，结果他看到谢俞截过来的游戏界面——如果那还能称为游戏的话——顿时整个人犹如被雷劈过，恍恍惚惚地抖着手把刚才放出去的那句狠话撤回了。

然后他摁住语音键，回过去一句："这什么玩意儿啊！"

地狱奥数、黄冈真题、花样英语、数理化大全……有毒吧？

"这是游戏吗？这能是游戏吗？你对游戏到底有什么误解？"周大雷内心千疮百孔，万分刺痛，最后只能从灵魂深处问出一句，"好玩吗？"

XY：不知道，应该还行吧，试试？

烧烤摊王子·雷：……

《题王争霸》整个区玩家在线人数不超过四百，冷门又简陋，充斥着一种随时都有可能倒闭的气息。

进去之后就是随机试卷检测，获得一定积分之后才可以进入第二轮：刷题和一对一PK。

这游戏还有小喇叭功能，左下角有个小框，滚动字幕，促进玩家之间的交流。只不过这个交流的内容……

"年级前十"对"英语课代表"说：来比比微积分，我一定把这耻辱送还给你。

"英语课代表"对"年级前十"说：有意思吗？你有这个工夫不如多去背背英文单词吧。你的英语，恕我直言，你根本不能熟练掌握八级词汇，词汇量只停留在四级是没有前途的，你自己好好反省反省。

"中华文化之美"：背什么英语，劳累的时候来中华文化的海洋休养生息，文言文PK，自定义、双倍经验，房间24008，等一个有缘人。

"我爱学习"：求大神解答一下B卷第十三题，0或-1不是最终解？是这个函数限制条件给得不对吗？

$$r=a(1-\sin\theta)$$

"学习学习学习我的生命里只有学习"：高价收购一套庆祝恢复高考四十周年限量版《冲刺高考——最值得一做的模拟测试卷》，跑遍了所有书店都买不到，我做不到这套试卷都吃不下饭，体重掉了二十斤，心里太难受，冲刺高考系列是我最喜欢的测试卷，限量版我怎么可以不入手？

…………

谢俞刚好是第三百九十九名注册玩家，这个游戏也真的是凉到一种境界，系统激动地用小广播热烈欢迎了整整两分钟，并且热切地替这位玩家展望了一下未来：在知识的海洋里遨游，为建设美丽祖国而奋斗，清华、北大向你招手。

谢俞进去做了一套测试卷。

系统还在继续滚动：欢迎"jsdhwdmaX"加入题王争霸大家庭！

当时这些在线玩家还不知道，这个用户名像是在键盘上用脸滚了一圈随意按出来的新人，会在之后的整个假期里，掀起腥风血雨。

周大雷也做了一套测试题，不撞南墙不回头，每道题答题区域都只写着两个字，歪歪扭扭的狗爬式字体：不会。

结果显而易见。

他点击右上角交卷按钮，却被告知分数太低没有进入游戏大厅的资格。

周大雷差点摔了手机：歧视！歧视后进生！什么破游戏？老子可是电竞界王者，连游戏大厅都不让我进？不会做就是不会做，不会做怎么了，起码我诚实啊！

于是谢俞做完测试题出来，收到来自烧烤王子的十几条微信消息。

——畜生！

——怎么可能解出来，这是人做的题吗？

——投诉，我要去投诉！

…………

谢俞手指在屏幕上轻飘飘点几下，组织好语言正要点击发送，却见周大雷又发过来一句：你多少分？

多少分？

谢俞后背靠着床边，坐在地毯上，一点一点将刚才打出来的字删掉。

XY：跟你差不多。

XY：垃圾游戏，卸载了。

周大雷嘴里叼着烟,蹲在箱子旁边思考人生,腰间围了一条围裙,上面用红色艺术字写着"方宝来葵花籽油",一看就是超市大甩卖搞促销买二送一时送的。

他长得不差,模样周正,带着几分痞气,就是黑了点,此时蹲着更像个地痞流氓。

周妈端着盘子经过,看着他这个样子就气不打一处来,直接抬脚踹上去,周大雷的屁股结结实实挨了一脚:"蹲着干什么呢?羊肉烤完了?"

"马上去、马上去。"

周大雷连忙站起来,他走出去两步,不知道想到了什么事,又折回来说:"等会儿,妈,我问你个事。"

周妈不假思索道:"不知道,没钱。"

"你认真点行不行。我是想问你那个,你记不记得初中的时候,谢俞成绩很好,还代表咱们街道参加过数学竞赛,得了奖的。还有小时候,玩魔方,他闭着眼睛都能转,可牛了……"

周妈把脏盘子往池子里一搁:"那又咋的了?你妈我小时候考试也是门门满分,后来还不是一样傻了。人还有长残的呢,就比如你吧,你看看你现在这个样子。"

周大雷试图抓住脑海里那抹若隐若现的念头:"不是,妈,我真觉得不是……还有我现在怎么了?我觉得我挺帅啊。"

"帅什么帅,把你头顶那些乱七八糟的颜色给我弄了先。"周妈顺嘴教育起来,"现在的孩子,就是玩心重,聪明倒都聪明,就看究竟花了多少心思在学习上。就说隔壁街那个阿杰,成绩之前烂得一塌糊涂,出院之后模拟考试前进了一百多名,我琢磨着你大概也需要一场车祸让你的头脑清醒清醒,整天就知道打游戏……"

"二十串羊肉是吧?我马上去。"

谢俞睡眠质量一向不怎么好,刚睡下没过多久,就被楼下砸东西的声音吵醒。

瓷器落在地上四分五裂,声音刺耳又清脆。

伴随着砸东西的声音,还有熟悉的怒骂,那人语气里有多年身居高位、浸在骨子里的高傲:"这是我家,你们都给我滚出去!收拾收拾给我滚!拿开你的脏手,谁准你碰我,就凭你也配!"

谢俞抬手拉开眼罩却没有睁眼,太阳穴隐隐作痛。

"大少爷,我煮了醒酒汤,你喝一些。"是阿芳的声音,唯唯诺诺,"你喝太多酒了……"

$$r=a(1-\sin\theta)$$

不知道又是什么东西被砸了，发出沉闷声响，然后那人骂得越来越尖锐："我让你们滚，全部都给我滚，你们这些下等人，连人话都听不懂是不是？哦，瞧我这记性，差点都忘了，这个家哪里还有我说话的地方？倒是某些不姓钟的人，还真以为自己是什么玩意儿。"

谢俞在床上翻来覆去，最后烦躁地坐起身，骂出一句："有病！"

三年了。

这场闹剧三年如一日。

三年前顾雪岚嫁给A市赫赫有名的企业家钟国飞，谣言满城飞，不只是顾雪岚，连谢俞也一并遭到各种不怀好意的猜测。

谣言传得还真像那么回事。

那些看热闹不嫌事大的人擅自给他的人生书写了无数个版本，其中最引人瞩目的就是小三和私生子。

要不是亲身经历了这么多年四处躲债、吃饭有上顿没下顿，就连学费都拖了大半年差点交不起的日子，他几乎都要相信那些层出不穷的拙劣故事。

而对于钟杰——钟国飞的亲生儿子来说，无论这对母子的故事到底是哪个版本，他都没有办法接受，也不关心事实如何。

他只知道摆在他眼前的事实是失去母亲之后，有人正在抢夺他拥有的一切，其中涵括了最重要的一项——继承权。

过了很久，楼下终于安静下来，大概好说歹说总算把钟大少爷扶回了房间。谢俞靠在床上，清楚地听到他们关上钟杰房门的声音，以及经过他门前的时候，轻轻叹口气，紧接着又往楼下走的脚步声。

谢俞睁着眼，不知道在想什么。

他突然没由来地觉得口渴。

仿佛有团火，顺着五脏六腑一直烧到嗓子眼。

顾雪岚坐在客厅沙发上，眼神落寞，白色纱制睡裙一直垂到地上，见到谢俞下来，她也只是微微抬了抬头，似乎很疲倦："你怎么下来了，吵到你了？"

谢俞猜到她会在这儿，想说"都跟你说过多少遍，他想发疯让他自己发去，关你屁事"，但是看到她这样儿，他又强忍着把话咽回去，只是不冷不热地抛出三个字："高兴了？"

顾雪岚："过两天，是他妈忌日。"

谢俞:"所以你就这样站着让他骂了一个钟头？"

顾雪岚没有说话。

谢俞语气里没有任何情绪，说出来的话却是一句比一句扎人:"他妈是你杀的？他爸是你抢来的？他那么喜欢骂就让他骂，你倒好，还凑上去，挺捧场啊。"

此时的顾雪岚早已经不像之前在车里那样强势，她轻声叹口气:"你别这样说。"

谢俞说:"没人欠他，他自己心里没点数？"

顾雪岚没有说话。

谢俞从厨房里倒了两杯牛奶，一杯递给顾雪岚，尽量心平气和地说:"妈，喝完早点上去休息，很晚了。今晚这些我就当没听到，下次你再站着让他骂，我就揍到他说不出话。我说到做到。"

顾雪岚接过水杯。

站在她面前的这个男孩子，不知道什么时候已经长那么高了，顾雪岚有点恍惚。

少年眉眼都随了她，这种长相本来应该显得女气，但是某种凌厉的冷漠和尖锐却不知道在什么时候冲破了皮相，让他看起来不好接近，甚至，让她这个母亲都觉得陌生。

她的眼神最终落在谢俞因为睡觉而翘起的头发丝上，发现发丝还是那么细软，像他小时候一样。

一时间不知道说什么，等她回过神，谢俞已经转身上了楼。

谢俞睡眠质量很差，差得连牛奶都发挥不了丝毫功效，睡得好好的被吵醒后，再怎么努力也睡不着了。

他看了一眼窗外漆黑的夜色，突然想知道现在几点。

他本来只是想看看时间，摸到手机之后，彻底没了睡意。

烧烤摊王子·雷: 哼，老子不玩了！

烧烤摊王子·雷: 这回是真的不玩了！

烧烤摊王子·雷: 最后一次！我再玩我就不是人！

两个小时前，周大雷连发三张截图，上面无一例外都写着: 分数太低，没有资格进入游戏大厅哦！请认真答题。

谢俞打下一行字回复过去: 你以为上天会被零分专业户的执着感动？

周大雷估计早睡死了，谢俞本来也没打算等他回复，退出去之后，在继续躺着

$$r=a(1-\sin\theta)$$

还是玩某个奇怪小游戏之间犹豫一阵,还是点开了那个智慧果图标。

尊敬的用户"jsdhwdmaX",欢迎回到《题王争霸》!您的测试分数为满分,点击继续,进入游戏大厅!

凌晨三点,这个游戏居然还很热闹。

"我爱学习":有没有人来小房间PK数学公式的?等一个有缘人。

"目标是不偏科":奥数C卷选择题第三道是不是一道错题?到底是它错了还是我错了?

"力争上游":这么晚了你们还不睡?

"学习学习学习我的生命里只有学习":睡觉?睡什么觉?你知道早睡一分钟你会被多少人超越吗?

"为了更好的明天":学习兄所言极是,人生苦短,学习的时间弥足珍贵,贪睡岂不浪费这大好光阴。

"我爱学习":对知识的渴望几乎让我无法入睡,一旦睡着了,就像是死去了一般,我的大脑停止了思考,还有什么比停止思考更可怕?

谢俞突然觉得再次点开这个游戏的自己,也像个神经病。

他们的话题很快从睡觉转移到了其他地方。

"学习学习学习我的生命里只有学习":说起来,排行榜第一那个,到底有没有人能把他挤下来?我看他不爽很久了,怎么会有那么不要脸的人?

这句话一出,竟意外炸出了很多潜水刷题的人。

"年级前十":不要脸!

"英语课代表":不要脸!

"梦想是当校长":不要脸!

…………

气氛热烈,大家思想空前地统一。

排行榜第一,不要脸?

谢俞难得有点好奇。

排行榜就在页面右上角,点进去,是一个简陋的榜单,位列第一位的……

"什么玩意。"谢俞扫了一眼金色小奖杯边上的那两个字,一时间不知道说什么好。

第一名:题王。

个性签名展示:不用争了,胜利属于我。

短短九个字,嚣张而不失礼貌。

在一个叫《题王争霸》的游戏里,给自己取名字叫题王?

大概有太多人去问官方客服,这位叫题王的到底是玩家还是机器,导致官方还特意在第一名边上标注了:别问了,这是玩家,这真的是玩家,不信你们挑战看看?

可能是睡不着觉太烦躁,也可能只是想随便找点什么事情打发时间,当然,内心深处对这个题王也有几分不爽——

谢俞百无聊赖地点开了刷题模式。

他想,如果只是在这个游戏里,谁也不知道的话……应该没事。

所有人都知道谢俞成绩差。

成绩差不说,还总是打架,叛逆期来得气势汹汹,就连顾雪岚都已经忘了,三年之前,他根本不是这样的。

初一的时候,谢俞还总往家里拿奖杯。

顾雪岚并不清楚那些奖杯的分量,谢俞也不是喜欢吹嘘的性格,每次总轻描淡写地说:小比赛,没多少人参加。

顾雪岚决定嫁给钟国飞的前一个月,带着谢俞搬出地下室。那天钟国飞叫了搬家公司帮忙,他已经年过四十,浑身透着商人的缜密,做事滴水不漏,却又亲切得体。男人站在阴暗潮湿的地下室里,最后在一面墙壁前驻足,弯下腰,笑起来的时候眼角有明显的鱼尾纹,问:"小俞,这些奖,都是你得的?"

谢俞本来只是随手点开刷题模式,谁知道这题目一刷就刷得停不下来,难得被唤醒的胜负欲彻底阻挡了他睡觉的步伐,他不眠不休刷题刷了好几个晚上,堪堪挤进排行榜前三。

顾雪岚饭点上来叫他,得到的回应每次都是:先不吃,放那儿吧。

"你这两天关在房间里在干什么?"顾雪岚站在门口,强忍着没有发火。

谢俞相当诚实:"我?打游戏。"

"你还真有脸说……我给你请的家教明天就过来了,你赶紧调整调整自己的状态,听见没?"

"没听见。"

顾雪岚气都气饱了,回到饭厅,钟国飞笑着给她夹过去一片生鱼片:"别生气了,孩

$r=a(1-\sin\theta)$

子还小,贪玩很正常。你尝尝这个,我让人新鲜空运过来的,上次在餐馆见你爱吃,我就让老徐留意了一下。"

钟国飞说完,放下筷子,看着她吃,抬手帮她整理头发:"你要是气坏了身体,到时候心疼的不还是我。"

顾雪岚笑着睨他一眼,转而又叹口气:"希望吧。"

最近谢俞真的不对劲。

周大雷好几次半夜三更还能看到这位大哥发的朋友圈动态,内容都比较迷幻,看起来神志不太清醒的样子。

比如这条凌晨四点二十三分的动态。

XY:来个人,打醒我。

周大雷正好在玩游戏,新赛季开了需要冲分,不然这个时间,他也不会闲着没事刷朋友圈。

网吧里气氛比白天还要热烈,键盘周围摆了几桶泡面,周大雷吐出烟圈,把烟屁股往烟灰缸里摁,然后顺手在评论里点评了一句:你喝酒了?

谢俞回复:我不喝酒,假酒害人。

周大雷又问:听你这语气,兄弟我斗胆猜测一下,莫非你这是陷入了爱情的深渊?

谢俞回:爱情个头。

"我爱学习":第三名了吧,这个X。

"学习学习学习我的生命里只有学习":快追平第二名了。

"英语课代表":有戏啊看样子,赌不赌?我觉得这个X绝对是后起之秀,黑马中的黑马,而且直到今天都没有见他说过话,高冷得可以,一看就是干大事的人,不简单。

"为了更好的明天":赌什么?

"报效祖国":在下赌一本私人珍藏,1982年初中《语文》第五册教材,可遇不可求。

"我爱学习":他一定是个把心思全部都花在学习上的人。看着他每天沉迷学习,荣辱不惊,对其他娱乐都漠不关心的样子,我感到非常惭愧,我居然还有工夫在这里闲聊。

…………

谢俞刷题刷了好几个晚上,自从他冲上排行榜之后,jsdhwdmaX这个账号的话题度就一直居高不下。

排行榜对于这群热爱学习的玩家来说,就像年级排名一样重要,是荣誉的象征也

是奋斗的目标。多看高居榜首的学霸成绩，鼓励自己跟随学霸的步伐，多读多看多背多做。

《题王争霸》玩家积分取的是各科平均得分，只有一项成绩突出的话也没什么用，所以榜上有名的那几个都是全才，而且从开题以来，这几个人的名字位置几乎没有产生过变动。

一夜之间有新人冲上来也就罢了，这个名字都让人记不住的新人在排行榜上的位置还一天一个变化，跟爬楼梯似的，轻轻松松往上爬。

"学习学习学习我的生命里只有学习"：高冷好啊，那个不要脸的人给我的阴影太深了，真的，我现在每次看到系统广播谁跟谁PK谁落败，总害怕下一秒交流频道里出现两个字"一杀"。

"英语课代表"：他最高一晚上十四杀呢，总感觉他进错了游戏。

"为了更好的明天"：这么厉害的吗？PK掉一个就在交流频道里说"一杀二杀三杀"？是我知道的那个不要脸的吗？

"英语课代表"：是他，除了他还有谁，说实话我一直想知道他这么做的用意何在。

"学习学习学习我的生命里只有学习"：不懂，我等凡人怎么会懂。

"我爱学习"：凡事以学习为重，聊八卦没有意义，向X学霸看齐，来房间4008，等你挑战。

虽然那位题王打下江山之后已经不怎么上线了，但他的传说依然在游戏里口口相传。

谢俞偶尔会看两眼交流频道，每次看都刷新了对这个人的认识：这么多戏吗？这个神经病。

他刷题到两点多，接受了几局PK赛，积分赚得差不多就准备下线睡觉。

只睡了几个小时，早上七点他就被顾雪岚叫起来："老师马上要来了，你收拾收拾，先去洗脸刷牙，然后下来吃早饭。赶紧的。"

前面几句语气还挺正常，说到后面顾雪岚看到谢俞这副不配合的样子，火气又上来了："听见没？"

谢俞被她吼得头疼："知道了。"

顾雪岚女士说一不二，真找了老师，此人据说在私教界颇有名气，治好过许多迷途少年，总之被吹得神乎其神。什么没有他教不好的学生，什么拥有一双化腐朽为神奇的手，点石为金，发现每一个孩子潜藏的智慧……

谢俞听得很想笑——嘲笑。

顾雪岚却对这位老师的到来满怀期待,这位平时坚决控制饮食保持身材的女士,高兴得连早饭都多吃了几口:"听说陈太太的儿子,假期里成绩提高了几十分。"

钟国飞笑着对谢俞说:"听见没有?好好努力,可别让你妈失望。"

谢俞专心喝粥,头都没抬,随口"嗯"了一句敷衍了事。

有人却不乐意。

钟杰坐在谢俞对面,不冷不热地说:"人跟人可不一样,人家儿子能提几十分,不代表你儿子也行。还是别给他太大压力了吧,不行就是不行。"

这句话一出,餐桌上本来还称得上和睦的气氛瞬间降至冰点。

顾雪岚尴尬地放下汤勺,不知道说什么好。

"会不会说话?"谢俞不紧不慢地把粥喝完,然后抬起头,看着钟杰的眼睛又重复了一遍,"你会不会说话?"

顾雪岚急忙扯谢俞衣服。

谢俞嘴里那句"关你屁事"绕了两个弯,最后还是没说出口。

"我说错了吗?"钟杰嘴角的笑意越来越大,"你中考作弊,是不是打算高考也作弊?"

如果不是顾雪岚拦着,谢俞能把钟杰送进医院,还是那种卧床一个月生活不能自理的。

钟杰长得跟钟国飞有几分相像,待人接物却相差甚远,总是无形之中带着几分尖酸与刻薄。

他马上要上大一,分数原本够不上一本院校,但钟国飞有的是门路,差了十几分硬是把他塞进南大,这一塞,可真是塞出了他"名校大学生"的自信和骄傲。

"我怎么高考不劳您费心。"谢俞擦擦嘴站起来,走出去几步又停下问了一句,"对了,你吃饱了吗?"

钟杰不知道他问这句话是什么意思。

谢俞说:"吃饱饭,希望你能找点事情做。"

这是在骂他吃饱了撑的。

这顿饭最后吃得不欢而散。

饭后钟杰和钟国飞一道出门去公司,顾雪岚留在家里等私教,顺便找谢俞谈话:"虽然小杰那孩子做得是不对,但是你也不能跟他那样说话。"

"那孩子?"谢俞说,"搁您那儿是孩子,搁我这儿也是?"

顾雪岚也不知道怎么说,她就是不想家里每天都这么剑拔弩张:"你……他什么性格你也知道,忍一忍就算了,退一步海阔天空。"

谢俞烦得不行："凭什么？这臭脾气我还非得惯着他不成？"

"你钟叔叔已经说过他了，下次客气点，算妈求你，行不行？你平时都住在学校里，妈想见你都见不着，难得假期在家里待着，乖一点，听话。"

说话间，门铃响了。

家教提着黑色公文包站在门口，看起来挺年轻，戴着金丝边眼镜，一副好好先生的样子："钟太太，钟少爷。"

见人来了，顾雪岚结束话题，起身去大厅迎接客人，两人顺便坐在沙发上聊了一会儿孩子学习成绩不好等问题。

谢俞坐在他们对面，百无聊赖地从茶几上挑了颗葡萄。

家教姓黄，名校毕业，对教育问题侃侃而谈，谢俞还以为传说中的点石为金有什么特别，没有想到这么无聊，听了一会儿就犯困。

"兴趣才是学生最好的老师，我的教育理念就是引导学生对学习产生兴趣，让学生主动想去学之后呢，因材施教，帮助学生，看看他适合哪一种学习方法，找到正确的学习方法之后，自然就事半功倍。"

这位黄老师头发上抹着厚厚一层发胶，说话的时候习惯性用手指扶一扶镜框。

葡萄的汁水酸甜，谢俞随手抽出一张纸巾吐葡萄籽。

他偷偷翻开手机通讯录，找到雷子，趁着顾雪岚女士正跟人聊得火热，单手发了条短信过去：给我打个电话，快。

多年兄弟情谊，这种事情一点就通。

周大雷电话下一秒就来了。

谢俞起身："妈，黄老师，我出去接个电话。"

周大雷那边全是敲击键盘的声音，谢俞刚想说"你在网吧呢"，就听对面大雷粗重地吸了两口气，然后扯着嗓子气壮山河地喊："你们帮会有毛病吧？抢我紫武，要不要脸了还？"

周大雷骂骂咧咧一阵，摔了鼠标，还想把键盘给砸了，网吧老板急急忙忙过来："雷仔，息怒息怒，你砸坏了也是要赔钱的。游戏里的东西，都是过眼云烟，淡定一点，江湖上的是是非非……"

"没法淡定，这事没完，"周大雷非常执着，"情缘可以随便抢，绝版紫武不行。"

周大雷说完才想起来手机还在通话中："谢老板？我跟你说我真是气得肝疼。"

谢俞问："绝版紫武？"

$r=a(1-\sin\theta)$

"是啊,这只怪明明是我们队杀的,爆率只有0.1%,我们刷了这个隐藏BOSS(指电子游戏中的大怪物)好几天,马上就要到手了被人半路截和。"周大雷说,"太脏了这群人,真的脏。"

周大雷又说:"我约了他们今天决一死战,你来不来?"

谢俞:"我又不玩你那个武侠游戏。"

"不在游戏里,在南京路。"

这还能约出来?

周大雷:"他们在A市,我们B市,照着地图连了一下线,取了个中间值。两个小时之后,南京路中心广场。"

谢俞回头看了看还在跟家教聊天的顾女士:"行,等着,大哥来给你撑撑场子。"

顾雪岚和黄老师聊了差不多有二十分钟,等她察觉不对劲的时候,谢俞人已经走了。

说是接电话,这电话一接半天没回来。

"他人呢?"

见太太脸色很不好,阿芳犹豫半天不知道该怎么说:"走……走了,二少走之前说,让您别费心思了。"

顾雪岚手里的陶瓷茶杯差点没端稳。

谢俞是最后一个到的。

他到中心广场的时候,那两拨人已经排成两排面对面,看样子是试图先理论然后再打架。

浩浩荡荡十几号人。

谢俞没有打架的想法,只是来凑凑热闹,于是在不远处挑了个风景秀丽、遮荫避阳的地方待着。

闷热的夏天,两群平均年龄十六岁的血性男儿顶着上午十点半的太阳,为了一件游戏装备对骂。

周大雷带头冲在前面,声音洪亮:"还有脸说?那是你们的吗?是你们的东西吗?"

对面那群人也不甘示弱:"是我们的啊,怎么就不是我们的了?"

"要不要脸了,兄弟,玩个游戏而已,心别太脏。"

"机会永远是留给有准备的人的,我们为了抢东西蹲点蹲了三四天,你又知道什么?你根本不知道我们有多努力!"

"哟嗬,挺自豪啊,你们找揍是不是?"

"来啊,谁怕谁!"

周大雷差点没被气死,他缓了口气,最后从牙齿缝里挤出来一句话:"趁哥现在还能跟你心平气和地好好说话,交出来,把东西交出来,我也不为难你们,这事就当没发生过。"

谢俞看到人群中,一个原本站在队伍最后边、戴着黑色口罩、鹤立鸡群的人缓缓往前走,他周遭的人极其配合地给他让出一条道。

那人的声音透过口罩布料,又闷又低缓地传出来:"凭本事抢的装备,为什么要还?"

r=a(1-sinθ)

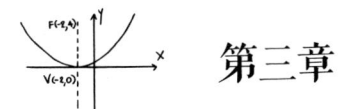 第三章

太欠揍了！

这理所应当的语气！

周大雷恨不得脱了上衣光着膀子燃烧自己全身的能量，让他们知道惹怒他的下场："抢我紫武，抢我紫武，我让你抢我紫武！"

"没抢，这能叫抢吗？技不如人就甘拜下风，啊……别打脸！"

一片混战之中——

谢俞眼睁睁地看着刚才那个挑起纷争的、看起来浑身散发老大气场的口罩少年不动声色地在里头划着水，划着划着就离开了战场，划水技术相当高超，居然没有人发现他悄无声息地溜走了。

走出混战圈的时候，他甚至抬手理了理头发。

非常注重形象。

大夏天，这个人穿着长袖长裤，脸上还戴着口罩，看不清楚五官。

他明显也想往树荫底下走，环顾四周，只有谢俞站的那片地方没有太阳，于是谢俞身边很快多了一个人。

口罩少年个子挺高，比谢俞高了半个头。

他和谢俞并排站着观战，然后不紧不慢地从衣兜里掏出一根棒棒糖——粉红色，草莓味。他三下两下剥开糖纸，温度太高，糖有些化了，谢俞闻到空气里弥漫开一股甜腻腻的味道。

这人拉开口罩，黑色布料松松垮垮地兜在下巴上，他吃糖没什么耐心，含了一会儿之后就用牙齿咬碎，等要找地方扔垃圾的时候，他才后知后觉地意识到身边站着的这个人可能也是对面阵营前来讨要紫武的选手。

谢俞忍了一会儿没忍住："看什么看？"

偷偷盯着别人还被人直接说出来，那人没有半点不适。他面不改色地重新把口罩拉

上，手指钩着布料边沿，黑色布料和手指形成鲜明对比，肤色看起来有种不正常的白：
"你也是他们那边的？"

谢俞说："是又怎么样？"

口罩少年想了一会儿，说："朋友，过两招？"

对面战况惨烈，老实讲，谢俞不是很想动手："朋友，劝你珍惜生命。"

口罩少年将袖口往上折了两道，露出一截精瘦的手腕："巧了，我就喜欢找死。"

交手两个回合之后，谢俞不得不承认这人身手意外地不错。

干架姿势极其利落，一气呵成，快、狠、准，不小心挨到一下能顺着皮肉疼到骨头。

谢俞从小就在人群里摸爬滚打，小时候挨揍挨得多了，十岁之后基本上就只有他揍别人的份，鲜少能体会到被人压制的感觉。

但也只是片刻的工夫，在谢俞耍阴招将口罩少年绊倒之后，两个人的战场变成了地上。口罩少年缓了好一阵才固定住谢俞的胳膊，想从谢俞身下起来，冷不防又被谢俞抬膝盖顶在肚子上。

"等会儿——"口罩少年说，"你知不知道今天地表温度多少度？"

这几天高温红色预警，每天都有人在地面上做荷包蛋实验。

谢俞想说，你一个大男人没那么娇弱吧？

就在谢俞晃神的时间，口罩少年直接压着他一个翻身，两个人位置瞬间调换，口罩少年扬了扬眉——他眼窝深，眉眼间距又窄，眼神深邃。

他凑得很近，一只手撑在谢俞脖子边上，说："挺暖和，你感受感受。"

"我感受你个头。"

两个人没能在地上较量几回。

谢俞感觉到身上突然轻了，再一看，口罩少年速度极快地从他身上爬了起来，拍拍衣服裤子上的灰，然后朝他伸出手，将他拉起来，突然开始胡言乱语："朋友，你怎么那么不小心，平地也能摔，走路的时候小心点啊，你这样我怎么放心让你一个人逛公园。"

谢俞实在是看不懂这个操作："你傻吗？"

口罩少年说："你才傻。"

说完口罩少年又冲对面喊："收手——别打了，警察来了。"

谢俞这时候才隐约听到警车声，紧接着他看到马路对面五六个全副武装的警察从车上一个接一个下来，隔着一条马路就指着前面喊："蹲下！抱头！不许动！聚众斗殴！

$r=a(1-\sin\theta)$

胆子很肥啊！"

他们俩离得有点远，而且口罩少年反应得快，在警察下车前就拉着谢俞站了起来，警察也没有料到树底下会有两条一边乘凉一边单挑的漏网之鱼。

口罩少年搭上谢俞的肩，两个人远远地看起来就像是一对在上午十点半逛公园的好兄弟："不用谢，我耳朵比较好使。这样，我们串一下口供，你想要一个什么身份？我已经给自己想好了，我，就是一个早饭吃得太撑来公园散步消化的无辜群众。"

谢俞冷漠道："我，懒得理你。"

口罩少年："……"

谢俞又说："出来打架还怕警察？"

"不是怕，"口罩少年耸耸肩，无所谓道，"就是觉得麻烦。"

本来他们俩应该幸运地目送警察押着十几号人离开，但是人算不如天算。

其中一个心理素质比较差的哥们心态崩了，他左看看右看看，没找到自己大哥，扭头一看，大哥在树底下站着呢，于是惊慌失措、像小鸡找鸡妈妈似的喊了一声："朝哥！"

贺朝心里冒出来一万句脏话。

谢俞："朝哥？你？"

贺朝说："我说我不是，你会信吗？"

谢俞掰开了贺朝搭在他肩上的手，兄弟情深的戏码落幕了，立马翻脸不认人："你该问问警察信不信。"

警察自然是不信的。

警察站在他们两个人面前，看看这个又看看那个，一时间不太确定"朝哥"是哪一位："朝哥？谁啊？"

贺朝主动出来认领自己行走江湖的名讳："我，是我。姓贺名朝，朝阳的朝。"

谢俞还没来得及自救，跟他们撇清关系，就听旁边那个刚刚把他从地上拉起来想跟他一起串口供的人向警察介绍说："警察叔叔，他是我的互殴对象。"

谢俞差点骂出来。

"一起带走，全部都给我抓回去！"

派出所里。

他们人数太多，十七八个人排队走进去，跟走红毯似的一长排，走到指定的地方之后，人分成两排，面对面蹲下来、抱着头，特别像电视里演的那种犯罪分子。

周大雷还觉得有点新鲜，用胳膊肘顶顶谢俞："老谢，你觉得我们现在像不像贩毒的？这待遇我只在电视里见过，这么想想黑水镇的警察同志真是亲切，起码还会给个凳子坐。"

谢俞："还想坐凳子？你就想想吧。"

贺朝蹲在谢俞对面，没忍住，笑了一声。

坐在会议桌最中间的那位警察敲敲桌子："干什么，以为自己是进来开茶话会的啊？还有你，笑什么笑？你脸上咋还戴着这玩意儿，自己也知道丢人啊，给我摘了。"

贺朝配合地摘下口罩："不是，我紫外线过敏。"

"那你也是挺拼，还出来打架。"

贺朝说："没办法，为了部落。其实我是一个和平爱好者，不喜欢打打杀杀。"

周大雷又用胳膊肘顶了顶谢俞，一忍再忍，实在是没忍住："大帅哥啊。"

谢俞："周大雷，你觉得你现在蹲在派出所里对着一个男的犯花痴合适吗？"

贺朝听见了，心情不错地回敬道："兄弟，你也挺帅。"

周大雷嘿的一声笑了，觉得这哥们有点意思："哎，你是不是混血？长得有点洋气啊。"

面前这人虽然蹲着，但气势丝毫不减。发型干净利落，额头大半露在外边，鼻梁高挺，眼形狭长，双眼皮深深的一道，朝别人看过去的时候，那双眼睛会说话似的，深不可测。

"我八国混血，祖上在欧洲那边混了三代，后来往东南亚发展。我爸是阿拉伯人，我妈法国的。"贺朝见周大雷脸上的表情越来越崇拜，顿了顿，不可思议地说，"这你也信？我是中国人，纯种的，不混血。"

眼看这两位就要越过仇恨建立起友谊，警察终于切入重点，将这段友谊扼杀在摇篮里："你们谁来说说，这到底是怎么回事？为什么打架？"

周大雷立马跳了起来："因为他们抢我东西！我的紫武，那是我的勇气和信仰！"

警察示意他打住："还抢东西？"

谢俞听得头疼，他觉得接下去的内容实在是有点羞耻。

果然，只听周大雷认认真真地说："就是一把盘古开天辟地的时候用的宝刀，有999+防御值和攻击力，有了它我可以统治世界，还能卖钱。最主要的是能卖钱。"

"我们没有偷，"另一群人不乐意了，纷纷表示，"这怎么能说是偷的，那盘古神刀就掉在地上，又没有写名字。"

$r=a(1-\sin\theta)$

警察怀疑自己抓了一群精神病。

为了还原最真实的打架动机,更深刻地了解这件事情的来龙去脉,几名警察下载了《创世纪》这个网络游戏。

来龙去脉让人啼笑皆非。

双方没有什么人受伤,而且警察赶到的时候他们已经停手了,没有看到什么火爆的景象。

"盘古神刀在谁手里?"

有人举手:"我,在我这儿。"

警察心里有了量刑的标准:"你登上你账号。"

"登上去了,在我的背包里,就是那个紫色的,嗯,对……"

然后警察接过鼠标,在属性里,点击了"丢弃"。

全服争抢的王者象征"盘古神刀"就这样被丢弃在野猪山山脚下。

周大雷觉得自己的心脏被人刺了一剑,还是整个扎穿的那种,俗称扎心。

一群沉迷游戏的网瘾少年差点扑上去抢警察叔叔的鼠标,但是残存的理智仍然在不断拉扯着他们:不可以,不合适,斗不过,不要找死,千万忍住。

警察又指向电脑屏幕,屏幕里一头野猪正在散发光芒的盘古神刀旁边跑来跑去:"它不过就是一个虚拟道具,我不反对你们青少年玩游戏,但是要玩得适当,要有正确的价值观念……"

经过长达半个小时的思想教育,"和谐社会"四个大字在他们脑海里翻来覆去地转圈圈。

谢俞蹲得累了,趁着没人注意的空当,顺势坐到了地上。

周大雷余光捕捉到这个细微的动作:"老谢,你偷懒。"

谢俞拍拍身侧的地面,道:"你也坐。"

周大雷犹豫两秒:"我不敢,我怕他又让我登上我的游戏账号然后把我辛辛苦苦打的其他装备全部给扔了,我弱小的心灵承受不住这样的打击。"

谢俞:"出息。"

等教育得差不多了,警察想验收一下自己的教育成果,在前面咳两声,清了清嗓子,然后以一种军训教官的姿态大声问道:"我问一句大家回答一句,和谐社会是什么?"

没人答得上来。

刚才听了一大堆"和谐社会",也没说要画重点准备测试,哪里记得住,能蹲着听完就不错了。

"是……是……"

"是"字被念得此起彼伏、抑扬顿挫、情绪充沛,半天也没人接着说下去。

警察扫了这群人几眼,亲自点人回答:"刚才那个和平主义者呢,你知不知道?"

贺朝听得有点犯困,眼睛眯着,被点了名才抬头往前看:"我?"

警察道:"就你,你答。"

贺朝压根都不知道题目是什么,左右看看也没人有提醒他的打算,琢磨了一下,回答道:"我选C。"

因为贺朝这个回答,所有人的检讨字数从两千字涨到了三千字。

写检讨的环境还特别恶劣,不给桌子,就地解决。谢俞将纸垫在膝盖上,力道稍微重一点,笔头就在纸上扎出一个洞来。

写几行扎一个洞,谢俞写到第二页的时候终于不耐烦地皱起眉。

"别躁,朋友,心态放平。"贺朝在谢俞对面,写检讨的姿势也特清奇,笔下的字迹狂得几乎都要飞起来,嘴里却风轻云淡地说,"人生就是这样,有许多你想象不到的难题,但是我们可以克……这纸这么脆弱的吗?没扯它就裂了。"

谢俞抬眼,看到贺朝用手压着的那张A4纸裂开大半,上面爬满的内容看得让人怀疑自己是不是学过汉语,看那架势,他这是恨不得一行字都用连笔连在一起。

贺朝重新抽出一张纸垫在地上,旁边一位小兄弟显然也被他这一手"好字"所折服,把脑袋凑过来盯着看了大半天,然后啧啧称奇:"我说你怎么写得那么快,这都是什么玩意儿?"

贺朝说:"是不是帅翻了?"

谢俞:"你有这份自信真是难得。"

周大雷写得无聊,也凑过来聊天:"哎,这位帅翻了兄弟,听说你是他们老大?"

贺朝停下来,抬起头,他领口开得大,脖子上有道红绳,顺势牵着一块玉坠一道滑了出来,玉坠造型简单,是圆形的平安扣:"老大?算不上吧,网吧里认识的,偶尔一块儿打游戏。"

现在紫武也扔了,大家算是不打不相识,又坐在这里共患难,称得上有缘分,但周大雷还是忍不住问:"抢紫武你也有份?"

$r=a(1-\sin\theta)$

"我没那么闲,吃饱了撑的,不眠不休在隐藏BOSS复活点守三天,"贺朝又说,"不过哥们,实在对不住,这主意确实是我出的,当时就是开玩笑,我也没想到他们真的这么执着。"

听那帮人说想要盘古神刀又打不过隐藏BOSS,他就随口一说:去抢啊。

没想到还真的给他们提供了新思路。

周大雷不是很明白:"那打架之前你还出来挑衅。"

贺朝说:"你们既然要打架,那就好好打,是不是?你们这个气氛不太对,我就出来调节一下,朋友,我真的没有别的意思。"

这话听着怎么就那么奇怪呢。

周大雷:"那还真是谢谢你了?"

贺朝:"不客气。"

检讨交上去的时候差不多已经是傍晚,因为有个人写得特别慢,这些检讨还非得全部交齐才能走人,所以先写完的就在边上等着。

"区区三千字就能把你击倒,还是不是男人,"贺朝一开始还试图去指点他,后来也承认这人孺子不可教也,"写检讨还不会——我错了,我深刻地认识到了错误,我保证下次不会再犯,然后展望一下你的未来——写,我说你写。"

谢俞冷眼站在旁边看着,别人写完三千字的工夫,这人才写了个开头。他没贺朝那么多话,只说了一句就让那人差点哭出来:"你告诉我,你真的完成九年义务教育了吗?"

"都齐了?"之前那名警察又接到电话,出去处理了点事情后捏着那沓厚厚的检讨书,随意翻看了一下,说,"行吧,那就这样。念在你们是初犯,给你们一个改过自新的机会,这种事情希望以后不要再发生了,不管是不是未成年,你们都要为自己的行为负起责任。"

众人七嘴八舌道:"是是是,谢谢警察叔叔。"

"下次不会了。"

"一定时刻牢记。"

"这样,你们按照来的时候那样,站成两排。"警察说。

周大雷琢磨着,这是要大家一起整整齐齐地出去?果然是一个讲究秩序的地方。

谢俞和贺朝按照原来的站位,面对面站着——这人不知道什么时候又把口罩给戴上了,只露出两只眼睛在外面。

所有人站好之后，警察宣布了一个消息，犹如扔下一枚重磅炸弹，将他们炸得体无完肤："我们派出所奉行爱的教育，本着爱的原则，对你们这些打架斗殴的孩子采取一些针对性的措施。比如互相握手、拥抱，说一句'我爱你，我的朋友'孩子们，世界是美好的，世界充满爱。"

所有人面面相觑。

傍晚七点。

谢俞坐在兰州拉面面馆里，一边看手机一边等周大雷吃第二份拉面。

"说真的，我再也不敢在这片打架了，"周大雷用筷子捞起面条往嘴里塞，口齿不清道，"忒害怕了。"

谢俞放下手机："你吃完再说。"

周大雷囫囵吞枣咽下去，也不怕烫："我雷仔行走江湖十六年，第一次遇到这样的——我爱你，我的朋友——能不能给江湖少年一条活路子？"

这位吃面条的江湖少年越说越觉得苦不堪言，说到最后，所有情绪浓缩成为一句话："我谁都不服，我就服刚才在派出所里那位没有脸皮的兄弟，他怎么可以那么熟练？"

听到"某位没有脸皮的兄弟"，谢俞脸色有点泛青。

所有人里，贺朝是最没有心理负担，也是动作最快的一位。

他相当自然地抓着谢俞的手，真心实意地揽着对方的肩膀一把抱住，将"我爱你，我的朋友"这七个字念得饱满而富有情感，看起来像一对失散多年的亲兄弟。

天已经黑了，傍晚突然刮起风，让燥热的天气降下一些温度。

"其实吧，我真的不是在意一件游戏装备。"周大雷声音突然低下去，他放下筷子，说，"你也知道的，我学习不行，那课本我真是看了一个头两个大，都是什么玩意。我爸妈那个烧烤摊子，看着不算什么活，真做起来挺累人的，可是我又能干什么，我只会打游戏。我打游戏也还行吧，卖卖游戏装备……谢老板，你觉得，我有没有可能当一名职业电竞选手？"

谢俞没说话，静静地听着。

"算了，我就随便说说。打游戏再厉害，能算什么工作啊？"周大雷从边上抽了张纸巾，擦擦嘴，然后起身，"走吧，不早了，赶紧回去，你这回出来跟你妈说过没有？她又该着急了。"

$r=a(1-\sin\theta)$

　　周大雷平时是个挺没心没肺的人，不认识的人看他，那就是个典型的不学无术的混子。

　　中专的时候周大雷追到了喜欢的姑娘，那姑娘当时正好也在叛逆期，觉得找个社会朋友真是厉害坏了，等叛逆期一过，就嫌他这不行那不行，简直一无是处，说自己当初真是瞎了眼。

　　可谢俞认识的周大雷不是这样的。

　　"雷子。"

　　"嗯？"

　　"你喜欢打游戏吗？"

　　"喜欢啊。"

　　"你觉得自己实力怎么样？"

　　周大雷只当谢俞在跟他瞎聊天，随口说："贼牛好吗！"

　　结果周大雷走出去好远，发现谢俞没跟上来。

　　他回头，正要喊"你干啥呢？走不走了，赶公交啊"，就听这位好兄弟站在十米开外对他说："我觉得你行。"

　　周大雷怔住了。

　　谢俞笑着说："你贼牛。"

　　谢俞回去的时候，大厅的灯还亮着，阿芳从他进门起就一直跟在他身后，谢俞走到半途停下脚步："想说什么就说。"

　　阿芳不动声色地看一眼大厅，然后小声道："太太一下午情绪都很不好，晚饭也没怎么吃，这回是真气着了，二少爷，你等会儿进去千万别跟太太顶嘴。"

　　顾雪岚在大厅里看电视，虽然表面上看起来一切照旧，但谢俞光看着她的后脑勺就知道今天晚上这关怕是不太好过。

　　电视里正放着狗血家庭伦理剧，蹩脚的演技、毁三观的剧情，男主角狰狞着五官表示自己的痛苦："我爱你，可我也爱她……我实在是不知道该怎么办才好。你和她，都是我生命里重要的女人。"

　　谢俞走过去："妈。"

　　顾雪岚没说话。

　　回应他的只有男主角越说越神奇的台词。

"对不起,"谢俞主动低头承认错误,"今天上午,我不应该一声不吭就走。"

"不该一声不吭地走,"顾雪岚抬手关了电视,然后将遥控器拍在玻璃茶几上,发出"砰"的声响,"怎么,还打算大摇大摆走出去不成?谢俞,我告没告诉过你,这个假期我希望你好好待在家里,一些乱七八糟的地方就不要去了,你现在最重要的任务就是学习。"

"妈,我觉得我有权利选择怎么度过我的假期。"

顾雪岚声音略显尖锐:"你有什么权利?等你自己独立的时候再来跟我谈权利!我养你不是为了让你整天无所事事、混吃等死,整天就知道往外跑,你有没有想过自己以后该怎么办?你现在还小,你想不到的,妈帮你想,你自制力不够、做不到,妈辛辛苦苦监督着你去做,到头来还是我错了?"

谢俞沉默。

顾雪岚缓了口气,坐下来,抖着手去拿茶几上的水杯,然后说:"你可能现在会怪妈妈,但是你以后会明白的,妈这么做都是为了你。"

"我知道,"谢俞说,"我自己心里有数,等高考您看我是考个清华还是北大。"

"就知道用这句话来堵我,你有什么数,你要是真有数,你这成绩就不会像今天这样。还清华、北大,你做梦呢!"顾雪岚胸口闷得发疼。

她自从早上万分尴尬地送走黄老师之后,情绪波动一直很大,现在谢俞还在她面前不卑不亢的,丝毫不觉得自己犯了什么错,她所有情绪一下子冲上来:"你到底是跟谁学成了这副样子?周大雷?许艳梅?——你也想跟黑水街那些人一样是不是?"

谢俞本来是想低头认错,好脾气地哄着顾女士,让她消气。毕竟今天这事确实是他做得不对,非要他在假期里配合家教补课,那就补吧。

但是听到最后一句,他突然抬起头,说话缓慢,眼神却冷得扎人:"那些人,他们是哪些人?"

顾雪岚说完那番话,自己也觉得失言。

可她正在气头上,又没有台阶下。

两人沉默地对峙着。

"饭菜在厨房,饿的话自己去吃。"顾雪岚态度软下来,一种无力感深深地席卷了她。

谢俞性格硬,很多时候她都不知道究竟该用什么样的方式去教育他。

她一个人把孩子拉扯大,谢俞成长过程里缺少的那个属于父亲的位置,她没有办法、也无力帮他填满。

从来没有人教过她,该如何教导一个正处于青春期、逆反心理重的孩子,这个孩子不再是小时候窝在她怀里依赖她的软绵绵的小小子了,也不再吵着要她陪着出去玩,不再是走路颠颠地,走到一半发现妈妈没有跟上来,停下来回头找她的那个小小子了。

他现在有了自己的步伐,似乎将她甩在身后。两人之间话也变得少了,她不知道他到底在想些什么,少年越来越闪烁,也越来越沉默的眼睛里,渐渐形成一个她看不懂的世界。

顾雪岚上楼之后,谢俞去厨房倒水,看到边上用碗扣着、整整齐齐地搁在那儿的一盘西红柿炒鸡蛋,鸡蛋被炒成金黄色,上头撒了一层细碎的葱花。

顾女士亲手做的。

他都不需要吃,一眼就能看出来。

谢俞突然觉得自己今天这事确实干得挺浑蛋。

夜渐渐深了,偌大的房子再度冷清下来。

谢俞洗过澡,想起手机还开着飞行模式,将飞行模式关闭之后,十几条短信一窝蜂涌进来,叮咚叮咚响个没完。

梅姨的最多,问他在哪里,别犯脾气,赶紧回家,他妈很担心。

雷妈也发过来两条,最后是雷子的,问他到家了没有。

谢俞回:到了。

雷子:到了就好,我一到家我妈就抓着我问知不知道你去哪儿了。那架势,整得跟失踪人口似的,可紧张了,吓我一跳。

顾女士虽然话说得凶,一副你怎么讲我也不听的样子,家教的事情倒也没有坚持下去,就那样作罢了。

跟这件事情压根没有关系的钟杰反而像只斗胜了的公鸡,心情美妙得不行,还时不时地拿这个出来说事。

谢俞学"乖"了,全程冷漠又不失礼貌:"嗯,是,你牛、你牛,你说得对,高兴吗?开不开心?"

怎么听着更让人来气。

不用应付家教,谢俞的假期时间宽裕很多。

《题王争霸》的赛季以假期为主,开学截止。这个暑假是该冷门游戏第一次试运营,最终诞生的题王将会是尊贵的初代题王。

"我爱学习":X学霸今天没有上线?是不是生病了?

"为了更好的明天":为什么是生病……不能往好的地方想想吗?人家也是要生活的啊。

"我爱学习"：因为我眼里的X学霸，只要还有一口气，就不会放弃学习，他是多么刻苦，集天赋和努力于一身，不骄不躁，凌晨五点都不睡觉。他就是我学习的榜样。

"死亡都无法阻挡学习脚步的X学霸"正在陪两位老阿姨网上冲浪。

谢俞："一个圈。"

许艳梅："三带一。"

雷妈："不要。"

谢俞又出牌："炸弹。"

黑水街"社会一姐"许艳梅同志最近沉迷手机斗地主，整天在群里找人陪她一起打牌。

雷妈看了一眼自己手里的烂牌："不打了不打了，反正也打不赢，我得做饭去了。"

许艳梅："你怎么老这样，打不赢就跑？"

雷妈坦荡荡："真得做饭，不然让我家大雷吃什么啊。"

谢俞："我也撤了，你跟我玩，你怎么玩都是输，多没劲。"

谢俞手气是出了名的好，周大雷总用"谢老板"这三个字称呼他。

以前过年的时候大家凑在一起打牌，谢俞总被所有人坚决抵制，谁都不想跟他一桌切磋，于是谢俞活像个晚年没有子女照顾的凄惨老人，一个人坐在边上，看看电视喝喝热水。

开始周大雷还会挺挺自己兄弟，强行拉他上桌："没你们想得那么神，真的，他牌技也就一般般，都是狗屎运。不信咱走着瞧，今天他绝对菜得抠脚。"

结果谢俞完全辜负他给的信任，不止把能赢的钱都赢走，还赢到手四张欠条。

谢俞再次登上《题王争霸》，是因为突然想起来这周末有一个限时双倍经验活动。

题王制作组：今晚题霸狂欢，大家准备好了吗！不仅有新题型上架，丰富完善各学科内容，难度更上一层楼，我们还推出了全新的观战模式，可以近距离观看学霸们刷题以及一对一PK哦！赛制公开透明，凭实力说话，让作弊、开挂无处藏身！

观战模式一出，引起热议。

"我爱学习"：太好了，这样一来，我就可以看看自己跟别人的差距到底在哪里，别人的解题思路，或许能够帮助我开拓出新思维，同样一道题，从不同切入点去看，学习一定能够事半功倍！

"报效祖国"：赞美制作组，观战模式真的太惊喜，一直都很想看看排行榜大神做题。

$r=a(1-\sin\theta)$

"学习学习学习我的生命里只有学习"：这个暑假因为你们，我才过得那么充实，每当我打开这个App我就知道有做不完的题目在等着我，就觉得格外幸福，做到了很多平时接触不到的难题，不断地挑战自己，保持对学习的热爱。

谢俞依旧两耳不闻窗外事，直接进去刷题，没有注意到右上角多了一行灰色的小字，那行小字还在不停跳动变换。

当前观战人数：82。

"我爱学习"：X学霸这个刷题的速度有点恐怖……

"为了更好的明天"：X神好吗？神仙答题。难怪冲排行榜冲得那么猛，我题都还没有审完，他已经解一半了。

"学习学习学习我的生命里只有学习"：刚刚那道立体几何题有人看懂了吗？他上来直接画了五条辅助线？原来是这样的吗？

"力争上游"：辅助线很可以，一次性解决一二小问。

"为了更好的明天"：同学们，刷起来。

谢俞不知道有近一百个"神经病"看他刷题。

他只知道，凌晨三点半，他总算把那个不要脸题王从排行榜第一挤了下去。

No.1：jsdhwdmaX。

第四章

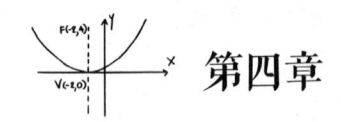

谢俞睡觉之前,心情十分不错地发了一条朋友圈:结束了。

这又让周大雷浮想联翩。

周大雷结合这位兄弟这一个多礼拜以来所有的朋友圈内容,早已经在心里设想出一段旷世凄凉、难分难舍、我爱你你爱他、你终究不属于我、得不到你我就要将你毁掉的早恋故事。

剧情辗转,高潮迭起,神秘又刺激。

周大雷小心翼翼地评论送关怀:过去的就让它过去。

谢俞不太理解他这种莫名其妙的、貌似心知肚明的架势到底是从哪里来的:你知道什么?

周大雷回复:我懂啊……我懂的,你别难过。

谢俞后来不止一次问自己,如果当时知道这游戏破事那么多,并且会遇到一个穷追不舍的神经病竞争对手,他还会不会点开这个游戏。

——他应该不会。

不会。

死都不会去玩的。

谢俞将题王顶下去的那天晚上,全服欢庆。

就像跟恶势力作斗争的穷苦人民终于得到了解放,恨不得站出来高歌几曲,做题时的思路都顺畅了不少。

"学习学习学习我的生命里只有学习":七月二十五日,我会永远记住这一天!

"我爱背单词":一个题王倒下了,千千万万的人民看到了希望。

"年级前十":睡觉去了,美滋滋,明天起来我要多刷十套试卷以表达我内心的欣喜。

这帮人没能高兴多久,"年级前十"十套试卷都还没有做完,次日夜里,失踪人口突

$r=a(1-\sin\theta)$

然上线。这位兄弟一直刷题刷到天亮，不眠不休坚持不懈地将第一名的位置夺了回来。

谢俞再上线的时候，看到交流区一片哀号，骂街的，还有呼叫X神迎战的，戾气重得不行。

"英语课代表"：你们昨天去观战了？

"为了更好的明天"：是的，他解题解到一半，发现我们观战，在答题区域写"别看了，你们又看不懂"。

"为了更好的明天"：他还开小号专门看我们的交流区，羞辱我们。

....

虽然大家对X神的呼声很高，但是谢俞陪着题王来了几个回合，两个人今天你第一明天我第一，为了守榜几个晚上没合眼，困到不行，再玩下去怕是要送命。

他正在想，要不就这样算了，下线睡觉，再争下去也没意思，却控制不住自己的双手，一道题答完，习惯性点了下一题，点着点着，弹出来系统提示框。

题王请求添加您为好友，是否同意？

谢俞拒绝了三四次，但是看那架势，他要是不点同意，估计他这题没法继续做下去。

题王：你困不困？

jsdhwdmaX：什么意思？

题王：商量一下，休战，我得去睡了。

两人达成共识，谢俞打算下线，但是等他洗完澡上床，却无意间发现好友题王的在线状态后边还紧跟着一行小字：刷题中。

谢俞感觉自己可能是被人阴了。

转眼假期时间过去大半，越来越临近开学，顾雪岚女士比谢俞本人还要着急，仿佛要去上学的那个人是她一样："作业都做完了吗？"

"嗯。"

"高二是不是要分班？"

"嗯。"

顾雪岚往谢俞碗里夹了块炒蛋，打算采取怀柔政策："也不知道能分进哪个班，这学期你收敛一些，遇到事情不要冲动，以前那些事情我不跟你计较，就从这学期开始，好好表现。"

"嗯。"

不管她说什么谢俞都是"嗯",顾雪岚也知道,他保准"嗯"完了该怎么样还怎么样,她放下碗筷,不说话了,坐在谢俞对面安安静静地看着他吃。

谢俞夹了块鱼肉,仔仔细细剔干净鱼刺,然后夹进顾女士碗里,抬头道:"怎么不吃了?看着我就能饱?"

顾雪岚看着那块鱼肉,过了好几分钟,想说什么又不知道怎么说,语气里带着几分小心翼翼:"高二,还继续住校吗?"

谢俞的手顿了顿。

他知道顾女士的意思。

钟杰马上读大一,到时候在家里基本上碰不着面。谢俞跟钟杰谁也看不惯谁,见到面就要吵,搁一块儿没人拦着分分钟能打起来。

顾雪岚又问:"不打算回家住?"

谢俞迅速吃完碗里剩下的几口饭菜:"不了吧,住校挺好的,条件也不差,上课方便,走几步就是教室。况且我周末又不是不回来。"

顾雪岚还想再说什么,谢俞打断道:"妈,跟你没关系,你别多想。我住校不是因为钟杰也不是因为你,是我自己的问题。"

"你自己的问题,什么问题?"

谢俞不想多说,也不知道怎么说:"没什么。住个校而已,我都多大了,不用你操心。"

立阳二中是十分鼓励学生住校的,觉得这样可以锻炼学生独立自主的能力。

入学第一天,校长就针对"住校"发表了一场动员演说:"学校是学生学习的地方,但是各位家长,伴随着孩子的每一个不同成长阶段,你们也需要不断学习,其中最重要的一门课,就是学会适当地放手……他已经会跑了,甚至跑在了你的前头,你还能把他当成小时候不会走路、不会吃饭的娃娃?当然,这是需要勇气的——你疼爱他,但是你得狠狠心,你得让他摔倒,让他学会自己爬起来。"

不知道为什么,顾雪岚对这段话记忆特别深刻。

她不得不承认这番话里有几分道理,但是有时候知道了道理又怎么样?

"那我帮你收拾东西,"顾雪岚说,"先都整理好了,再看看缺点什么。"

随着行李箱越来越鼓,假期也临近尾声。

同样临近尾声的,还有《题王争霸》夏季赛。

之前谢俞和题王两个人争到睁不开眼,后来扔下一个截止日一较高下的约定后,心照不宣地再也没有上线。

刚开始谢俞以为这又是题王的计策,后来悄悄守了几天,发现题王真的没有上线刷题,他还觉得挺意外。

离上次上线,已经过去快一个月,谢俞点开那个智慧果图标——智慧果在屏幕上旋转两圈,然后弹出来一行大字:由于投资商撤资,游戏暂时下线。

真的"凉"了?

还"凉"得这么彻底?

谢俞几乎能想象到那群沉迷学习的人会说些什么:撤资?学习那么有意思怎么会没有人玩呢?为什么热爱学习的人那么少?

接到周大雷电话的时候,谢俞还没缓过神:"谢老板,你晚上来不来啊?梅姨说今天叫你过来吃饭庆祝你开学,叫我们给你一些鼓励,让你在新学期挖掘自己在学习上的潜能……谢老板?听到了吱一声啊,你暑假都在干什么?我看你每天过得非常迷幻。"

"是很迷幻,"谢俞说,"特别迷幻。"

周大雷起得晚,打着哈欠,身上就穿了条裤衩,另一只手拎着白底红花还掉了漆的铁盆往屋外走,他把洗脸盆搁在水龙头下面,拧开开关,一边听着水流声一边说:"你几点来?我去车站接你。"

谢俞道:"就几步路你接个头。"

周大雷:"哥俩好,我不管,我就要去,我要是留在家里又要被这群女人念叨……对了,岚姨来吗?"

"她不来,"谢俞说,"她说有事。"

"这不说还没觉得,一说感觉真是好久不见。"周大雷又道,"那行,我先挂电话了,我洗把脸。"

谢俞下车的时候,周大雷正叼着烟,穿着人字拖,蹲在站牌边上抽烟,来来往往的人见了他都绕道走,以为是哪个"社会哥"。

谢俞抬脚踹了踹他:"装够没?走了。"

周大雷直接捏着烟头往地上摁,三两下灭了烟,拍拍裤子站起来:"没装,这边的长凳不知道被谁给拆了,本来我应该是很优雅地坐在那儿等你的。"

谢俞顺着看过去,果然站牌边上本来有候车专座的地方,现在只剩下孤零零四根铁杆子。

周大雷说:"什么都干得出来,我真的佩服。"

最近广贸那边走货量不大,许艳梅得了空,又想起来谢俞他们马上要开学,提议大家在一块儿吃个饭聚一聚。

谢俞已经很久没有来这片居民楼了。

斑驳的墙壁,两栋楼中间狭窄的过道,谁家喊一声隔着过道都能听到,以前周大雷总被雷妈脱了裤子揍,揍得两个屁股蛋红彤彤的,雷妈一"开工",梅姨就在对面推开窗户,饶有兴致地趴在阳台喊:"雷仔,又犯啥事了?说出来你梅姨给你评评理。"

相比而言,顾女士就比较爱面子,骂人压着嗓子,也不打他,玩的是冷暴力。

一路走过去,头顶全是电线,整个居住环境看上去又脏又乱。

谢俞和周大雷还没走到门口,梅姨就推开窗,一阵炒菜的油烟味混着家常菜的香味顺着飘出来:"别上来,帮我去小卖部买袋盐,家里没盐了!"

周大雷仰头:"知道了知道了。"

"茉莉开了?"

周大雷听到谢俞说了这么一句,脑子绕了几个弯,顺着他的目光看到自家阳台上那盆娇羞的茉莉花:"啊——是啊,大美走的时候给的那盆,就那么几个花骨朵,我都以为它这辈子就是个观叶植物了,没想到还挺争气。大美那小子不仗义,出国快半年了,也不知道联系联系我们,就塞给我一盆破花,走的时候说什么这是他的大宝贝,让我好好照看,我照看个鬼。等他回来,我非得揍他一顿。"

"大美"这个名字虽然听上去像个女孩的名字,但他确实是个男孩子。

他是三个人当中年纪最小的一个,一直都处于被保护的状态,就连"大美"这个外号也是周大雷开玩笑开出来的:"你既然是我的小弟,这样,大哥赏你个名字,'大美'怎么样?从今往后我们兄弟俩就和和美美。"

大美因为个子小,总被人欺负,还不知道还手。

周大雷护犊子一样护着他,有时候对方人多,打不过的时候就喊谢俞一起去。

后来大美突然个子猛长,身高不断往上蹿,直逼一米八五。这孩子觉得自己长大了,这么多年看着他们打架,没吃过猪肉也见过猪跑,有一回膨胀到不行,直接挡在周大雷前面:"让我来教训教训这帮蠢货。"

结果理论和实践有着天和地的差距,大美杀伤力微弱,周大雷拉着大美扭头就逃:"你教训个头,你会打架吗?你这细胳膊细腿,除了比一般人长,还有什么优势——你真是气死我了。"

$r=a(1-\sin\theta)$

"这臭小子送我一盆破花,他走之前给你什么了?"周大雷越想越气,"不是,这都不算送,顶多算寄养。"

谢俞抬头看电线,似乎也想起了以前那些事情,勾起嘴角笑了:"魔方。"

周大雷:"啊?"

谢俞说:"比你强点,大美走之前给了我一个魔方。"

许艳梅做菜其实并不怎么好吃,属于卖相好但是总能炒出自己独特味道的那一类,而且经常忘记放调味料。

"味道简直……好吃到没话说,"周大雷把小青菜咽下去,"不过我有一个问题想问问您,既然您炒菜不放盐,又何苦叫我们去小卖部给您买?"

许艳梅不敢相信:"我忘了放盐吗?不可能啊,我感觉我这次超常发挥啊,每一步都很用心的。"

谢俞说:"你自己尝尝。"

这顿饭最后愣是连"吃饱"这个指标都够不上,点了小龙虾外卖救场。

"来,干——"梅姨几杯酒下去,整个人恨不得往桌子上站,一条腿横跨在椅子上,拍拍胸脯,"喝!小俞明天开学,大家都说几句。"

谢俞伸手将许艳梅身前那碟装满虾壳的盘子往边上挪了挪,怕她一个不小心撞上去。

周大雷率先端着凉白开起身:"谢老板,我先说,美好的祝福送给你,我祝你在立阳四中……"

"四中?"谢俞听到这实在没忍住,笑着踹了他一脚,"四什么四,我在二中。"

立阳二中建校六十余年,在A市也算小有名气。

虽然师资力量普通,升学率也不高,地处郊区,说好听点是讨个安静祥和、空气质量佳的学习环境,然而却和几所后来建的不入流的技校挨着,位置着实尴尬。

不过它整个校园建得相当不错,这两年陆陆续续还在翻新教学楼,看上去并没有什么"落魄"的感觉。毕竟A市再怎么说也是知名大城市,郊区也车水马龙,商业街开得风生水起。

校门恢宏大气,从门口往里面看去,除了绿植之外,最显眼的是小广场中央那座铜像——罗丹的《思想者》。大理石底座,整个铜像呈柏油色,油光锃亮。

底座上头用端端正正的小楷刻了校训:赤子之心。

简单的四个字,烫上一层金,在阳光下闪闪发亮。

返校这天，学校里热闹得很。

许多新生过来报到，门口挂着大大的横幅——欢迎高一新生加入二中大家庭，学习、进步、共创辉煌。

高二的基本上都挤在门口那面公示墙前面看分班情况，人挤人，挤得大汗淋漓。他们看了一会儿，不知道看到了哪一行，不约而同倒抽一口冷气："高二（三）班什么情况？"

"高二（三）班？修罗场吗？"

"还……还好我在（五）班。"

"我怎么觉得突然有点凉飕飕的。"

"两个大佬分在一个班？怎么想的！这是想炸学校啊！"

"谢俞，贺朝……咱二中头顶这片天要塌了，劲爆。"

他们这届准高二，在高一入学的时候十几个班，因为新教学楼修建延期，不得不拆成两个部分，分别塞在东西两楼里过日子，遥遥相望。

虽然说两栋楼是连体建筑设计，两楼之间有连廊，主要是为了方便老师上课、学生之间走动，但是两楼里的学生基本都不相往来。

而其中又刚刚好有两个狠角色——

东楼贺朝，西楼谢俞。

这群同学凑在一起，七嘴八舌，你一句我一句，最后集体陷入了沉默。

脑子里只剩下"可怕"两个字。

正好被分在高二（三）班的那群人更是瑟瑟发抖：这学怕是没法上了……这两个人可都是传说中杀人不眨眼的"社会哥"。

"社会哥"谢俞还不知道发生了什么，拖着行李箱，打算先回寝室把东西放下再去班里拿书。

顾雪岚想送他进宿舍楼，还想跟上去看看他的寝室。谢俞突然想起来自己屋里一整套还没做完的《5年高考3年模拟》正摊在桌上，不太合适。

寝室虽然是两人间，但一直都是他一个人住。

二中校风自由，既然鼓励住校，就对学生住宿的各项事宜考虑得很全面，比如学生有权利随时换寝室，换到满意为止，不用为室友矛盾而发愁，不对盘就直接换走。

所以谢俞跟历任室友甚至连面都没有见过，他们一听"谢俞"两个字就绕道，压根没人敢住。

$$r=a(1-\sin\theta)$$

谢俞拖着行李箱刚进门,一个戴着圆框眼镜、头发剃得极短的男生从楼下跑上来,"圆镜框"风风火火地跑到谢俞对面寝室跟前停下。

"圆镜框"在那间寝室门口敲了半天门:"朝哥,在吗?朝哥?"

毫无回应。

"是不是这间寝室啊,突然说住宿,该不会在忽悠我吧?""圆镜框"自言自语了一会儿,又抬手敲门,发现门压根没有上锁,"吱呀"一声,门直接被他敲开了。

"我、我进来了啊……"

"圆镜框"直接推开门进去,环顾四周,看到右手边床位上有个人。

贺朝睡眼惺忪,被吵醒后不得已起身,坐在床上,背靠着墙壁,从床头摸出一盒糖:"吵什么?"

"圆镜框"神神秘秘地说:"朝哥,特大消息,你看见分班表没有?全年级都炸锅了。"

"没看,"贺朝从里面挑了根橙色的,三下两下撕开棒棒糖外衣,扔进嘴里,"分班,还能怎么分?有什么好看的。"

"圆镜框"看得发愣,一时间忘了自己是带着特大消息来的:"我瞎了?这是什么,真知棒?你在吃棒棒糖?"

"怎么,你也想来一根?"

"不不不,不用了。""圆镜框"连连摆手。

贺朝把那块糖咬碎了,嘴里叼着根棒子,甜得有点齁:"你的特大消息呢?"

"圆镜框"这才想起自己的使命,一拍大腿:"差点忘了,朝哥,今年可真了不得,神一样的操作……谢俞跟你同班。"

"谁?"

"西楼那位谢俞。"

高二年级组,老师办公室里。

"今年分班谁分的啊?电脑随机还是年级主任?分班也不能这样乱来吧。"老师们虽然早就提前知道分班情况,但还是接受不了。

一名女老师站在饮水机前接水:"这届一共就三个文化班,还是按照文理科分的,只有(三)班一个理科班,会这样分也不奇怪。"

立阳二中是美术特色类学校,拼文化拼不过其他学校,但是凭借美术倒也能有不错的升学率。高一的时候学校就鼓励大家走艺术的道路，高二分班更是干脆把文化生和美术生分开了。

那名女老师接完水，又说："那两个孩子再皮，也不过就是孩子，还没带怎么就知道不行，说不定事情没有我们想象得那么坏。"

"你行？"另一位一直坐在座位上默不作声的女老师面色铁青，听到这里终于忍不住了，"你真觉得行那你来带？"

刚才在接水的女老师不说话了。

"徐老师，你别生气，小刘她就是随口一说，"其他几位老师见形势不对，过去安慰说，"这次分班确实分得太过分，（三）班班主任这个位置，换了谁都不乐意。"

徐霞，高二（三）班班主任。第一次看到班级成员名单的时候，她差点没气晕过去。

她执教有十多年了，虽然没有多少丰功伟绩，资历比小刘总是要强的，她自认为学校没有理由这么为难她。殊不知她心直口快、说话不经过脑子、低情商的性格得罪了不少人。

"凭什么啊？凭什么这样一个班分在我手上？这不是存心为难我吗？"徐霞气得连等会儿开班会要准备的东西都不想弄了，"学校到底是怎么想的？"

徐霞在办公室里被同事安慰一通之后，觉得心里堵着的那口气终于通了些，才拿着名册起身去班里。她走出办公室的时候离定好的班会时间已经过去十几分钟。

谢俞并不是有意迟到，他把所有东西整理过之后才往教学楼走，耽误了一点时间。本来已经做好被拦在教室门口的准备，没想到班主任来得比他还晚。

谢俞刚经过窗户，原本人声鼎沸的教室突然安静，大家坐姿端正，目视前方，虽然黑板上什么字都没有。

"同学们，鄙人姓刘名存浩，没错，刘存浩。相信大家或多或少也在江湖上听到过我的传说。去年我担任了高一（七）班班长这个职位，在管理班级这一块非常有经验，但是我希望，等会儿如果要评选班委——千万不要选我。"

其他所有人安静下来，只有一位男生还站着，背对着窗户，滔滔不绝地继续讲。

挺油嘴滑舌的一个男孩子，说话的时候手情不自禁地在空气中来回比画："不要选我，把机会留给更需要的人，特别是在座从来没有当过班长的人，我觉得非常有必要给他们一个锻炼自己的机会。"

周围有人朝他疯狂眨眼暗示他看窗外，可是这位刘存浩同学丝毫没有领会其中的意

$r=a(1-\sin\theta)$

思:"总之就是别选我。你们干啥?不要冲着我抛媚眼了,我没有早恋的打算。"

——直到谢俞抬手敲了敲门板。

刘存浩顺着声音看过去,瞬间哑口无言。

他的同桌压着嗓子小声说:"浩哥,刚才大家暗示得那么明显了,您还在自我沉醉。"

刘存浩心中有千言万语不知道怎么说出口,只能默默地坐下,装作什么都没有发生过的样子:"有事不能直接说吗,眨什么眼睛?"

谢俞这个人成名早。

早在刚入校的时候,就因为抄袭风波,大家心目中有了一个作弊之神的形象。

刚开始大家讨论的话题都是:这个人牛啊,中考都敢作弊,听说他原来的成绩再翻两番都不可能考上二中。

后来谢俞由于翘课在校外跟人打架,一个对五个,被全校通报处分,处分通告在告示栏里贴了近一整个学期。谢俞因此一战成名。

谢俞此刻站在门口,单肩挎着书包,手还插在裤兜里,脸上没有什么表情。

班里早已经坐满了人,就算是请了病假没来的,听到分班情况,也叫班里相识的同学用书包帮忙占了位置,生怕开学的时候身边坐个活阎王。

谢俞四下看了两眼,只有第二组最后一排两个位子空着,于是不紧不慢地往后排走。

有同学交头接耳:"咱们这样好吗?这样不就让他们两个坐在一起了?所谓一山不容二虎,他们俩万一产生什么化学反应,会不会把班级给炸了?"

"那你去跟谢俞坐一桌?"

"我还不想死。"

五六分钟之后,徐霞终于捧着书进教室:"人都到得差不多了吗,还差谁?"

刘存浩说着不当班长,但是当班长当习惯了,身体不受大脑控制,条件反射举手站起来:"老师,差一个。"

谢俞昨晚也跟着喝了点酒,到现在还头晕,直接枕着手臂趴桌上睡了。

徐霞看了几眼,目光在最后一排某个人身上停留了一会儿,皱着眉移开视线:"没来的就不管了。等会儿班会散会之后去楼下拿书,都知道在哪里拿吧?接下来我简单说几个班会要点……"

徐霞不想管那个迟到的,迟到的却大摇大摆找上门来。

053

"报告——"贺朝站在门口,非常有礼貌,"不好意思,我迟到了。"

门口这人身形出挑,黑T恤、深蓝色牛仔裤,脚腕处往上折起来,说话的时候带点漫不经心的笑意,一看就是平日里被小女生争抢的热门人物。

完全不像那些懒懒散散看起来没个正形的混混,还挺精神。

徐霞有点诧异。

她之前没教过谢俩和贺朝,但是遍地流传的事情倒是一件不落地都听说了,脑海里想象的一直是一个走路松松垮垮、不学无术、动不动就踹桌椅、连衣服都不会好好穿的男孩子。

今天她倒是都见着了——虽然对谢俩的印象只有一个后脑勺。

徐霞孩子都快上初中了,没有那么多小女生的心思,该看不顺眼还是看不顺眼,正要拿他出出气,话跑到嘴边,还没来得及说出来,就见贺朝伸出手,从边上拽出来一个人:"请组织允许我讲一下迟到的原因。"

"圆镜框"跌跌撞撞地从边上直接被贺朝拽出来:"大家好,我是高二(八)班的沈捷,今天我在走廊上突然发病,多亏贺同学见义勇为,我有慢性……慢性……"

突然忘了自己得什么病的沈捷支支吾吾半天。

贺朝提醒他:"慢性非萎缩性胃炎。"

"你就不能给我设定一个简单点的?"沈捷说。

贺朝:"名字长一点显得厉害。"

徐霞一肚子气发泄不出来。

这两个人把她当傻子忽悠呢。

"你们这一唱一和,唱戏呢?"说完,她往台下一指,"我不想浪费大家的时间,你先找空位坐下,就那个,那个趴着睡觉的边上。"

趴着睡觉的谢俩动了动,大概是听到了什么,或者是感受到好几十双眼睛的注视,撑着脑袋坐起身,缓缓睁开眼。

贺朝和他四目相对。

气氛有点奇怪。

还很微妙。

刘存浩给同桌递过去一张字条,上面写道:是不是要打起来了?

同桌回:我已经感觉到空气中的能量波动了,很凶。

但是万众瞩目之下,贺朝只说了两个字:"朋友?"

$r=a(1-\sin\theta)$

谢俞没话说。

"缘分啊,这么巧。"

虽然不知道怎么回事,也不知道这两位大佬到底是什么时候跨越东西两楼建立的友谊,但高二(三)班全体同学不约而同松了一口气。

他们本来都准备好了迎接一场惊心动魄、血流成河的骚动。

徐霞简单说了一些事情,座位安排、班委选举,还留了几样科目预习作业,以希望大家能够以崭新的面貌迎接新学期为结束语结束了第一回合。

"接下来还有一点时间,我按照点名册,点到的同学上来,简单做一下自我介绍。"

在一片掌声中,贺朝也跟着漫不经心地拍了几下。

谢俞头晕,又低头趴下去。

"我叫万达,我的兴趣爱好很多,比如看书、运动……"

"大家好,我叫薛习生,希望大家能够共同奋斗、努力、进步。"

"傅沛……"

"丁亮华……"

贺朝听了一会儿,抬手拍拍谢俞的肩,侧过头问:"哎,你知道谢俞是哪个吗?"

谢俞趴在桌上,也侧过脸看他:"啊?"

台上一位同学性格腼腆,说起话来像蚊子叫,说到兴趣爱好他憋了半天,最后憋出来两个字"游泳",走下台的那一瞬间如释重负。

贺朝又补充了一句:"就是那个,西楼的,涂黑色指甲油的非主流。"

贺朝对那位传说中的西楼大佬有点好奇,西楼谢俞一堆丰功伟绩贺朝都没怎么在意,但是不知道为什么,他对黑指甲油这个细节记得特别深,在班里找了一圈,只能感叹那人真人不露相,指甲油说卸就卸,硬是没看出来到底哪一位才是。

谢俞看着他,神情复杂。

"朋友,你到底知不知道啊,"贺朝追问,"其实我对他还挺感兴趣的,有机会的话想切磋切磋。"

徐霞在台上喊:"下一个,谢俞。"

谢俞慢慢悠悠地站起来,没去看贺朝现在到底是什么表情,他走上台,拿粉笔在黑板上写下"谢俞"两个字。笔锋凌厉,相当漂亮。

然后他把粉笔往粉笔盒里一扔,顺便拍掉手上沾的粉笔灰,来了一段简短精练的自我介绍："我叫谢俞，还有，我不涂黑色指甲油。"

谢俞说最后一句话的时候，是盯着某位"傻子"的，可是那位姓贺的"傻子"没有丝毫尴尬，甚至在一片寂静当中带头鼓掌，给足了同桌面子："好！说得好！"

等谢俞做完自我介绍回到座位上，贺朝毫不掩饰地盯着他的手看，谢俞闲着没事正在纸上随便写写画画，被盯得摔了笔："你有病啊？"

贺朝说："你真的没涂？传说中的你可不是这样啊！"

西楼大佬的传奇里，指甲油占了很重要的一部分，起码贺朝当初真正记住谢俞这个名字就是因为非主流指甲油。

贺朝直接去抓谢俞的手："你别动，我看看。"

谢俞没想到他会直接来这出，等回过神，手已经被贺朝抓在手里。

谢俞的手看着挺秀气，甚至有点温柔。

干净纤长，骨节分明，指甲盖修剪得整整齐齐。

小时候家里条件还不错那会儿，顾雪岚提议过让他去学钢琴，说他手指又细又长的，挺合适。结果谢俞总是不停地闯祸，几乎每天都有家长带着孩子往他们家里跑，说你们家孩子怎么回事，怎么打人呢。

顾雪岚就再也没提过钢琴的事。

贺朝刚抓上手还没来得及仔细研究，谢俞整个人直接炸了，他把手抽回来："你这个人，什么毛病？"

第五章

　　坐在他们俩前排的两位同学不动声色地将椅子一点一点往前拉，拖在地上发出细微的声响，直到前胸紧贴桌边，勒得胸腔感觉有点窒息才罢手，竭尽全力地跟后面两位大佬拉开距离。

　　贺朝："你不至于吧？就摸一下。"

　　"滚蛋，"谢俞说，"别随便碰我。"

　　贺朝没说话，直接把手伸到了谢俞面前。

　　谢俞看他一眼，想到他刚才那句"我对他还挺感兴趣的"，问道："想切磋？"

　　"摸吧，让你摸回来。"

　　等最后一个做自我介绍的同学从台上走下来，徐霞咳了几声，暗示某两位同学遵守一下课堂纪律："今天的班会就开到这里，住校的同学一定要遵守学校规章制度，我不希望课后花时间去处理你们学习以外的事情，自己心里有点数。"

　　课程表连着通知书一起发下来，徐霞又说："刘存浩，这几天你先担任一下临时班长，你有经验。"

　　刘存浩心如死灰："啊？是……"

　　"哎，你那个指甲油到底怎么回事？"消停没两分钟，贺朝又问。

　　谢俞觉得这人真的烦。

　　黑色指甲油那事，谢俞没想到能在自己的履历里添上这么浓墨重彩的一笔。

　　差不多是半年前，黑水街举办过一场舞蹈大赛。

　　居委会在街道拉上横幅，呼吁大家踊跃报名，宣传阵势空前浩大。但是根据标语就能看出来，这次比赛针对的人群压根不是青少年，因为上头写着：重拾青春，找回年轻时候的自信！

　　当时大美美国签证刚刚下来，他不久之后就得走了，走之前非要拉着他们报名参加。

周大雷哪里会跳舞,当场拒绝:"我不要,太丢人了,你是怎么想的?跟一群居委会大妈比赛跳舞?你疯了?"

谢俞也说:"大美,这件事情没得商量。"

不说那些居委会大妈了,就连许艳梅和雷妈两个人也早早地为这场舞蹈比赛做足了准备。

谢俞还被梅姨拉去广场"欣赏"了一下她们妖娆多姿的扇子舞——绿色扇子,贴片闪闪发亮。

雷妈年轻的时候据说是十里八乡最好看的姑娘,但是后来吃成了两百多斤。最后等她们舞完,谢俞站在广场中央,百感交集地挤出三个字来:"挺好的。"

大美这次特别认真,他们以为撑死了也就是三分钟热度的事儿,大美缠了他们三天。前所未有。

周大雷苦口婆心:"给我一个理由,大美,你给我一个克服羞耻的理由。"

大美叹一口气:"哥,我马上就要走了,你就这么残忍,连我一个小小的愿望都不肯满足?"

周大雷:"你不如要我去给你摘天上的星星,小淘气。"

大美又看谢俞,谢俞连话都不想说,直接走人:"我回家吃饭去。"

但是他最后还是熬不过这位小淘气。

在一个漆黑的夜晚,大美把两个人叫出来,三个人吹着寒风,蹲在马路牙子上,周大雷裹紧衣服,低着头保护发型,还是被吹成了一个傻子。

"大美,你想干啥?大半夜的!"周大雷觉得有时候兄弟也是需要教训教训的,"找揍吗?"

大美逆着风,蹲在他们面前,调动浑身的情绪:"其实,我一直暗恋一个女孩儿,但是我不敢向她表白。你们也知道,我快走了……异地恋太辛苦,我这辈子是不可能搞异地恋的,只想在我走之前,让她记住我酷炫帅气的身姿。"

谢俞无语。

周大雷正处在向往爱情和浪漫的年纪,也可能只是单纯被凌晨三点的寒风给吹傻了,一吸鼻子,犹豫了一会儿,有点动摇:"就没有别的方法吗?展现你酷炫帅气的身姿,只有这一种方法吗?"

最后这比赛还是比了。

只是三个人排队去报名的时候,气氛尴尬得让人窒息。

"老伴儿,你看这三个小伙子……"

r=a(1-sinθ)

"这三个小伙子。"

"小伙子？"

…………

大美对时尚的嗅觉十分敏锐，如果不是时间不允许，他可能还要自己尝试着设计一套演出服，当他掏出一瓶黑色指甲油的时候，谢俞是拒绝的："这就是你所谓的酷炫？"

大美一边涂一边说："贼酷，真的，谢哥，你信我。我昨晚连夜看了好几个视频，酷哥都是这样跳舞的。"

托大美的福，他们的舞台造型不仅走在非主流前线，还加入了很多奇奇怪怪的元素。

比赛那天谢俞翘了课。

其实他们根本就没排练好，谢俞瞎跳，大美舞姿妖娆柔美但是看上去很雷人，周大雷就更别提了，跳得贼烂却自以为很不错。

最后三个人就在场上一通瞎跳，动作也没记熟，三个人总有各种方式撞在一起，你嫌我碍事，我嫌你限制了我的发挥。

谢俞第二天上课才想起来指甲油没卸。

周大雷就更惨了，他有一个网咖电竞小比赛，还挺正规的，小范围直播。当天晚上大概几万人看着他用涂着黑色指甲油的手指在键盘上不停敲击。

这些倒也无关紧要，只有一点谢俞比较在意——大美走之后，他们也不知道那个女孩儿到底是谁。

周大雷有一回抽着烟分析："其实，我有个大胆的猜测，你说大美是不是爱上了哪个中年大妈啊？还是我们街区居委会的，但是他不好意思说，怕我们用世俗的眼光看他……可如果不是的话，那解释不通啊，台下根本就没有小姑娘。"

谢俞没说那么详细，贺朝听了个大概，点点头："哦……舞台效果啊。"

他语气里的情绪太明显，谢俞道："你好像很失望。"

贺朝说："有点吧。"

徐霞一宣布散会，大家就赶紧整理东西往外走。

有几个男生嘻嘻哈哈地站在（三）班门口已经好一阵子，这时候才拉开窗户，趴在窗户边上喊："朝哥，打球去啊。"

总体上来说，贺朝人缘很不错。

他有着很容易结交狐朋狗友的性格，虽然大佬的名号威震四方，但是高一原班级有一堆男生跟他关系很铁,经常约着一起打球或者去网吧打游戏。

沈捷也在里面,徐霞出门的时候冷冰冰地看了他一眼,沈捷刚想说"走啊,一起打球",话到嘴边机智且生硬地变成了"我不打球,我看你们打,我胃直到现在还有点疼"。

贺朝看起来心情不错,坐在座位上,身子往后仰,也冲他们挥了挥手:"走啊,球场见。"

他说完,又低头从裤兜里掏出来一个口罩,正要往脸上戴,好像想到了什么,略微停顿后,顺便问了一句:"一起打球吗?"

谢俞直接起身往外走:"不打。"

贺朝耸耸肩,没说什么。

等谢俞走到门口,贺朝突然在他身后喊了一声他的名字:"谢俞?"

谢俞转过身,靠在门口看他,脸上就差没写"有话快说"以及"你很烦"。

贺朝已经把口罩戴上了:"没什么,熟悉一下新同桌的名字。"

谢俞无语。

贺朝又说:"以后多多关照啊,同桌。"

顾雪岚傍晚六点给谢俞打的电话。

"晚饭吃过了吗?今天见到老师、同学了吗?"顾雪岚问,"同桌人怎么样?"

谢俞高一本来是有同桌的,后来随着名声越来越差,老师也对他采取特殊措施,让他单人单坐,顾雪岚不知道是听谁说的,知道他高二居然有了一个同桌,连忙打电话过来问。

谢俞心道:不怎么样。

但是为了避免麻烦,谢俞随口说:"还行吧,阳光开朗、热爱运动,就是成绩差了点。"

顾雪岚不知道自己这个每次考试名次都倒数的儿子,为什么能那么自然地嫌弃新同桌成绩差了点。

她又叮嘱了几句,大致意思还是不要惹事,要好好学习,谢俞反应平平,除了"嗯",没有别的话。

"那我就不跟你说了,"顾雪岚道,"你自己好好想想,妈也管不住你,快成年的人了……做事情别再那么冲动。"

谢俞道:"嗯,你早点休息。"

$r=a(1-\sin\theta)$

　　谢俞倒是没惹事,但他那位"阳光开朗、热爱运动"的同桌开学第一天就捅了个大篓子。

　　他去篮球场打球,把一个成绩名列前茅、年年"三好学生"的男生给打了。

　　徐霞从主任办公室里出来,她很久没有被这么训过了。领导很生气,开学第一天就发生这样的事情,问她是怎么管理班级怎么管理学生的。她站在那里低着头被数落半天,不知道是恼火还是羞耻,脸色青一阵红一阵,进了办公室就重重地把教案摔在桌上。

　　其他老师被这动静吓一跳,抬头看她脸色极差,一时间没人敢问发生了什么。

　　刘存浩正好过来交家长签字的通知表,徐霞面无表情,说话也冷冰冰的:"贺朝在不在教室?你把他叫过来。"

　　刘存浩心里其实挺怕的,大家都说西楼谢俞比较可怕,独来独往孤傲得很,东楼那位比较接地气,人还挺有意思的。

　　但是他更怕贺朝。

　　他亲眼见过贺朝打架。

　　那还是高一的时候,上课上到一半,他突然闹肚子,举手示意老师自己要上厕所,抓了纸巾就往外跑,跑过去看到厕所门口居然放了一块"维修中"的告示牌。

　　他正要去下个楼层解决生理需求,听到厕所里有人哭着求饶:"我错了⋯⋯别打我,我错了⋯⋯"

　　刘存浩顿了顿,一只脚踏进去,小心翼翼地往里头看了一眼。

　　贺朝站在一个跪坐在地上的男生面前。

　　虽然贺朝身上规规矩矩地穿着校服,但是"规矩"这两个字,跟他这个人毫不相干。贺朝眯了眯眼,不笑的时候整个人仿佛冷到骨子里,还有一种处于极度压抑状态的张狂。

　　——和他平时插科打诨、有说有笑的样子完全不一样。

　　他眼底全是阴霾,他蹲下,直接抓着那人的头发迫使那人抬头:"胆子很大啊?"

　　高二(三)班有一个内部群。

　　几乎每个班都会建内部群,作用是防范老师。大群里各科老师都在,有些话不方便说,如果碰到跟学生打成一片的老师还好,但像徐霞这种,平日里不苟言笑,威严得很,一看就知道跟他们有严重代沟。

但是（三）班这个内部群有点特殊。

不仅防范老师，他们还得防范两位称霸校园的特殊人物。

匿名A：听说贺朝把杨文远给打了？

匿名B：我有朋友跟杨文远一个班，说是他被打得特别严重，现在还在医院里躺着。

匿名C：（八）班那个杨文远？

内部群消息一直在刷新，刘存浩看着"杨文远"三个字，记忆里那个曾经让他吓到肝颤的画面渐渐和这个名字重叠在一起。

"别打我……我错了……"

贺朝抓着那人的头发，轻声说："我是不是警告过你？是不是警告过你？"

杨文远跪在地上，他特别瘦，脸上长满了青春痘，看上去坑坑洼洼。厕所瓷砖地面并不干净，还有几摊水渍，他哭着说："你放过我吧。"

刘存浩叫贺朝去老师办公室的时候，沈捷正好过来玩，他自备了椅子，坐在贺朝边上，丝毫没有一点"其他班同学"的自觉："那个，靠窗的，麻烦拉一下窗帘呗。"

贺朝说："你使唤谁呢，自己拉去。"

沈捷起身把窗帘拉上，又坐回去。下节课是体育课，他闲得很，见贺朝手里一直捧着手机就没放下来过，好奇道："朝哥，你玩什么呢？"

贺朝没理他，凑到谢俞身边，给他看手机屏幕："高手，再帮我参谋参谋？"

谢俞送了他两个字："滚蛋。"

沈捷好奇得不行："给我看看啊，我来，我帮你参谋。"

"滚蛋，"贺朝说，"你回自己班级凉快去。"

沈捷坚持不懈，终于偷偷瞄到一眼——粉红色界面，一个长发飘飘的卡通少女穿着套白色内衣裤站在衣柜边上眨着眼睛。

沈捷惊了，语无伦次："这……这莫非是那个……那个……"

"那个无数中小学女生痴迷的换装游戏。"谢俞平静地说。

贺朝玩了一整节课，谢俞也被他骚扰了一整节课。

贺朝每次自信满满地搭配完服装，出来的分数都不尽如人意，一个关卡试了好多次，最后往谢俞面前一扔："同桌，帮个忙？"

搭衣服跟打牌一样，可能都需要一点运气，谢俞实在被他烦得不行，随手点了几件："你是不是幼稚……这种游戏？ID软小乖乖？入戏很深啊。"

谢俞随手点完，得分意外很高。

$r=a(1-\sin\theta)$

"高手！"贺朝真心实意赞美，"这怎么看怎么丑的一套衣服，得分居然可以这么高。"

沈捷觉得世界一阵恍惚，宁愿相信是自己的品位发生了什么问题："啊？这游戏……好玩吗？它有什么独到之处？"

贺朝正仔仔细细琢磨下一套衣服该怎么搭，没工夫理他。

谢俞三下两下抄完课后作业，合上书本说："独到之处？特别幼稚。"

刘存浩直接从后门进的教室，站在贺朝面前："去一趟老师办公室，徐老师找。"

贺朝随便应了一声，压根没把这当成什么事，隔了一会儿抬起头，发现刘存浩还站在他跟前没走："你还有什么事儿吗？"

刘存浩似乎是一句话憋了很久，最后才鼓起勇气说："你不要以为你可以为所欲为，杨文远被你打成那样……"

沈捷听到这里，连忙打断："等等——杨文远？什么？"

课间十分钟，班里吵得很，没人注意到他们这个角落里正在说什么。

贺朝却是听懂了，敛了笑，收起手机，若有所思道："啊？这样。"

沈捷："哪样？"

谢俞置身事外，没有任何反应。

刘存浩其实很害怕，但是他脑子一热——他一度很自责，看到同学被欺凌的时候没有上去阻止，第一反应是扭头就跑，现在新仇旧恨加在一块儿，有点激动。

贺朝脸色冷下来了，刘存浩又生怕自己真的惹到他。

不过贺朝也只是把手机扔给谢俞："帮个忙，再帮我打两关，我今天得超过前面好友列表里那个甜奶布丁。"

谢俞拿着手机，还没来得及拒绝，贺朝已经出去了。

上课铃正好响起来。

沈捷拖着椅子往外走，走之前困惑地念叨着："什么打人啊，朝哥什么时候打杨文远了？没打啊，我失忆了吗？"

这一去，贺朝一天都没回来上课。

第二天再来的时候，他跟没事人一样。

有老师没忍住，问徐霞："徐老师，你们班贺朝那个事，怎么样了？处理好了吗？"

徐霞气不打一处来："他死不承认，能拿他怎么办？"

贺朝被叫过去之后，全程面不改色，还跟检察官似的问杨文远要医院验伤报告，让他说清楚自己每一个伤是被怎么打的。

杨文远那孩子被吓得话都不会说。

徐霞觉得这件事情压根用不着调查，有脑子的人一看就知道是怎么回事，她让贺朝主动认错，道个歉写个检讨，处分一下就完事了。

贺朝愣是不愿意，他虽然脸上挂着笑，语气却冷得不行："道什么歉。杨三好，你这碰瓷碰得很熟练啊，上下嘴皮子一碰就说我打你。"

徐霞回忆不下去了，摆摆手："不说他了，说得我胸口疼。"

"超过甜奶布丁没有？"贺朝掐着点，踏着上课铃声从后门走进来，站在谢俞旁边，曲起一根手指，弯腰侧过去敲了敲谢俞的桌面，"喂。"

早自习从来都是用来补觉的，谢俞被他敲得头疼："超个头，自己玩去。"

贺朝坐下来，又问："那我手机呢？"

谢俞在桌肚里摸了两下，摸到了手机扔过去。

贺朝单手接过，发现手机已经没电了。

昨天贺朝和杨文远的事情在年级里闹得沸沸扬扬，流言四起。

大家早就听说这两个大佬爱惹事，但基本上都是跟校外的人起矛盾，没发生在身边，还能当成传说，茶余饭后谈论谈论。

但现在贺朝整了这样一出，打的还是一个年级公认的好学生。

匿名A：他今天来上课了……哇，他在跟谢俞说话。

匿名A：还是谢俞厉害啊，无所畏惧。可怕，我都不敢动弹。

匿名B：杨文远今天出院，沈捷揪着他衣领在班里骂他不要脸……难道真的有什么隐情？

匿名C：能有什么隐情啊，恼羞成怒了呗，沈捷也不是什么好学生。

谢俞睡了一节早自习。

贺朝不知道问谁借了充电宝，坐在边上低头玩手机。

早自习过后第一节课是徐霞的课，徐霞刚进教室，就指着贺朝说："你给我出去上课，站门口，别在教室里。"

班里人看到徐霞这个态度，对"打人事件"的猜测越来越肯定。

八九不离十，这人肯定是打了。

贺朝也无所谓，二话不说，直接带着手机和充电宝往外走。

$r=a(1-\sin\theta)$

　　谢俞看了一眼他的背影，全校统一的校服，贺朝还真能穿出一种好学生的架势，腰杆挺拔，衣服干干净净，也不像别人那样故意把拉链拉得特别低，只是手里抓着的手机还有长长的充电线暴露了他的本性。

　　贺朝不知道是不是感受到有人看他，走到门口的时候回了头。

　　谢俞还没来得及把头转回去，就听徐霞站在台上说："谢俞，你那么舍不得你同桌？"

　　无辜被殃及的谢俞一脸茫然。

　　"那么舍不得他，你也出去，跟他一起站。"徐霞又说，"出去。"

　　高二（三）班门口，上午第一节课就站了两个人。

　　"够意思啊，"贺朝卡了个死角，一边充电一边抓着手机玩换装游戏，低着头说，"舍不得我？"

　　谢俞站在他边上，实在是不知道说什么，回应他一个意味深长的单音节词："呵。"

　　返校那天谢俞就感觉出来了，这位班主任明显对他们有成见，贺朝这事先不论到底是怎么回事、谁对谁错，她已经通过这事，捎带着看不上谢俞这个还没爆炸的危险品，觉得这两个都是一类人。

　　看着徐霞不停冲他们翻白眼，他都怕她的眼睛翻出什么问题。

　　"高手，你看看，是这条格子裙好看，还是那件粉色的？"贺朝对换装小游戏简直可以说是坚持不懈到了一种感人的地步，"或者换件衣服？"

　　谢俞看着他玩了半天，多少总结出一点称不上规律的规律："选丑的。"

　　贺朝问："你认真的吗？"

　　谢俞："我觉得以你的审美，如果反着来玩这个游戏，可能会有意想不到的效果。"

　　明显就是一句损人的话，贺朝还真的听进去了，他思考了一会儿说："我觉得你这个思路很不错。"

　　"……"

　　"你很有想法啊。"

　　这一站直接站到了下课，徐霞上完课拿着教材出门的时候，贺朝还心情不错地对她说了一句"老师再见"。

　　徐霞胸闷气短，理都没理继续往前走。

　　"知道她为什么生气吗？"贺朝挺乐的，他随手搭上谢俞的肩，两个人凑在一块儿往教室里走，"她本来准备跳槽去实验附中，市重点，关系都搭好了，现在被她手底下的一位优秀学生——也就是我，阻挡了……"

谢俞对八卦没什么兴趣："把你的手拿开。"

贺朝觉得他这个同桌真的是很没有人情味。

他本来只是把手搭在谢俞肩上，听到这句话直接伸手揽上去，从其他角度看，他们俩几乎抱在一起："我不放。"

谢俞想踹他，贺朝直接把头埋进他脖子里笑："冷静，朋友。"

匿名A：同学们，前方三点钟方向有情况。

匿名B：看到了，他们俩在干什么？

匿名C：我宁愿选择相信他们两个人在打架……

还不知道有秘密内部群的谢俞发现他们这个班有点奇怪。

每次安静的时候总是全班鸦雀无声。等安静之后，所有人抬起头，露出某种心照不宣的眼神。诡异得很。

贺朝的充电宝是向隔壁组一个男生借的，他去还的时候，那男生都不太敢接，看起来很想直接把这个充电宝上贡了。

贺朝直接往人桌上放："谢了啊。"

"不……不客气。"那男生说话的时候声音听上去嗡嗡嗡的，手放在桌肚里，藏着某样东西，整个人都非常紧张。贺朝没听清他在说什么，正想问，刚张口，那男生浑身一抖。

贺朝暗想，我这么可怕吗？

等贺朝走远，那男生才小心翼翼地把手机拿出来。

转眼已经开学两个礼拜。

谢俞眼睁睁看着贺朝玩换装小游戏越来越厉害，搭配出来的造型频频得高分。

简直让人匪夷所思。

难道上次随口一说还真的让他找到了打通任督二脉的方法？

"怎么可能？你那个技巧我尝试过了，拯救不了我。"贺朝退游戏之前，截了个屏，截下自己迄今为止创造的历史最高分，面色如常地对同桌说，"我充钱了。"

贺朝又说："你同桌我，传说中的人民币玩家。"

谢俞："……"

贺朝："我现在强得连我自己都害怕。"

谢俞不无嘲讽地说："软小乖乖，你真是让我惊喜。"

$$r=a(1-\sin\theta)$$

"我光明正大充的钱,充钱很可耻吗?"贺朝说完,前排两个男生肩膀忍不住抖了起来。

他们座位离得近,平时谢俞跟贺朝说点什么话,他们听得一清二楚。

两个礼拜听下来,他们有时候真的笑到停不住,又怕笑得太过,引起大佬注意,只好憋着。

时间久了,他们俩居然觉得,大佬们跟外面传的一点也不一样,还挺……可爱的。

大佬们上课睡觉的时候也会让同桌帮忙盯着点老师,虽然谢大佬一般不会理贺大佬。每次贺朝被老师点名站起来或者去门口罚站,他总有一百种理由拉上谢俞垫背。

几次垫背下来,谢俞才开始正视贺朝那些无理的请求,有老师经过的时候直接把书卷成圈,往贺朝脑袋上粗暴地招呼:"起来。"

贺朝点开QQ发了个空间动态,炫耀自己的战绩。

他发完,突然想到什么,伸手过去敲了敲谢俞桌面:"加一下好友?"

谢俞婉拒:"我不想让'软小乖乖'这四个字出现在我的好友列表里。"

"谁跟你说'软小乖乖'是我的账号?那是我妹的。"贺朝说,"你对我的误会很深啊。我一直觉得以我高大威猛的形象,这种事情应该用不着我特意解释。"

贺朝有个妹妹刚上初中。

这姑娘沉迷换装游戏,家里给她规定每星期玩手机的时间只有一个小时,周一到周五上学,更是连手机都摸不着。她说她十分羡慕好朋友"甜奶布丁"的等级和积分,而且在她们班,谁的换装游戏等级高,谁就是那个备受崇拜的小同学。

谢俞听得太阳穴有点抽痛。

贺朝说:"我觉得这丫头在骗我。"

贺朝的QQ名字就是他本名,意外正经。

谢俞通过好友请求之后也没给他改备注,就随便扔进一个分类栏让他躺着。

倒是贺朝,明明就坐在旁边,还给他发了一句:"你是GG还是MM?"

"你傻吗?"谢俞忍着拉黑的冲动说。

贺朝笑着把手机收起来:"网上冲浪要讲礼貌,大家都是这样打招呼的。"

"安静一下——"课间休息的时候徐霞进教室,走廊里太吵,她说话的时候不得不加大音量,"下节课我有点事,让王老师代课。下午我也不在学校里,有什么事情找班委,班委明天再跟我汇报。班长记得维持好班级秩序,听见没有?"

匿名A:又有事?

匿名B：讲真的，她总找人代课好歹也跟人家说明一下我们的学习进度，每次上课上得贼尴尬。

匿名C：徐老师最近家里头是出了什么事吗？

徐霞家里好得很，她从开学以来都在准备跳槽的事情。

他们班是文化班里成绩最差的一个班，情况又特殊，当时校方把这个班交给徐霞，也是因为相信她的能力……可徐霞固执地认为就是学校在给她使绊子。

这么一个马上要去重点学校教书的"优秀教师"自然看不上这样一个班，压根没花多少心思在班上。班里同学也不是瞎子，对徐霞的意见一天天大了起来。

桌肚里手机振动了两下，贺朝低头看手机。

两条信息。

——朝哥，杨文远这几天跟徐霞走得很近，你当心点。

——徐霞不把你这事解决完，实验附中不可能让她那么顺顺当当地转进去，都在说她教学能力不行，她那个亲戚也保不住她。估计这是还要从你打杨三好那件事入手。

这天上午最后一节课刚下课，沈捷从后门溜进来，想找贺朝一起去食堂吃饭，但是进来看到贺朝座位上空荡荡，扭头问坐在边上的谢俞："这位大哥，我朝哥呢？"

"他？"谢俞说，"翘课了。"

沈捷用期盼的目光看着谢俞，示意他继续往下说："嗯？"

谢俞坐在座位上，打算过会儿等人少了再去食堂，他一局节奏音符小游戏正打到半途。静了音，听不到音乐节奏似乎压根没有妨碍到他，手指在屏幕上点击速度奇快。

沈捷心说，我当然知道他是翘课了，但是他翘课去哪儿了啊？

谢俞一局游戏打下来，发现沈捷还站在边上。

"你想问贺朝去哪儿了？"谢俞回味过来，又道，"我怎么知道。"

"真的冷酷、不近人情，仿佛是个没有感情的杀手……"沈捷从厕所找到天台，最后在男生宿舍楼里找到了贺朝，吐槽一大堆，最后总结，"你同桌真的没人性。"

沈捷说完，发现贺朝没反应。

等他关好寝室门，转过身，看见他朝哥正坐在椅子上，一条长腿曲着，脚踩在椅子边沿，领口解开好几个扣子，看起来狂野得不行。

沈捷说："狂野男孩？"

"野个头，我同桌有没有人性轮不到你说。"贺朝睡了两节课，刚从被窝里起来，抓抓头发,又问,"你来干什么?"

"找你吃饭啊,跟着你吃饭都不用排队,"沈捷说,"同学们主动让你插队的滋味太美了。"

贺朝心情明显不太好,他抓完头发,垂下手,过了一会儿又去摸桌上装糖的盒子。

"抽这个吧,"沈捷伸手把那盒装满棒棒糖的盒子推远了,从口袋里掏出一盒烟,连同打火机一并塞到贺朝手上,"偶尔抽一次,没事,戒烟也要慢慢来嘛。"

贺朝捏着硬纸壳,半晌,又直接把烟扔回去了,沈捷手快接住:"啊!你扔得倒是挺准啊,真不抽?"

贺朝说:"不抽。"

"没想到朝哥居然是一个这么有原则的人。"

"我一直很有原则好吗?"贺朝挑了根棒棒糖,拆开扔嘴里,"别勾引我,没有用的。"

沈捷沉默过后说:"那消息我也收到了——杨文远那小子,我真的忍不住想弄死他。一听说这学期柳媛转学,这人就'跩'起来了,还想整你,活得不耐烦了。"

贺朝叼着糖,没说话。

"你那班主任也是傻,她高一带过杨文远,看杨文远成绩好就把他当亲儿子似的,她也不看看这个三好学生到底什么货色。现在自己简历不够精彩,重点学校进不去,想拿你开刀抬身价?"沈捷又说,"要我说,朝哥,干脆把杨文远那点破事都给他抖出来得了——胆儿肥啊,往枪口上撞,指不定死的是谁。"

"抖什么抖,"贺朝道,"柳媛那事不能说。"

沈捷叹了口气。

第六章

两个人各自坐着，沉默了好一会儿。

贺朝闻着烟味儿实在是受不了，抬手指了指门："要抽你出去抽，滚。"

沈捷说："你自己不抽就算了，还限制我的自由……"

贺朝反手扔过去一个枕头。

沈捷眼疾手快，侧身躲过。

说话间，贺朝搁在桌上的手机屏幕忽然亮起来，伴随着"叮咚"的消息提示音。没过几秒屏幕又暗下去。

贺朝拿起手机点开一看，是谢俞发过来的六个字外加一个标点符号。

下午领导听课。

"谁啊？"沈捷凑上前问。

贺朝低头打字，说："没有感情的杀手。"

沈捷对谢俞印象不深，自从谢俞跟贺朝两个人凑成同桌之后，他和这位的联系才多了起来。

他见到谢俞的第一眼就觉得这个人虽然长得挺好看，但是不太好相处，事实上……相处下来也的确是这样。

他朝哥倒是个例外。

"没有感情，那是对你，"贺朝回复完，大大方方将手机屏幕展示给沈捷看，"看到没有？我同桌对我，如春天般温暖。"

沈捷觉得这件事应该不像贺朝想的那么温暖。

毕竟他刚才从高二（三）班出去的时候，亲眼看见谢俞不胜其烦地撕下一页纸，写下几个大字，然后就往贺朝桌面上一甩。大概是上午来问贺朝行踪的人太多，那张纸上面敷衍且潦草地写着：不在，翘课，不知道。

沈捷第一次见到这么高调宣告同桌翘课的人。

$$r=a(1-\sin\theta)$$

这件事的真相确实没有那么温暖。

按理说有领导来听课,一般都会提前通知,甚至挑好班级,让老师安排好课堂上每一个问答环节。但这次事发突然,徐霞也是紧急打电话回来,让隔壁班王老师帮她顾一下班里,千万不能缺人。

王老师去(三)班看了一圈,在贺朝桌上那张纸旁边踌躇很久,最后还是让谢俞帮着联系一下人,实在喊不回来就说请病假了。

离下午上课时间剩下不到十分钟,贺朝整理好衣服往外走,走到一半发现沈捷还在发呆,说:"愣着干什么?上课去啊。"

沈捷"啊"了一声,走到门口突然停住了,抓抓头发,问:"这事怎么办?不能提到柳嫒,那这事到底怎么整?"

话题又绕了回去。

贺朝手插在裤兜里,说道:"再说吧。"

杨文远那件事,果然没过多久再次回到话题中心。

先是徐霞带着杨文远去找校方,说这件事不能就这么算了,后来连杨文远父母都找到学校里来,非要学校给个说法。

"我儿子脸上、胳膊上,你们看看,作孽啊!你们学校里怎么会有这种人?"

杨文远父母都戴着眼镜,看上去像知识分子,但说起话来压根不是那样:"听说你们学校这个贺朝,成天惹事,他会打我们家孩子一点也不奇怪啊,怎么就目前还没办法给他处分?你们学校是怎么办事的?"

徐霞作为贺朝的班主任,站在边上唱红脸:"这件事情我们的确要付很大责任,我会好好教育他,在这里我郑重地向你们道歉,因为我班上同学的过失……"

贺朝听到这实在听不下去。

"教育?"贺朝气笑了,"你有资格教育别人吗?"

"你怎么跟老师说话呢?"

本来这事还在僵持,可就在这个节骨眼上,冒出来一个证人。

刘存浩敲门进来:"徐老师,你找我?"

…………

刘存浩从教导处回来,就被班里人团团围住:"班长,听说你出庭做证了?"

"你真的亲眼看见贺朝打杨文远?"

刘存浩纠正："是以前，以前见过。"

"勇士啊。"

众人七嘴八舌，都在说换了自己可不敢冒着生命危险站出来。

"承让承让，"刘存浩说，"我也犹豫了很久，但是为了爱与正义……"

谢俞不喜欢评价这些事情，跟他又没什么关系。

眼睛看到的都不一定是事实，更何况这些道听途说。

当年他和妈妈为躲债躲去黑水街的时候，以为那里住的都是些地痞流氓，可又实在没有别的地方可以去。但是到那儿的第一天，满身文身、满嘴跑脏话的许艳梅端着碗水饺过来敲门："多包了一些，手艺不是很好，你们凑合吃。"

这一关照，就关照了他们近十年。

"最后怎么样了？现在到底是什么情况啊？"

刘存浩说："可能会退学吧，这次事情还挺严重的。"

"退学？"

班里聊得热火朝天，谢俞继续趴在桌上玩手机。

贺朝半天之后才从教导处被放回来，进教室的时候，刘存浩正在讲台上答数学题，余光看见贺朝的身影，手里那根粉笔直接断了。

出乎意料地，贺朝看都没看他。

刘存浩偷偷舒了一口气。

谢俞有点怀疑，刚才他们说退学说得那么严重，这处分到底是真还是假——因为贺朝回来之后还有闲情逸致接着玩换装游戏。

比起贺朝，沈捷的反应比较大，看起来更像是那个要退学的："你们班那位班长又是从哪里冒出来的？"

"嚷嚷什么！小伙子人挺好的，"贺朝说，"这事不怪他。"

沈捷："所以现在到底是什么情况啊？放你回来给你时间考虑，就非得要你道歉写检讨是吧？徐霞那么执着？她的职业生涯就差你这一张检讨？"

体育课，两个班正好同一节，两人穿过足球场，往看台那边走。

沈捷说了一大堆，也不知道贺朝有没有认真听，看到谢俞坐在前面树荫底下，还抬头冲人家招手打招呼。

谢俞听到有人叫他，刚抬头，一个球从后面篮球场上弹出来，直接往他头上招呼。

$r=a(1-\sin\Theta)$

一个男生从后面球场走出来:"手滑,不好意思。"

沈捷看到那人的脸,瞬间就炸了:"杨文远你故意的吧?"

砸人还砸不准,看这角度明明就是想砸贺朝。

贺朝也不说话,弯腰把球捡起来,走到谢俞身边,然后扬手狠力往杨文远的方向砸,球从杨文远身侧擦过去,砸在铁栅栏上发出砰的一声巨响。贺朝笑笑,也回敬他两个字:"手滑。"

杨文远同伴过来打圆场,拉着他就想走:"对不住对不住。"

杨文远却是站在原地不肯动,他身板瘦,穿衣服仿佛都靠骨头撑着,脸上又长痘又有黑眼圈,看起来特别气虚,他站在那里最后憋出来一句:"贺朝,这事没完,你输定了。"

贺朝说:"废话少说,赶紧滚。"

"你知道为什么吗?"杨文远笑笑,"就凭你成绩差。"

"你……""成绩差"三个字仿佛戳中了贺朝的某个点,或者说这些天积累下来的情绪终于找到了一个宣泄口,他缓缓走上前,哑着嗓子说,"听不懂人话是不是?"

贺朝很少发火。

沈捷认识他那么多年,总共也没见让发火过几次,贺朝心态属于好得出奇的那种,你气我不气。所以从某种角度上来说,杨文远真是个人才。

"走了文远,走啊。"杨文远想找死,他那群同伴可不想,赶忙拉着他走人。

沈捷虽然很想捋袖子直接上去干,但是考虑到现在贺朝情况特殊,再惹出点什么事来,真要坐实那些传闻了:"朝哥,冷静——千万冷静,要揍他我们找个月黑风高没有人的小巷子,套个麻袋想怎么揍就怎么揍。"

等杨文远走得看不见人影了,沈捷才撒手。

"他就是杨文远?"

"啊?"沈捷回头,看到"没有感情的杀手"站在旁边,随口道,"啊,杨三好,是他。"

谢俞刚才回想半天,总觉得眼熟,等他终于回想起这张脸,又把名字往这张脸上一套,面无表情道:"这不是那个骚扰女生的人吗?"

沈捷:"你怎么知道?"

沈捷从巨大的冲击之中缓过神来:"这事你是怎么知道的?你认识柳媛?我一直以为全校只有我跟朝哥知道呢。"

谢俞只说了三个字:"看见的。"

那还是高一的时候。

西楼信号一直不太好,平时大家要是想玩手机都得看运气和机缘,或者捧着手机到处找信号。

当时周大雷在搞游戏直播,事业刚起步没什么人气,叮嘱谢俞一定要准时收看,给他贡献点击量。谢俞找信号找到了厕所里,厕所里信号是不错,但环境实在是有点让人难以忍受。

"谢老板,我相信你对我的爱,是可以跨越屎尿……"大雷一边打游戏一边说,"真的,体现你有多爱我的时刻到了。"

谢俞给大雷刷了点礼物就想走人,奈何大雷这人废话特别多,非要拉着他聊天,说没有观众互动特别寂寞,需要老板给他热热场子。

这一热场就热到了晚自习下课。

大雷:"喜欢主播的,送点小礼物啊,没人吗?我那么不值得啊?"

谢俞正在打字:你自己寂寞去吧,我走了。

打完还没发出去,厕所门突然砰的一声被人踹开,然后是推搡的声音,还有女生微弱的叫声。

他们找了个隐秘的地方——器材室附近有片草坪,上面堆了块大石头,跟座假山似的,三个人挨着"山"蹲在一起。

谢俞想站起来,又被贺朝摁回去:"老实待着,说,接着说。"

其实也没什么好交代的。

谢俞并不认识什么柳媛,只记得那女生一直把脸埋进手心里,蹲在地上哭。

杨文远尿得很,都不敢正面迎战,挨了两棍子扭头就往外跑。谢俞也没心思蹲下来安慰安慰那个女生,他觉得自己仁至义尽,扔下在厕所隔间里顺手拿的木棍就准备往外走。

刚迈出去一步,一只手抓上他的裤腿,只听那女生微弱地说:"不要告诉别人,求求你。"

"是了,是她,"沈捷说,"她胆子贼小,宁愿被欺负,也不敢吭声。"

沈捷又说:"所以你当时把杨三好打跑了?"

贺朝也不太能理解:"那这人为什么只咬着我不放?看我长得帅嫉妒我?"

谢俞平静道:"我戴口罩了。"

$r=a(1-\sin\theta)$

厕所虽然味道不是很重,但光那股消毒水的味儿也够人受的。他去的时候特意抓了个口罩,没想到正好派上用场。

贺朝"啊"了一声,若有所思。

沈捷直接戳穿他那些不切实际的想法:"别想了,朝哥,你戴口罩也没用——人家谢老大只是打人而已,你想想你自己干了什么!"

"我干什么了?我都没打他,"贺朝说,"很仁慈了。"

如果把人裤子扒了,让人"裸奔"了两三个小时算仁慈的话,杨文远估计宁愿被打。

谢俞听完前因后果,也陷入沉思。

贺朝说:"我真的不喜欢打打杀杀,一般都是选择平静地解决问题。"

平静……真是平静。

难怪杨文远念念不忘,这简直可以列入人生耻辱之最,尤其像他这种平时傲气十足的优等生,哪里遭受过这个。柳媛一转学他就觉得这个把柄"死无对证",跳出来搞事情。

让谢俞刮目相看的还有他这个同桌,为了女方的名声和央求,杨文远都挑衅到家门口来了,他愣是忍住没说。

"不然我还能让他活到现在?"贺朝随手捡起一颗小石子,说着抬手往正前方扔,小石子正好打在运动器具上,又滚了两圈,滚远了,他又说,"憋得慌。"

沈捷他们班下半节课换男生集合,去足球场排队练运球,他和两人还没聊上两句,不得已拍拍屁股起身:"我们班集合了,我先走了,回头再说。冷静啊朝哥,千万冷静。"

贺朝头都没抬,冲他摆摆手:"快滚吧你。"

户外气温三十二摄氏度,谢俞不是很想在这里晒太阳。

正想走,贺朝突然拽着他一起往草坪上躺。下午阳光热烈得让人睁不开眼,谢俞眯起眼睛,正思忖着自己这两天是不是脾气太好,让这位同桌对他产生了什么误会,就听贺朝看似漫不经心地说了句:"是不是什么人都可以当老师啊?"

几团云慢慢悠悠晃过去。

贺朝下意识摸口袋,只摸出来一颗糖,天气热,糖有些化了,捏上去表皮发软。

说不上来的情绪席卷上来,几句话在耳边绕来绕去,从徐霞的废话一直循环到杨三好那句"你成绩差"。

贺朝勉为其难剥开了那颗糖。

谢俞闻到味道，又是草莓。

两个人躺在草坪上半天没说话，就在贺朝咔嚓咔嚓咬糖的时候，谢俞突然起身，踹了踹他："走。"

贺朝问："走什么走？"

谢俞说："这个老师不行，那就换一个。"

天气太热，谢俞说着，顺手抓起衣领扇了扇风。

从贺朝那个角度刚好能看到一闪而过的大片肌肤，锁骨处深深地陷下去一块。谢俞身材很好，虽然不算高，但该有的都有，衣服撩起来不像那些瘦排骨。这个年纪的男孩子，还没完全长开，青涩、漂亮且坚韧，还带着尖牙利爪。

贺朝有点走神。

不知道是因为谢俞这番莫名其妙且狂得厉害的话，还是因为眼前的人。

贺朝和谢俞两个人翻过宿舍楼外面的铁网墙，直接绕过门卫室从另一边进去。

由于住校的人数多，学校对于学生进出宿舍楼有特殊规定，凡是在上课时间内回寝的，不管是回去拿东西还是身体不舒服需要休息，都必须出示老师的签字条，并且在门卫处进行登记。

虽然铁网墙不难翻，但大家都没那个胆子。教导主任人送外号"疯狗"，办公室窗户正对着宿舍楼区域，要是不走运被他看到，九死一生。

"厕所，隔间，手机。"谢俞翻进去，手撑在地上，头也没回，提供完关键字之后又说，"你想想。"

贺朝想了想："干什么？小学生造句？"

他们两个动作熟练，翻墙姿势奔放狂野，速度飞快，跟专门练过似的。

沈捷在球场上，远远地看到两个人影翻进去，隐约觉得眼熟，还没等他确认，那两个人已经不见了。

"奇怪了，"沈捷摸摸后脑勺，"我怎么瞅着那人那么像朝哥？"

"你也住宿？"贺朝跟着上楼，发现越走离他自己的寝室越近，直到谢俞在他对门停了脚步。

谢俞伸手去摸门梁上的备用钥匙："你住哪儿？"

"你往对面看看。"贺朝指了指，"就你对门。"

谢俞心说，原来你就是那个往门上贴"冲刺高考，勿扰"的！

$$r=a(1-\sin\theta)$$

贺朝主动介绍起自己门上贴的那张纸:"一般老师都不进来查寝,怕打扰你学习,特别好用,有机会你可以试试。"

"不了,谢谢。"

谢俞进了门,拖出床底下的箱子就开始翻东西。

里面装的大多是杂物,手电筒、备用电池、胶带……

贺朝坐在椅子上看他:"找什么呢?"

谢俞没理他。

贺朝闲着无聊,四下打量这个房间。寝室里相当干净,书桌上放了台电脑,贺朝目光掠过电脑,落在笔筒旁边的魔方上。

谢俞找到旧手机的时候,贺朝已经把魔方拼好了,每一面颜色都相同,拼得整整齐齐。

"不知道还在不在,"谢俞摁下开机键,"我录音了。"

贺朝抓着魔方的手突然顿住,怀疑自己听错了。

谢俞重复了一遍:"那天在厕所里,我录音了。那个杨什么玩意儿,他说的话我都录下来了。我差点忘了。"

这种思想对一个高中生来说可能确实过于前卫了,还都是横冲直撞的年纪,遇到紧急状况都是挥起拳头往前冲,哪里会有这种百转千回弯弯绕绕的心思。

但杨文远拽着柳媛进厕所的时候,谢俞第一反应就是调录音器。

事后他也想问柳媛需不需要证据去揭发,但柳媛那种想息事宁人的反应太强烈,如果她打算反抗,也不会沦落成这样。

她怕的只是被别人知道,尽管她才是受害者。

"退学处分……哇,学校行动得那么快?"

几天之后,学校布告栏里新贴了张通知,周围围了一圈人,刘存浩去得晚,只能和朋友站在最外围,踮着脚眯眼看:"退、退学处分……"

等刘存浩看到下一行,整个人惊了:"杨文远?"

"退学的是杨文远?那贺朝呢?"站在刘存浩身边的一个男生也惊了,"这到底怎么回事啊?"

事态发展得超乎想象,别说这些学生了,徐霞现在整个人也是惊魂未定。

杨文远她带过一年,学习成绩数一数二,是很有希望考上一本的。

她现在回想自己之前在领导面前替杨文远做的那些担保,想起自己说过的那些话,脑袋里一片"嗡嗡"声，天旋地转，最后转出两个字来：完了。

贺朝给领导的录音备份经过特殊处理，把柳媛的声音消掉了，但是杨文远说的那些下三烂的话一字不落都在里面。杨文远当场表演变脸，紧接着杨文远全家也玩起了变脸，一改前几天颐指气使的样子，还想拉着贺朝的手替自己儿子求情："我知道你是好孩子……"

贺朝简直想笑："啊，您说相声呢，敢情我这时候就变成好孩子了。"

校方追问女生是谁，贺朝反问："你们能不能保证受害人的隐私不受到侵害？"

整件事情只有校方高层知道，信息链密不透风。

但杨三好罪名是坐实了。

退学处分下来的那天，沈捷乐得请全班喝饮料，过来找贺朝的时候，看到（三）班班长正在跟他的朝哥道歉。

除了班长，高二（三）班全体都躲在窗帘后边偷看。

阵势浩大。

刘存浩憋红了脸："对不起贺朝同学，我没有弄清楚事情的真相……"

贺朝语重心长拍拍刘存浩的肩膀，接茬接得相当自然："没事没事，人生总是充满惊喜。我这个人，不仅长得帅，而且很大度。"

谢俞估计听不下去，一只手拿着手机，另一只手往边上摸，摸到个笔袋，直接往窗外扔，砸在贺朝身上："闭嘴。"

所谓的大佬，多少都有些被妖魔化，大佬的事迹，他们都是听说居多。谣言经过口口相传，真假参半，最后传下来的也都不知道变成了什么模样。

但是高二（三）班的同学们第一次那么清楚地意识到，这两个大佬，跟传说中的有些不一样。

新的一天。

呵斥声穿透清晨最后一层云雾，震得人神清气爽。

"站好，来……都给我过来，站好了。"

"别盯着地面看，能看出花来？不用羞愧，用不着羞愧，反正你们的脸早就丢光了。"

"挺胸！抬头！目视前方，看着我的眼睛。"

立阳二中门口铜像附近浩浩荡荡站了十几号人，他们排成两排，低垂着脑袋，背后的书包沉甸甸地往下坠。

没睡醒的几个人被吼得瞌睡虫都吓飞了，战战兢兢。

其中一位男同学没忍住，抬起头瞟了教导主任一眼，又将头低下去，小声骂了一句。

姜主任耳朵一动，隐约捕捉到了什么，抬手往队列里一指，扬声追问："还有谁在说话？"

男人胸口剧烈起伏。鼻梁上挂着副金丝边框眼镜，却没有让他看起来增加几分儒雅和文气。手里还拿着份考勤表，上头记录着每天迟到的人名，只要迟到超过三次就会进入考勤表最后一页——黑名单。

"疯狗"这个绰号由来已久，是前几届学生取的，就这么流传了下来。都说惹哪个老师也不能惹这位姓姜的教导主任，传说他比更年期母老虎还可怕。

姜主任眼睛微眯，从排头踱到排尾，冷笑道："迟到！新学期开学没几天就给我玩迟到。"

他突然停下脚步，其他同学正屏气凝神，就听他声音突然又大起来："贺朝！你什么情况？！"

贺朝出列："迟到。"

"你这学期都住校了，还能让我在校门口抓到你，"姜主任示意其他人回去上课，单留下贺朝，"可以啊，违反校纪校规的能力真是让人刮目相看。"

贺朝表示自己是出来晨跑的，不小心看错时间。

姜主任看看面前这人——浑身上下清爽得不行，靠得近了还能闻到洗衣粉的味儿。

晨跑个头，老年人散步还差不多。

姜主任也懒得跟他说下去，看看时间，已经上课十分钟，只说："老规矩。"

"检讨，我知道。"贺朝一边倒着走一边说，"中午我就送检讨去您办公室，再见姜主任。"

眼看贺朝就要跑没影了，姜主任忙道："等会儿，你过来。"

贺朝停下脚步。

姜主任："你们班那个联名书怎么回事？"

经历一场风波，徐霞虽然没受到什么处罚，但去实验附中的事情肯定是泡汤了，学校见她认错态度良好，又念在她教书十几年的分儿上，没再追究。

不过让校方头疼的是，(三)班同学有换班主任的意愿。

贺朝一开始试着提这事，还以为班里没什么人会响应。这个班平日安静得出奇，每个人默不作声，没想到这次大家对徐霞的意见都爆发了出来。

刘存浩率先带领自己的弟兄前来支援。

说话的是一个长得还挺精神的男生，尤其那对眼珠子，看人的时候仿佛会发亮似的，"只要我们全班参与，就算最后失败，集体犯罪一般从轻发落。"

刘存浩拍了拍那男生的脑门："万事通，你怎么那么消极，还没有行动就想着失败。"

被称作"万事通"的男生说："这不叫消极，这叫策略。这样的事例我一口气能给你举十个——去年(五)班集体抗议老师霸占他们体育课……"

贺朝本来想积极游说谢俞跟他们一起去找姜主任，谢俞指着刘存浩手里拿着的那张联名书，上面已经集齐了半个班的签名："我能在上面署名已经很给面子了，明白？"

姜主任拦下他没说几句就走了。

贺朝一路跑回教室，趁英语老师不注意，弯腰从后门溜进去，然后轻手轻脚坐下，从包里拿出一杯热豆浆，推给谢俞："给。"

谢俞看着豆浆和吸管："干什么？"

"喝啊，"贺朝把书包挂到椅背上，"你不是要无糖的？"

自从知道和谢俞住对门之后，贺朝有事没事就过去串门，当然对于这一行为，谢俞并不表示欢迎。有时候贺朝起得早，还会去对面把谢俞也叫起来："走，一起吃早饭去。"

然后贺朝就发现谢俞这个人吃东西挑得很，宁愿不吃也不凑合。

"豆浆，都是豆浆，有什么差别？"贺朝问。

谢俞："我不喝甜豆浆。"

学校食堂里豆浆种类没那么多，校外早餐店里才有很多种豆浆。贺朝本来是想，谢俞帮了他那么大一个忙，请人家吃个饭表示感谢，没想到最后自己成了跑腿的。

"在做什么？讲题？这是什么？"贺朝光是找英语书就找了半天，翻开之后又是一阵迷茫，"什么时候布置的？"

谢俞借了前桌的作业抄，头都没抬道："不知道，大概在你考虑是蕾丝蓬蓬裙好看还是朋克皮裤好看的时候。"

贺朝那点动静没逃过老师的眼睛。

英语老师在黑板上写完题目后放下粉笔，点了贺朝的名字："这位迟到的，你来说说，遇到这样的题，第一步要做什么。"

贺朝慢慢悠悠起身，犹豫一会儿，说了六个字："放弃，看下一道。"

谢俞翻译题抄到一半，听到这个回答，字母c收尾没收住，长长地画了出去。

贺朝补充道:"遇到不会的题目,不要浪费时间。"

沉默过后,不知道是谁没忍住先笑出声,然后全班哄堂大笑。

"哈哈哈哈哈哈哈哈,下一道。"

"人才人才。"

英语老师很想严肃地板起脸,最后也没忍住:"你坐下,好好听。"

早自习过去之后,关于徐霞调去高一组的传闻在班里传开了。

"高一那边有个老师嗓子不好要动手术,徐霞估计就过去带那个班,我们即将上任的新班主任,姓唐。"

"万事通"在教导处门外听墙脚,带着新鲜出炉的消息回到班里:"还是从重点学校调过来的,特级教师,听起来很厉害。"

万达,恰好姓"万",总有说不完的小道消息,那些消息也不知道打哪儿来的,真真假假扑朔迷离。而且万达本人吹牛皮称,除了立阳二中之外,半个市范围内,没有他不知道的事情,于是人送外号"万事通"。

刘存浩正在收作业,随口说:"姜主任的墙脚你都敢听?"

万达说:"那必须啊,想要获得一手情报,就要冒着死亡的风险。"

"万事通"的情报十次里也不见得有一次准,但是这次让他说对了,新班主任姓唐,名字还很有个性,唐森。

唐森看起来就是个普通的即将步入中年的男人,手腕上戴串佛珠,讲课认真,两天时间就把班里人的名字和脸对上了。

人也挺好说话,没什么架子……就是烦了点,相当啰唆,而且一句话能给你扯出一些八竿子打不着的事情,串在一起说还不觉得突兀。

"值日生把教室打扫干净再走啊;晚上早点睡觉,充足睡眠很重要;吃饭不要吃得太油腻;不会做的题目就放着,可以问但绝对不能抄;回家记得关心关心父母,他们一天也很劳累;对了,明天好像要下雨,你们最好带把伞……"

最后一节课下课,住校的人留下来继续上晚自习。

之前也真是巧了,贺朝和谢俞两个人,晚自习总有一个人翘课,要么就是两个一起翘课,开学快半个月了,愣是不知道对方也是住宿生。

班里同学走掉大半,剩下的十来个人,做着作业开始闲聊。

外头天色已经黑了。

万达神神秘秘地问:"你们知道咱们宿舍楼闹鬼的事情吗?"

"万事通"开始这个灵异话题的时候,贺朝正拉着谢俞一起玩组队游戏,此人沉浸在自己的操作技术当中:"我真的好强——看到没有,一击双杀。过来,哥罩你。"

谢俞:"你看清楚,那个人是我杀的。"

如果不是无法攻击队友,谢俞可能要把这个人先射杀了。

"我们楼层,这几天晚上一直都有奇怪的声音,尤其是半夜十二点之后,还有敲门声,"万达越说声音压得越低,"听人说,前几天它还只在一楼转悠……但是昨天晚上开始,二楼也发生了怪事,我亲耳听见敲门声,去开门的时候,门外什么都没有,走廊尽头有一团影子晃过去。"

万达又说:"我也不知道是不是我看错了。但是我们学校本来不就有那个传闻吗,你们都知道吧,那个跳楼的。"

其他同学附和:"知道知道,从楼顶跳下去的。"

"我住一楼,我听到过,好几次,总敲门,我都不敢开。但是昨天确实没有了,难道真的往楼上去了?"

谢俞没听他们在说什么,专心打游戏,遇到两个大BOSS,正要迎战,扭头发现队友不知道什么时候死了:"啧,你不是要罩我?"

贺朝表情不太对劲:"我们住几楼?三楼?"

$r=a(1-\sin\theta)$

第七章

学校里总有那么几段骇人听闻的传说。

学生跳楼这件事情其实并没有事实依据，都是历届学生传下来的，还说学校为了声誉把这件事情压了下去，所以看不到报道。

关于跳楼原因也是众说纷纭，学业压力、情场失意、家里破产、校园暴力……

万达他们越说越起劲，把宿舍楼活生生讲成鬼楼，而且很有仪式感地"啪"的一下关了灯。

晚八点，外面黑得伸手不见五指，只看得见零星灯火。学校附近还有一座大厦，大厦最近正在搞周年庆活动，灯效弄得红彤彤的，现在教室里关了灯，那片红色映射过来，显得格外诡异。

有女生直接尖叫出声："万达你干什么？"

"有毛病啊！"

"开灯，快开灯！"

万达不为所动，坚持道："讲故事，气氛很重要！气氛！"

贺朝几乎是在灯暗下来的瞬间就抓上了谢俞的手腕，低声骂了一句。

游戏结束，谢俞的手机屏幕随即暗下去，他侧过头，倒是没有甩开贺朝的手，反而饶有兴致地问："你怕鬼？"

万达还不知道最后一排角落里发生了什么，正准备讲恐怖理发店的故事，招呼两位大佬过来一起听："朝哥、俞哥——来啊，捧捧场？绝对恐怖，特别精彩，听完之后晚上还敢一个人睡觉我给你们五毛钱。"

贺朝还没来得及拒绝，就听他那位极度不合群、孤僻得要死、从来不爱凑热闹的同桌说："好啊。"

教室里一共就十二个人。

八个男生，四个女生。

万达坐在中间,剩下的人围成一个圆圈,女生抱成一团,没位置坐的就自备椅子,拖着椅子过去找地方坐。

谢俞坐在最外侧,靠角落的地方,贺朝挨着他。

谢俞低头看了一眼,看到贺朝握着他的手腕不放:"你是不打算撒手了?"

说话间,灵异故事之恐怖理发店篇开始,万达刻意模仿一种大限将至、沧桑到不行的声音说:"小洁是个非常漂亮的女孩子,有着一头乌黑亮丽的长发,见过她的人都对她那一头秀发印象深刻……"

谢俞皱起眉,贺朝五根手指勒得他手腕疼的感觉也很深刻。

万达讲故事的水平其实很普通,但是态度认真,不出戏,加上氛围很不错,讲到一半还是让那四个女生齐声尖叫。

女生的尖叫声比故事内容吓人多了。

认认真真听着故事,突然来那么一声,着实让人心颤。

谢俞觉得贺朝应该去女生堆里跟她们一起尖叫,可贺朝身体力行地向大家展示大佬也是要面子的,愣是没吭声,装淡定。

"理发师转过身,脸上露出一抹极度诡异的微笑,嘴角一点一点、一点一点往上翘起。他拿着剪刀,站在储物室门口,过长的刘海遮住了一只眼。那副死气沉沉的样子,看起来根本不像个正常人,甚至不像活人。"

万达越说声音越低沉,但是在重要的节点陡然间声调向上扬起:"他拉开了门!储物室里是一排排货架,一眼望过去,密密麻麻全部都是——人的头颅!"

贺朝的手往下移了几寸,直接抓到谢俞的手。

谢俞甩了几下没有甩开。

"连着头皮,乌黑的长发垂在脸旁,她们的表情表达了她们死亡那刻有多痛苦,狰狞的、害怕的、扭曲的。"

"放手,"谢俞说,"你放不放?"

"不放。"

"你真的怕这个?"

"谁说我怕了?"

"那你放手。"

"不放。"

就在万达呕心沥血描述那些被割下来的人头有多可怕的时候,教室窗户上也浮现出

$r=a(1-\sin\theta)$

一张脸。

那张脸一半被窗帘遮住,只露出来另一半,影影绰绰。

看不清五官,模模糊糊只剩下轮廓。

但看得出是个男人。

半晌,男人张口问:"你们在干什么?"

万达讲故事讲到一半,一回头看到窗户上有一张脸,自己也吓了一跳:"妈啊!"

女生集体尖叫起来:"啊!"

"鬼叫什么,"姜主任推开门走进来,摸到开关把灯打开,"晚自习,你们都在干什么?作业都写完了?啊?聚在这里开茶话会?"

他被这群人吵得头疼,拿着书拍拍讲台:"隔着走廊就听到你们班的动静了,嫌作业太少还是怎么的,说出来我跟你们班老师反映一下。"

万达:"不不不,不用,姜主任,我们作业够了,真的够了,再多身体就承受不住了。"

姜主任下班前习惯在各个班转悠几圈再走,可能是马上下班心情比较不错,他没追究,只是叮嘱两句:"安静一点,遵守秩序,再让我发现……"

"是是是。"

等姜主任走之后,他们才松了口气,正准备拖着椅子回自己座位,有个女生突然又叫了一声。

"秩序,安静,"万达说,"许晴晴,我讲的故事有那么吓人吗?"

许晴晴表示我才没有你想象中那么胆小,然后她不停使眼色,最后成功引导大家把目光转到两位大佬紧紧交握的手上。

谢俞手被握久了,没意识到有什么问题。

贺朝还在回味故事情节:"她最后逃出去了?"

"不是死就是疯,"谢俞冷静道,"不然怎么叫恐怖故事。"

贺朝谢俞两个人,除了"问题少年"这个名号加持着,外形也相当惹眼。

刚入校的时候学校贴吧里评选校草,这两位名列前茅,虽然本校的同学都不太敢跟他们接触,但不知道是不是因为近臭远香,总有外校的过来发帖:"你们学校那个谁,求联系方式,真的好帅啊。"

万达自从分到(三)班,以前那些联系的、不联系的女同学一窝蜂过来问他,他琢磨着,回去总算可以给那群人一个答复:别想了,我们班可能要内部自销。

八点半晚自习下课。

万达收拾好东西跟他们一起走,这些天相处下来他已经觉得大家是相亲相爱的一家人,尤其是经过换老师的事之后,那就是战友。

"偷偷告诉你们个一手消息,"万达走在前面,"下周月考,我在唐老师办公室听见的,年级组老师自己出题,题目难度会向四中看齐,反正会比我们平时做的题目难。"

谢俞:"这个一手消息,你跟我说?"

贺朝也觉得匪夷所思,他跟谢俞常年承包全校倒数第一第二,考试对他们两个来说压根不算什么:"这消息的价值在哪儿?"

万达:"提醒你们早点为作弊做准备啊,这次抓作弊抓得很严的,听说一个考场三个老师。"

学校里只剩下路灯还亮着,还有微弱的蝉鸣。盛夏即将过去,扑面而来的风都捎带上一丝凉意。

贺朝:"哦。"

谢俞:"真是谢谢你了。"

谢俞回去洗漱完翻开《模拟测试卷——月考篇》——A市所有高校历年的月考试卷全被收录其中,找到去年四中的月考卷看了几眼。

简单的题目他就看看,遇到有意思的难题才停下来做做。

不知不觉就到了熄灯的时间,谢俞估摸着这盏台灯大概还能撑一小时,正刷着题,手机屏幕突然亮起来。

一条QQ消息。

贺朝:睡了?

谢俞:干什么?

贺朝:寂寞的夜晚,来聊聊天。

谢俞:没空,不聊,滚蛋。

贺朝显然已经习惯同桌这种没有感情的说话方式,丝毫没觉得这种聊天体验真是奇差,又回过来一句:忙什么呢?

谢俞面对厚厚一摞数学试卷以及刚解出一半的函数题,面不改色敲下三个字:打游戏。

贺朝:什么游戏?

这四个字透露出浓浓的"一起玩"的气息,谢俞沉着冷静,立志要把天彻底聊死:

单机游戏。

贺朝回复一串省略号。

谢俞放下手机,突然想到这人晚自习时的种种言行,又发过去一句:你是害怕得不敢睡觉?

这回贺朝没有继续没话找话。

贺朝:开什么玩笑?我怕过谁!

谢俞本来没把"万事通"说的那个灵异宿舍楼故事当真,只当是在听故事,跟那个恐怖理发店故事一样,听着图个新鲜。

他高一的时候也住校,一年下来啥事没有。

还诡异的敲门声,想象力真的丰富。

躺下的时候接近半夜,谢俞躺在床上翻朋友圈,看到周大雷上传了梅姨把一个贼眉鼠眼年轻人摁在地上的照片,配文是:徒手抓贼,厉害厉害。

梅姨在评论里嫌弃大雷的拍照技术。

雷妈疯狂护儿子:主要还是看人,跟技术没有关系!我儿子拍得多好!

谢俞看了很久,最终还是没有评论,只是点了个赞。他刚放下手机,就听到原本安静的走廊上隐隐传来一阵声音。

——似乎是很慢很慢的脚步声。

声音由远及近,然后不知道在哪个寝室门前停了下来。

谢俞清清楚楚地听到两声敲门声。

"咚。"

"咚。"

沈捷接到贺朝电话的时候,接近凌晨一点。

他神志不清地伸手摸手机,摸半天没摸着,只摸到嘴边一摊口水,这才迷迷糊糊起身,心情不太舒爽:"大半夜的,谁啊?"

睡得好好的突然被吵醒,搁谁都会有点烦躁,但是沈捷看到手机屏幕上"朝哥"两个大字,立马变了态度。

"朝哥,有什么吩咐?"沈捷打开台灯,坐起身,"夜深人静的夜晚,您是想来一份十三香小龙虾还是杨圆路那家有名的生煎包?抑或是陪聊服务?"

沈捷已经做好了上刀山下火海的准备,但是他朝哥只说:"问你个问题。"

"问！你问！"

"你觉得，谢俞……就是你认识的那个谢俞，"贺朝也不知道怎么说，抓抓头发，纠结两秒，问出一句让沈捷失眠一整夜的话来，"他会不会同意让我去他寝室睡觉？"

沈捷觉得整个人受到了冲击："啥？"

他最近只是不经常去（三）班串门而已，错过了什么重要的事情吗？

为什么事情会往这么奇怪的地方发展？

他是不是在做梦，可能没睡醒？

"朝哥，我觉得，不管是我认识的那个谢俞，还是你认识的那个谢俞，都不会同意的。"沈捷恍恍惚惚地回答，"我甚至想象不到你会有多少种死法。"

贺朝说："这件事情这么绝对的吗？"

沈捷："绝对，比绝对还要绝对。"

沈捷说完，感受到朝哥特别失望地撂了电话，那种失望还不是普通的失望，掺杂了许许多多说不清道不明的情绪，让人着实看不透。

谢俞第二天没有等到贺朝过来敲门喊他一起去吃早饭。

他出去之前，特意看了一眼对面寝室，门关得严严实实，没什么动静。他犹豫了一下，还是没有过去敲门，直接去了教室。

"说起我们学校宿舍楼，真的诡异，"一进教室，他就听到万达又在传播乱七八糟的消息，"前几天我不是说在二楼听到敲门声吗？昨晚就没有了，真的奇怪，好多人听到了，绝对不是幻听。"

刘存浩不住校，不相信这些怪谈："你们别在这儿自己吓自己了，没有的事，相信科学好不好？跟着我念，相信科学。"

许晴晴："万事通，说一遍两遍就得了，还说个没完了。我们女寝怎么没发生这种事情？真要来敲我门，老娘直接开门，头都给它打爆。"

就在这时，底下有个男生慢慢悠悠地举起手："我……我也听到了，是真的。昨天晚上，三楼有敲门声。"

贺朝没来，沈捷倒是往（三）班跑得很勤快。

沈捷在贺朝的位子上坐下："朝哥呢？还没来？"

谢俞给了他一个眼神，沈捷看出来了，这是在骂他废话，但他实在是好奇贺朝昨晚到底有没有实施某个奇怪又危险的想法，又问："昨天晚上，您睡得还好吗？"

$r=a(1-\sin\Theta)$

（三）楼敲门声的传闻闹得沸沸扬扬，谢俞直接把他归类成八卦分子，反问："你觉得呢？"

"我觉得或许……你遭受了一些……嗯……骚扰？"

贺朝来的时候，上午的课已经过去一半。

"朝哥，唐老师叫你中午去一趟他办公室，"刘存浩刚从老师办公室回来，就看到贺朝慢慢悠悠往教室走，他说完，又顿了顿，"你这黑眼圈，有点重啊。"

贺朝起床起得急，没顾得上整理，正低着头把红绳项链往校服领口里塞："知道了。"

唐森上午就接到老师投诉，说自己班怎么总是缺人头，以为学校是家啊，想来上课就来，不想来就不来。他态度良好地先替那颗缺席的人头道了歉，平息一下任课老师们的怒火："是，我一定好好说说他们，太不像话了。"

等那颗缺席的人头来的时候，唐森已经准备好了长长的措辞，想跟这位同学好好聊一聊。

"贺朝同学，你坐。"

贺朝还是第一次遇到会邀请他坐下的老师，将信将疑地坐下之后，又听唐森说了后半句："……因为我们这次的聊天内容可能会稍微有一点多。"

半小时之后，贺朝体会到"可能会稍微有一点多"到底是多少。

"我知道你们年轻人，都有自己的想法，不爱学习也很正常，"唐森说着说着，停下来喝了几口水，继续道，"我完全可以理解，但是对一门科目不感兴趣，逃避并不是很好的解决途径，一个男人，要有斗志，勇于挑战，勇攀高峰。"

贺朝打断道："您还要讲多久？"

唐森看了眼自己的谈话大纲，照实说："目前只进行到五分之三，后面还有几大块内容。"

最后还是上课铃响，唐森才停嘴："那么今天我们的谈话就到这里。"

话音未落，贺朝起身就想走，但唐森话锋一转，又道："你这黑眼圈……"

贺朝手撑着门，第一次觉得被老师叫过去谈话是一件麻烦的事情："我们年轻人，夜生活比较丰富。"

贺朝回来之后，趴在桌上就睡。

他衣领纽扣没扣上，领口大开，脖子里挂的红绳滑出来一截，谢俞不小心看了几眼，觉得真是很伤风化。

走廊上站了好几个女生,指着他们这里,捂着嘴不知道在说什么,神情激动。

从开学开始,这群女生就经常结伴,人手一个水杯,每节课下课都过来打热水,然后拿着水杯站在走廊里不知道干什么。班里有人打赌她们是来看谁的,万达押了五十块钱,最后等不及,大着胆子来找贺朝,希望他帮忙检测一下。

当时贺朝说着"那肯定是来看我啊",走到窗边,手撑在窗沿上,还没说话,那群女生捂着脸跑了。

万达立马跳起来喊:"我赢了!耶!"

贺朝还没整明白:"你赢什么了?她们到底是来看谁的啊?没说话就跑……很没有礼貌啊。"

万达从欣喜之中回味过来,琢磨出一丝不对劲:"朝哥,你……你对女孩子的心思……这个理解能力……"

"喂。"

谢俞叫了一声。

贺朝没反应。

谢俞往后靠了靠,抬手拿起英语书,卷在手里,直接往贺朝头上敲。

贺朝睁开一只眼:"干什么啊?"

谢俞指指他胸口:"衣服,穿好。"

贺朝还没反应过来:"啊?"

谢俞说:"辣眼睛。"

贺朝一边说着"你眼瞎吧?哥身材特别好",一边把纽扣扣上,就听谢俞又说:"你昨晚没睡?"

贺朝抬头:"同桌那么多天总算没白当,你在关心我?"

"是啊,"谢俞毫不避讳地嘲讽道,"关心你是不是被昨天晚上的敲门声吓得睡不着。"

贺朝心里说简直快被吓疯了。

他这个人还真没怕过什么,怕鬼是个例外。

有位拿恐怖故事当格林童话讲的妈,他没因此获得什么免疫功能,童年阴影倒是深得不能再深,几乎已经形成一种条件反射。

但他这个人要面子。

$r=a(1-\sin\theta)$

"怎么可能。"贺朝重复了一遍,"不可能的。"

"你们在聊什么?"万达走过来,挑了附近的空位坐下,"那个,实不相瞒,有个事情想请教你们。"

刘存浩也慢慢悠悠晃过来,说:"能不能让我们瞻仰瞻仰你们的小抄?"

下节课英语默写。

他们班英语老师抓词汇抓得很严,如果默写不合格,到时候还要抽时间再去她办公室里重新默写。

班里同学早就已经在桌上做好了"笔记",他们基本上都动了点小手脚,区别只是记多记少。万达跟刘存浩争论半天谁的小抄更厉害:"我这个,你看看,绝对不会被发现,你那个算什么啊,早就过时了……"

刘存浩用书把写在桌上的小抄遮住,自觉满意:"你懂什么!我这个经久不衰。"

他们俩争着争着,无意间发现全班单词默写最差劲的两个人,一个在睡觉,一个玩手机,淡定得不行。

"可能他们俩已经打好小抄了呢?"

"其实我觉得写在桌上还是不太安全,要不问问他们?他们俩肯定更有经验。"

"他们俩的技术,肯定出神入化。"

…………

在万达和刘存浩两人热切期盼的目光之下,贺朝给了标准答案:"哪儿那么多事!直接把书摊开抄啊。"

万达愣了一会儿,反应过来:"无抄胜有抄。"

刘存浩:"佩服佩服。"

但事实证明贺朝这个人没有他们想象中的那么厉害。

摊开书,他也找不到单词在哪儿。

"哪儿啊?"贺朝来回翻页,"怎么一会儿报英文一会儿说中文,是不是这个单元的词?"

谢俞一直以为自己这几年扮演后进生扮得可以说是炉火纯青,现在发现自己还差得很远,真正的后进生远比他想象中的还要弱。

"默写不合格的,自己找时间来办公室。"

英语老师刚在隔壁(二)班上完课,顺便把批改好的(三)班默写纸带着,下课过来发。她站在门口嘱咐完,又道:"贺朝,你很可以啊,默写跟做题一样,默不出就等下一个,最后给我交上来一张白纸?"

谢俞没忍住，低头笑了一声。

贺朝随手搭上同桌的肩，凑近道："没良心。刚才让你给我看两眼你不给……"

谢俞回戗："哪儿那么麻烦，摊开书直接抄啊。"

贺朝说不出话了。

那节课默写的时候，谢俞犹豫了一会儿，觉得自己实在无法做到贺朝这种后进生的程度，老老实实把单词抄上去了，还特别仔细地把正确率控制在60%。

贺朝翻了一阵书，余光瞥见谢俞，开始同同桌的主意："你居然能写出来一半？"

谢俞面无表情："很惊讶吗？"

英语老师继续道："剩下的许晴晴发下去，看一下自己都错在哪里。今晚回家作业是一套单元测试卷，都认真点做，下周月考，别到时候就考那么点分数给咱班丢人。"

老师说了什么，贺朝没注意听，他就听到谢俞突然来了句："你往右手边看看。"

"看什么啊，"贺朝不明所以地转头，"什么也没……"

话说到一半，戛然而止。

是万达和刘存浩。

这两个人正目不转睛地以一种极其复杂的眼神盯着他们两个人看。

贺朝几乎能从他们脸上看出一篇八百字小作文，还是自动滚动的那种：我以为你是小抄界王者，你却偷偷交白卷。

目光灼热，仿佛要将他盯穿。

贺朝气定神闲地移开目光，只当作什么也没看见，扭头问谢俞："晚上吃什么？"

傍晚他们可以趁着开校门的空当溜出去吃一顿。

虽然住宿生不允许随意出校门，但是放学那会儿人流量那么大，姜主任来了都管不着。

食堂菜色平平，烧菜师傅手艺也好不到哪里去，手一抖盐放多了那都是常事，配的汤寡淡无味，一大锅排骨汤里只有寥寥几块冬瓜，几乎看不到排骨。

贺朝又说："我让沈捷提前在'金榜'占好了位，等会儿下课一起去？"

"金榜？"谢俞问。

贺朝直接当他默认了，低头给沈捷发信息：多占一个位，我同桌也来。

谢俞都来不及拒绝。

他吃东西比较挑，但很少会去校外。

二中学校附近五百米内，有十几家小饭馆，竞争相当激烈，为争夺顾客花了很多心

$r=a(1-\sin\theta)$

思。但是他们不搞优惠,没有打折,也没有第二杯半价,从金榜饭馆开始,整条街餐饮行业掀起了改名浪潮。

状元楼、北大水饺、清华包子铺,就连路边随时会被城管轰走的烧烤摊都能叫985烧烤。

站在校门口一眼望过去简直触目惊心。

金榜饭馆在街尾,离学校最远,转过去就是另一条街,也最清静。

沈捷挑了张四人桌,坐下来边看菜单边等人。

菜单上基本都是些家常菜,沈捷勾了几道平时常点的,又摸出手机问贺朝:我点菜呢,你家那位俞老爷吃什么?有什么忌口没有?

贺朝回想起上次甜豆浆和无糖豆浆的事,觉得忌口这个问题让谢俞说大概能说个三天三夜。

香菜、葱、蒜不吃,油腻的不吃,太甜的也不行,最好不要辣椒。

沈捷看着贺朝回过来的消息,陷入沉思,他认认真真地翻菜单,第一次觉得扛在自己肩上的任务那么重:"老板,你们这道辣子鸡可以不放辣吗?油也少放点,别放葱。"

他说完,又觉得这样下去这道辣子鸡都失去了它的尊严。

"等会儿,我再看一会儿。"

沈捷看菜单看得头疼,给贺朝发信息:这么麻烦的吗?你们这是在为难我。

贺朝:你就偷着乐吧,这还只是我能记住的部分。

金榜饭馆开了很多年,摆设看上去有些老旧,一台吱吱呀呀的大风扇吊在顶上。

谢俞走到门口就看到店门上挂着个小横幅,上面是镶着金边的四个字:金榜题名。

里面已经有一桌人在吃饭,看起来不是二中的,这样一头黄色杂毛,搁二中能被姜主任徒手拔光。

"这儿。"沈捷站起来招手。

贺朝推门,门上有串铃铛,那串铃铛随着这个动作响了一阵。

隔壁桌几个黄毛正在喝酒,看到有人进来,将酒杯抵在嘴边,斜眼看了他们几眼,然后不紧不慢地仰头把酒灌下去。

其中那位最显眼的,脖颈处文了一条张牙舞爪的蛇,一直钻到衣领里。

"坐,"沈捷招呼说,"来打啤酒?"

东西两楼赫赫有名的老大哥坐在一起,那肯定是要喝一顿啊,沈捷脑海里都能够浮现出这样的画面：他们吃着菜，喝着酒，追忆自己当大哥那些年的风采。

然后他就听到谢俞说了三个字："矿泉水。"

贺朝合上菜单，也说了三个字："西瓜汁。"

沈捷："……"

沈捷这人话奇多，贺朝在他的衬托之下竟也显现出三分高冷，谢俞觉得沈捷跟周大雷两个人凑在一起可以去说相声。

"我们班老师，私底下不是开那个补习班嘛，不知道被谁举报了，捅到教育局……"

沈捷说得正起劲，旁边一个人走过来，大概是喝高了，起身的时候不是很稳，撞了他们桌一下，正好撞在沈捷身上："不好意思不好意思，那个，有点晕。"

那人道过歉，跌跌撞撞往右后方的洗手间里走。

贺朝突然撂了筷子："等等。"

那人脚步一顿。

贺朝起身，慢慢悠悠朝那人走过去，神色冷下来："怎么回事儿你？"

"朝哥，没事，不就撞一下嘛，"沈捷劝，"你这喝西瓜汁怎么也能上火？"

谢俞抬头，看到那个脖子里有条蛇的放下酒杯，还对身边几个人使了眼色。

贺朝说："傻啊你，你才让我上火，摸摸自己口袋，少没少东西。"

沈捷一愣，过了几秒才反应过来，后知后觉地摸口袋："我钱包呢……"

谢俞把碗里最后一口饭吃完，又夹了一筷子青菜。

"很会搞小动作啊，业务相当熟练嘛。"

贺朝说着抬手将衣袖撩上去，露出一截手腕。

然后贺朝靠近那人，伸手去摸他口袋，果然摸到一个软皮质地的东西，那人下意识想摁住不让人抽出来，贺朝说："我话只说一遍，松手！"

"哥们，误会吧。"身上带蛇的黄毛言语中含着几分威胁，意思是趁现在给你台阶下，顺着爬下去就当这回事没发生过。

贺朝笑了，挑衅道："那你可能是误会了'误会'这个词。"

于是脖子上文了条蛇的那位摔了筷子，带着弟兄站了起来，七八颗黄毛脑袋，看这阵势还挺大。

沈捷看看自己的阵营人数，很想对贺朝说：算了吧，我钱包里也就十块钱……

这么几个玩意儿，贺朝压根没看在眼里，但是气势还是要摆出来，他冲谢俞喊了句："老谢，过来！"

$r=a(1-\sin\Theta)$

气氛剑拔弩张,一场恶战一触即发。

沈捷外强中干,别人看着他整天跟贺朝混在一起,以为他也是个厉害角色,其实他打架不太行,贺朝也没指望他。

然而备受瞩目的谢俞还在挑鱼刺,他握着筷子,仔仔细细把鱼刺一根根挑出来:"你们先打,等我吃完。"

谢俞今天心情好,不想惹事,可是架不住总有人主动凑上来。

"怎么,瞧不起我们?"黄毛走到他们桌前,直接把那盘鱼给掀了,又踹了一下桌子,没踹翻,又去踩地上那盘鱼肉,"吃,我让你吃,给大爷跪下来舔着吃!"

……

"你好歹留个人给我。"出了金榜饭馆的门,贺朝还在说跟谢俞一起打架体验太差,"有你这么抢人的吗,我打得好好的你非把人拽走了打。"

谢俞说:"你太慢了,你那叫打架吗?"

三个人蹲在路边,沈捷想冷静冷静。

刚才那个画面实在是太震撼。

他在心里把绝对不能惹的人物名单又调整了一下,决定把谢俞排到姜主任前面。

贺朝打架,走的是凌辱风,慢慢虐,其间还会发动言语攻击,刺激刺激对方,能让人萌生出一种求给个痛快的念头:"你还是打我吧!求你狠狠地打我!"谢俞就不一样了,二话不说招招毙命,撂人跟撂白菜似的。

贺朝说完又对沈捷说:"你看看你钱包,少钱没有?"

沈捷把钱包从口袋里掏出来,打开给他们看:"都在,没少。"

一张十块。

崭新的。

"就这点钱?"贺朝觉得自己白费那么大力气,"就这点钱你早说啊,偷了就偷了。"

谢俞也说:"就十块?"

沈捷:"我也想说啊,不是没有机会吗!"

又聊了一阵,沈捷看看时间,得坐车回家,跟他们打了声招呼就往公交车车站走:"谢谢两位大哥仗义出手,替我保住十块钱。明天见了,再不回去我屁股得被我妈打得开花。"

天已经黑了,路灯一盏盏亮着。

晚自习时间,校门紧闭,再想进学校估计得翻墙。

贺朝拍拍衣服站起来："走吧。"

结果走了段路，不知道是谁先笑了一声，然后两个人突然一起笑，止都止不住，贺朝勾上谢俞的脖子，低声说："十块钱。"

r=a(1-sinθ)

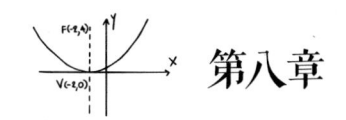

第八章

高二（三）班教室看过去一片漆黑，不知道的还以为已经下晚自习了。

"他们又在干什么？"贺朝走在后面，隐约有种不太好的预感。

谢俞靠在门口，眯着眼睛勉强能看到班里的景象。

万达听到脚步声，回过头，惊喜地喊："太巧了，我们正要开始，一起啊？"

贺朝往后退了两步，被谢俞拉回去。

"今天不讲故事，"万达说，"我们玩笔仙。姜主任刚走，很安全。"

"朝哥，坐这儿，特意给你留了位置。"贺朝平时比较活跃，万达搞什么活动都不忘叫上他，"很刺激的。"

万达说完，觉得留谢俞一个人站着也不是很合适，又问："俞哥来吗？"

"来，"既然躲不过，多拉一个人下水是一个，贺朝替谢俞回答，"他来。"

玩的一共有四个人。

其他人站在边上看着。

许晴晴这个"女汉子"特别猛，一拍大腿就说自己要当"主提问"："我来问！"

她说完就握上铅笔。

万达覆上许晴晴的手，没有异议："好，你问。"

贺朝本来不想动弹，但是万达死死盯着他看，显然是不太敢碰谢俞的手，让贺朝赶紧把手搭上来。

谢俞这个人太有距离感。

也不是说他做了什么事，哪怕他只是安安静静趴在那儿睡觉，都能让人对他敬而远之。班里也就贺朝敢跟他说说笑笑，而且还坚强地活到了现在。

谢俞是最后一个。

他抬手覆上贺朝手背，明明是大夏天，贺朝感觉到谢俞指尖有股凉意。

这股凉，却在他手背上烧起来。

他也说不清到底是个什么感觉，思绪忽然恍惚了，本来还在担心这个破游戏，突然间脑袋里什么念头都没了。

"闭眼闭眼，先把眼睛闭上，"万达说，"别睁眼，不然它来的时候魂会被勾走。"

"闭上眼怎么看它圈的是什么啊？"

"这个攻略上就是这样写的，宁可信其有，不可信其无。"

"行，闭闭闭，等来了再睁。"

谢俞不怎么相信这个，一只手握着贺朝的手，另一只手还撑在桌面上，抵着头，侧过脸看他。

这人嘴里说着"不怕不怕，谁怕谁是狗"，眼睛却比谁闭得都紧。

隔了没多久，贺朝忍不住问："好了没啊？"

许晴晴还在念口诀："前世前世，我是你的今生，若要与我续缘……别打断我，来得哪有那么快？"

这人睫毛很长。

谢俞盯了一会儿，得出这个结论。

教室里虽然黑，但是万达开了手电筒，照得桌面上那张纸发光，连带着周遭景物也亮了几度。

贺朝半张脸隐在夜色里，另外半张脸被白光轻轻地勾了个边。

他鼻梁高挺，五官硬朗，眉眼间带着浓厚的少年气息，不说话也不笑的时候，有种莫名的压迫感。

贺朝闭着眼睛等了一会儿，实在是闭不住了。万达甚至放了诡异又缥缈的配乐，许晴晴也是，口诀不能好好念，非得念得像被鬼附身一样。

他觉得再闭下去，妖魔鬼怪都可以在他周围开个狂欢派对。

然后他缓缓睁开眼，冷不防对上了谢俞的眼睛。

许晴晴总算是把口诀念完了，在问问题之前，她再一次叮嘱："别睁眼啊，会勾魂的。"

谢俞见贺朝看着他发愣，以为这人又在装镇定，其实内心瑟瑟发抖，他不冷不热地扯出一抹笑，对贺朝做口型说：假的。

许晴晴虽然平时大大咧咧，问问题的时候还是暴露出了她小女生的本质，犹豫半天，还试图让大家都遮住耳朵，最后才问出来一句："他……喜欢我吗？"

$$r=a(1-\sin\Theta)$$

"谁啊?"万达第一个跳出来,"说名字,到底是谁啊?我怎么不知道?是哪坨牛粪勾引了咱(三)班一枝花?"

许晴晴:"你烦不烦?关你什么事啊。"

万达:"不可能,全年级任何风吹草动,都不可能逃过我的双眼。"

许晴晴:"你省省吧。"

最后笔尖落在了"否"字上。

贺朝心里发慌:"这玩意儿真的会动啊?"

"嘘,别这样说,对笔仙不尊敬。"万达说。

贺朝:"不尊敬会怎么样?"

万达还没有组织好措辞,就听谢俞简洁明了地说:"晚上会来找你。"

…………

贺朝没什么要问的,万达又说请来了不问对笔仙不尊敬,贺朝想了半天,最后问出一句:"世界上还有比我更帅的人吗?"

许晴晴:"不要脸。"

万达:"臭不要脸。"

谢俞:"呵。"

"大佬,到你了。"万达对谢俞眨眨眼睛。

谢俞说:"我也没什么要问的。"

贺朝:"不行,不尊敬。"

谢俞:"……"

周大雷给谢俞打电话的时候,还没聊上两句,就听出来谢老板心情不错:"发生什么事了?那么高兴?"

谢俞没说什么,反问:"你呢,从打电话过来就一直在傻乐。"

"大美那臭小子今天打电话过来了!"周大雷说,"你放心,我连着你的份一块儿骂了。这臭小子,真的皮痒,不骂不行。"

大美这通电话打得着实意外,越洋电话,愣是没人嫌弃话费贵,雷妈、梅姨她们排着队想跟大美聊两句,周大雷霸着电话死活不放,最后还是撅着屁股,上半身往窗户外边凑,才避免了这群如狼似虎的街坊把电话抢走的可能性,最后屁股上还挨了雷妈两脚,差点没从四楼摔出去。

谢俞想象了一下那个画面:"这可真是亲妈。"

大雷说:"亲妈,多么嘲讽的两个字眼。大美说他在那边都挺好的,让咱别担心,这家伙还臭显摆,说自己的颜值在国内虽然不是很吃香,但是出了国大家都觉得他是绝世大帅哥。还有那盆破花——那盆破花真是他的心头肉,成天惦记着。我跟他说,咱以前总一块打球的那个破球场拆了——几块破布围起来,叫它球场都是抬举它,但是在街区里新盖了个活动中心,新球场!活了这么多年居然等到一个新球场!那股塑胶味儿被太阳一晒,闻着浑身舒畅,等他回来咱再一起打球。"

周大雷絮絮叨叨说了一堆。

谢俞听着,偶尔应两句。

"谢老板,你要睡了吗?"

"没,你接着说。"

周大雷是站在阳台上打的电话,大半夜了,怕吵到家里人。他道:"说啥啊?其实我挺难过的。"

谢俞没说话。

"别听我说得好像很开心,"周大雷声音低下去,不知道是抽烟抽得还是别的原因,尾音有些沙,"算了,不说了,我在说什么呢。"

周大雷站在阳台上往下看,是看了十几年的景色,凌乱的电线,还有谁家忘了收回去被风卷到楼下的空调被。

再往远处眺望,是曾经用几块破布围起来的水泥地篮球场,现在已经变成了公共厕所。公共厕所都盖得比他们的这些房子好看,欧式风格,几个小尖顶突兀地立在那里。

他正想挂电话,就听谢俞说:"我也难过,一天天的都是些什么玩意儿,还钟家二少,大少爷、二少爷地喊简直脑子进水。"

周大雷心里缱绻的愁绪就这样被谢俞骂走了。

他灭了烟,笑了,也跟着骂:"老子就喜欢跟兄们在破布中间打球,换了个球场影响我发挥,知道世界上会因此少一个NBA球星吗?还有这个厕所,真的贼丑,总有一天给它炸了。"

两个人都没有矫情地把心里那点憋着的心思说出来,畅快不少。

"我今天跟个傻子打了一架,"谢俞笑笑说,"我同桌,你认识。"

周大雷问:"你同桌我怎么会认识?咱俩都不在一个市,长得帅吗?"

$r=a(1-\sin\theta)$

谢俞说:"大帅哥。"

周大雷琢磨着他这辈子见过的大帅哥也没几个人,除了他本尊可以称得上这个名号,剩下的人也就只有谢俞了——完全忘记暑假在派出所里,他维持着蹲下抱头的姿势,夸某个人是大帅哥的事情。

"不可能,你逗我呢吧?"

两人聊了一阵,周大雷突然不说话了,他屏气凝神一阵,然后问:"什么声音?谢老板,你那边什么声音?古古怪怪的。"

谢俞也听到了,又是不知道哪里来的敲门声,这次离他寝室还特近,他随口道:"恭喜你,这是我们宿舍楼怪谈。"

周大雷:"你们宿舍楼还闹鬼?"

"惊喜吗?"谢俞说,"回头再跟你说,大帅哥大概正在被窝里发抖,我过去观赏观赏。"

下晚自习那会儿,贺朝是粘着谢俞回寝室的。

他还想左手挽着万达,让谢俞和万达两个人各站一侧,万达相当自觉地躲开:"这样不太好,你们俩相亲相爱就行了。"

谢俞有点烦躁:"你哪只眼睛看到相亲相爱?"

万达心说,两只眼睛都看到了啊。

他看着贺朝几乎整个人往谢俞身上凑的样子,最后还是什么都没说。

"想不想来我房间玩单机游戏?"

"不想。"

"今晚有球赛,有兴趣吗?"

"没有。"

已经走到寝室门口,谢俞拿钥匙开门,贺朝还是不肯放弃,豁出去道:"马上月考了,或许我们可以一起复习?"

谢俞没说话,直接关上了门。

…………

谢俞和周大雷聊完,看了一眼时间,半夜一点。

敲门声基本上都是在半夜十二点半到一点这个时间段出现,每天晚上敲的楼层都不一样,但基本上都集中在一至三楼。可能"它"也怕麻烦,不愿意再往上走,四楼往上暂时是安全的。

朝俞

如果真是有人在装神弄鬼,这个人大半夜不睡觉也是挺有毅力的。

谢俞随手拎了套英语试卷,开门出去的时候,敲门声已经停了,走廊里什么都没有。感应灯不太好用,一会儿亮一会儿暗,灯光还弱。

谢俞敲对面寝室门的时候,感觉里面有什么东西砸在门板上,然后是贺朝的声音,听起来接近崩溃:"没完了是吧?再敲一个试试!"

谢俞又敲了两下。

敲完发现门里面没动静了。

贺朝裹着被子,手里拿着手机,简直要魂飞魄散。

随口放句狠话,这玩意儿居然还真的能听懂——

还敢向他示威。

谢俞等了半天,排除了这人是在找工具准备冲出来硬干一场的可能性,妥协道:"开门,我,去你的。"

半分钟之后门开了。

贺朝开门的时候表情风轻云淡:"你怎么来了?"

谢俞怀疑面前这人故意弄乱的头发,除了头发,松散大开的领口也很有嫌疑,眼眶也被狠狠揉过,看上去就是极力营造出一种自己在睡觉的迹象。

贺朝没有辜负他的期待,靠在门边弄造型,抬手抓抓头发:"啊,我在睡觉。"

谢俞看着他,觉得有点头疼。

贺朝这种人,要是有一天会死,那一定死于戏多。

半晌,谢俞张口说:"打扰了。"

贺朝造型也不弄了:"啊?不按常理出牌的吗?"

谢俞觉得自己就不该多管闲事,让他死了算了。

"把我吵醒了得对我负责,"贺朝抓着人不肯撒手,余光看到谢俞手里拿着的东西,又说,"英语试卷?找我一起写作业?欢迎啊,不用不好意思,你不会的题目我也不一定会,我绝对不会耻笑你。"

贺朝:"跟我一起学习,你尽管放心。"

我可去你的吧。

谢俞心里想归想,没说出口。

贺朝寝室环境还凑合。

$r=a(1-\sin\theta)$

他这学期刚住进来,东西不多,看着挺空,本来谢俞以为他应该是那种把居住环境弄得乱糟糟还不爱收拾的类型,现在这样看倒是觉得意外。

贺朝把挂在椅子上的衣服收起来,然后拍拍椅背,说:"坐。"

寝室里只有一张椅子,贺朝坐在床上,曲着腿,正好靠在桌角,两个人勉强可以凑在一起看试卷。

"等会儿,我找支笔。"贺朝说完踩着拖鞋长腿一跨下了床。

谢俞把试卷摊在桌上,借着台灯微弱的光,看到桌角摆着一摞崭新的教科书,应该是从发下来就基本上没怎么动过。教科书边上是一个装糖的铁盒子,里面全是棒棒糖。

这个癖好……

谢俞偏过头,无意中看到贺朝刚才放在桌角的手机,手机屏幕还亮着。

屏幕上六个大字极其显眼。

——民间驱鬼大全。

贺朝找了半天终于找出来两支笔,谢俞接过来,其实他也不知道以贺朝的英语水平和他"目前的水平",他们两个人拿着笔有什么用。

搞得好像真的能做出来一样。

"我们先从哪道题开始研究?"贺朝把笔帽咬下来,叼在嘴里问。

谢俞:"你挑。"

贺朝圈了一道选择题,颇有后宫选妃的架势:"它吧。"

谢俞没意见,倒是贺朝盯那道题盯半天,不知道在想什么。

谢俞想起这人在英语课上的表现:"放弃,下一题?"

贺朝完全听不出这句话里带着嘲讽,欣然同意:"我觉得可以,那我们往下看看。"

谢俞:"……"

贺朝放弃的速度相当快,他们压根没动笔,不知不觉试卷就翻页了。

"做阅读题吧,"贺朝说,"这个好做,相信我,只要有点语感就可以猜出来的。"

贺朝说这话的时候那股自信,几乎都要冲出来,糊在谢俞脸上。

"你有语感?"

贺朝说:"我有。三短一长选最长……这种语感。"

最后贺朝自己也觉得这样做题太敷衍——当然也可能是担心试卷太快刷完,他又只能抱着"民间驱鬼大全"度过漫漫长夜,于是提议好好做题。

"感受一下出题人的用意，"贺朝打开百度翻译，一个词一个词手动查，"先了解意思。"

两个人分工，各自翻译一段。

那些英文单词谢俞倒着看都认识，现在还得装样子。他开始反思到底是身边这个人宛若智障，还是自己的伪装不够到位。

难道这才是后进生的世界？

谢俞扭头看了一眼坐在床上，时不时咬咬笔帽没个正形的贺朝。

"这个人，给他的来自美国的朋友写信讲中国的文化和特色，"贺朝翻译说，"长城，中国的标志性建筑，这个……要他看长城，来中国的话。"

贺朝照着翻译说都说得逻辑不清。

谢俞有些走神，拿着笔，突然回想起来第一次进钟家大门的那天。

钟杰直接砸了东西，二话不说转身上楼，钟国飞紧跟着上楼，父子俩在书房里聊了很久，然后钟杰不情不愿地下来，四个人吃了一顿尴尬至极的午饭。

钟国飞对顾雪岚确实很好，谢俞也相信这两个人是真心互相喜欢。

但那是钟国飞对顾雪岚的爱，并不代表谢俞也可以分一杯羹。

"钟杰那孩子，要强，什么都想做得比别人好。"钟国飞找谢俞谈话的时候，眉目间带着骄傲又带着忧愁，"尤其是他妈过世之后，他一直不好受。"

他这番话说得很委婉，谢俞也不是傻子，其中的意思显而易见。

结婚的那天，顾雪岚很高兴。自从谢江丢下一屁股债给他们以后，他们这十年都在东躲西藏，为了生活奔波，谢俞从来没有见到她那样笑过。

顾雪岚穿着婚纱在落地镜前照镜子，又有些不好意思："我这样穿……"

钟国飞从后面拥住她："很美。"

谢俞那天躲在厕所里。

"漂亮是真的挺漂亮，不知道怎么搭上的老钟，这女人不简单。"

"要我说，她带过来的那个孩子才不简单。"是另一个人的说话声，"要是资质平平还好，不然……保不齐他会有什么想法。"

"看起来不像吧？"

"钟家家大业大，就算现在没想法，日后总不会没有。像黄家，他们家不也是，那个继子平时装得跟什么一样，最后还不是闹起来了，想争公司。"

"黄家？"

"你们不知道啊？就前阵子，拉拢了几个股东……"

$r=a(1-\sin\theta)$

"所以这题肯定是选B！"

贺朝自信满满地勾选好答案，又曲起一根手指弹了弹谢俞的额头："喂，你想什么呢？"

谢俞回神，低头看到那个圈。

贺朝这个人查了将近半小时百度翻译……还能选错。

"哟，捷哥！"

万达一大早刚收拾好东西，准备出发去食堂吃早饭，扭头就看到沈捷手里拎着包子、豆浆走楼梯上来，挥手打了声招呼。

他跟沈捷是在考场上认识的，一起作过弊、对过答案的交情，虽然平时联系得少，但每次见到面总有一种莫名的亲切感。

沈捷正要转弯上三楼，听到声音也停下来："嘿，万事通。"

"你怎么来宿舍楼了？"万达走过去，"找朝哥？"

沈捷手里拎着的东西一晃一晃的，他恨不得抢着它们转圈："是啊。"

万达想起来贺朝早上旷课，几名任课老师气不打一处来的样子，了然道："朝哥让你叫他？起床困难户啊。"

"万事通同志，你把朝哥想成什么人了？"沈捷说，"他像是为了不旷课还特意让别人叫他的人吗？你把他想得也太美好了。"

万达："是在下天真了。"

沈捷又说："你们班新来的那个老师，人挺不错的。"

"唐老师？"

"对，就是姓唐的那个。"

高二（三）班经历了换老师风波，当初写联名书的时候，轰动了整个年级组，颇有种英勇起义的感觉。万达笑笑说："老唐这个人是挺好的。"

沈捷："简直让人叹服，我还是第一次见到这样的。"

唐森不只是把贺朝叫过去进行了一段又臭又长的谈话，他还想深入了解一下贺朝同学的灵魂，最后把沈捷也叫了过去。

沈捷第一次被其他班老师叫到办公室，喝下两杯热乎乎的茶，坐在那里有点不知所措："老师，我是高二（八）班的。"

唐森和善地说:"我知道你是(八)班的。"

"我挺喜欢我们班的,我们班和谐友爱,老师、同学之间互帮互助携手共进,我觉得很快乐,目前没有转班的打算。"沈捷总觉得这老师盯着他看的眼神很奇怪,怕不是想挖他墙脚。

结果唐森只是希望他帮助一下他们班的贺朝同学。

"我调查了一下,你和我们班贺朝关系不错……我想他内心一定也是很想来上课的,苦于战胜不了床榻,缺乏一些自制力,如果你方便的话,早上可以邀请他一起上课吗?辛苦你了。"

沈捷听完虽然有点蒙,但还是表示"好好好,我会的"。

然后唐森又说:"我知道你们年轻人,夜生活很丰富。我也很想了解一下你们年轻人现在都在玩些什么,你知道贺朝同学最近在打什么游戏吗?"

"朝哥最近在打什么游戏?"万达问。

"说出来都有点不太好意思,"沈捷拎着塑料袋晃悠的手停下,表情复杂,"少女……少女换装游戏。"

万达:"……"

两个人说着说着一块儿往楼上走,万达也不知道自己为什么要跟着去,等他回过神来已经和沈捷两个人站在了贺朝寝室门口。

沈捷今天的任务就是把朝哥从被窝里拉出来。

他正好有贺朝寝室钥匙,还是开学那天缠了贺朝半天才求来的。他的如意算盘打得响——偶尔想翘课的时候往寝室里躲一躲,美滋滋。

沈捷一边开门一边说:"让我为你解开封印吧朝哥!床虽困得住你的身体,但是困不住你的灵魂……起来吧,跟我一起……"

沈捷话说到一半,戛然而止。

万达站在他身后催他:"还在睡?直接给他晃起来。"

等万达走上前,往寝室里看了一眼,他也说不出话了。

"你打我一下。"

"你也……你也打我一下。"

寝室床铺是单人床配置,挤下两个人还是有点勉强。

空调温度调得低,拉开门一股凉气往外窜。

万达平静下来,不知道该发表什么意见,最后只说了两个字:"哇哦。"

$r=a(1-\sin\theta)$

"也许事情不像我们想象中的那样,"最后沈捷关上了门,跟万达两个人一起坐在楼梯上沉思,豆浆随手摆在地上。

万达问:"朝哥平时也会让你躺他的床吗?"

沈捷想也不想道:"不可能,我躺上去他绝对会把我踹下来。"

聊天聊到这里又崩了。

万达拍拍沈捷的肩膀:"任重而道远,兄弟我先走一步。马上就要上课了。"

谢俞生物钟向来很准时,加上睡眠浅,刚才沈捷过来开个门,睡意已经消下去一半。

他躺在床上,有意识地缓了几分钟,睁开眼第一眼看到的是贺朝的喉结。

沈捷还坐在楼梯台阶上沉思。

突然听到身后发出什么东西坠落的响声,闷闷的一下,然后是他朝哥骂人的声音:"你干什么?"

上午是唐森的语文早读,贺朝还是迟到了十几分钟。

"你能不能走快点?"谢俞扶着他,扶到教学楼楼下已经有点不耐烦。

贺朝捧着豆浆,反问:"我这都是因为谁?"

他大早上被谢俞从床上踹下去,右脚脚腕直接磕在椅子上。

刚上楼,他们远远就看到唐森等在教室门口,手里拿着个什么东西,在走廊里来回踱步。

贺朝一杯豆浆喝得差不多了,手腕扬起,随手往垃圾桶里扔,扔出一道漂亮的抛物线。

"啪"。

不偏不倚,正好砸中。

"兴师问罪来了,"贺朝笑了,"对不住啊,可能要害你跟我一起罚站。"

不知道为什么,越相处越觉得,很多时候贺朝笑只是一种习惯性的假象,比如现在,他好像并没有那么开心。

贺朝以为唐森是来兴师问罪的,结果唐老师掐了秒表,拍拍他的肩:"十三分二十六秒,贺朝同学,相比昨天,今天的你取得了很大的进步。"

贺朝:"啊?"

唐老师收起表,又说:"你的脚怎么了?赶紧,赶紧去医务室看看。"

贺朝还没反应过来,唐森已经蹲下来检查贺朝的脚腕,表示担忧:"谢俞同学,你先去上课吧,我带他去医务室。"

谢俞对这位唐老师的好感度增加不少，正要说"好"，贺朝却说："他今天必须要对我负责到底。"

谢俞："我当时怎么没把你另一条腿也踹断。"

刘存浩诗词朗诵到一半，停下来，凑到万达耳边说："朝哥今天这脚崴得可真像。"

贺朝每次翘课迟到，戏通常都很足。

他们还在（三）班内部群里猜，今天朝哥会找什么借口迟到。

英代-许晴晴：没猜中，朝哥这套路真是五彩缤纷。

班长-刘存浩：还记得开学那天他直接给沈捷安了个什么胃病吗？沈捷现在还总被朝哥揪着跑医务室开药。

体委-罗文强：为什么啊？

班长-刘存浩：朝哥说，要废物利用，指不定哪回还能派上用场，做戏就要做足。

刘存浩聊完之后又偷偷摸摸把手机塞回去，发现平时最八卦的万达同学仍然无动于衷："你今天怎么了？不开心？"

万达摇摇头："我今天早上受到了一些冲击。"

万达手机也一直在振动，不过不是（三）班内部群的消息，而是认识或不认识的女生们发来的消息，他没想到自己居然也有被女孩子围绕的一天。

——你们班贺朝，联系电话多少？你就给一下嘛，我保证不说是你给的。

——达达，我们也认识那么多年了，你就帮帮我！我写了一封情书，想给谢俞，能托你帮忙给一下吗？

——你一个爷们怎么磨磨叽叽的？是不是朋友？约贺朝出来一趟那么费劲，姐们毕生的幸福就在你手上了。

——贺朝有女朋友吗？他喜欢什么样的女孩子？

万达简直头痛欲裂。

医务室里。

校医跟贺朝都熟得不能再熟，连名字都叫得上来，他穿着白大褂，坐在办公桌前写单子，一见贺朝进门就说："哟，今天又是哪一出啊？"

贺朝半边身体挂在谢俞身上，冲校医打招呼："陆哥，早啊。"

谢俞扶着他往病床上坐。

倒是唐森看起来比较紧张："陆校医你快看看，崴得还挺严重，您看看是开点药还

$$r=a(1-\sin\theta)$$

是需要上大医院诊断一下。"

陆校医人看起来温文尔雅,实际上不是什么好惹的角色,每天那么多装病的,他要是真好欺负,那学校医务室里都可以开个逃课避难中心了。

他写完一张单子,撕下来,工工整整压在边上,然后才放下笔起身:"别担心——这帮孩子,尤其是你班上这个、这个叫贺朝的,简直是个戏……"

陆校医边说边蹲下,手一碰到贺朝脚腕,把"戏精"的"精"字咽了下去:"真崴伤了啊。"

没伤到骨头,冷敷消肿之后他又喷了点云南白药。

"休息几天,不要剧烈运动,"陆校医道,"有什么状况、哪里不舒服了就过来,还是要多注意,千万别想不开去打架啊,再打就成瘸子了。"

贺朝那脚腕一回教室就引起围观。

刘存浩趴在桌上,从上往下看,还在感慨:"看起来跟真的一样。"

体育委员罗文强也来凑热闹,他平时经常积极开展体育运动,对一些常见伤熟得不能再熟,一眼就看出来:"这是真的,班长,真的崴脚了。"

最近体育课在练篮球,罗文强想组个篮球队——虽然并没有什么赛事,但是他那颗热爱运动的心一直在蠢蠢欲动。

本来第一个想拉拢的就是贺朝。

现在他脚崴了还有点可惜。

刘存浩:"啊,真的啊,怎么回事?"

许晴晴过来收昨天的英语试卷,贺朝一边翻试卷一边说:"这个,你得问我同桌。"

谢俞面不改色道:"我踹的,不好意思。"

许晴晴收到试卷还挺惊讶:"今天居然不是白卷?"

"那是,认认真真写的,"贺朝说,"认真起来我自己都害怕,肯定超强。"

许晴晴粗略扫完第一面,又翻过去看后面的阅读题——以她对这些题目的印象,她就没看到一道回答正确的。

不过她怕说出来太打击贺朝的自信心,正想随便夸两句,就听谢俞在边上不冷不热地来了句:"强个头,不如交白卷。"

是的。

说得很对。

许晴晴很想鼓掌。

上午有体育课，陆校医给贺朝开了条子，罗文强让他留在教室里休息。

说是休息，其实就是睡觉。

贺朝趴在课桌上，从其他角度上看都只看得见他的后脑勺，虽然规规矩矩地穿着校服，但浑身刻满"散漫"两个字。由于走廊上过于吵闹，他睡得不太安稳，于是侧了侧头调整姿势，手顺势搭在桌沿上。

"贺朝跟谢俞这对同桌，我都懒得说。"下课铃响，英语老师回到办公室，一边在饮水机前接水一边道，"两个人今天交上来的英语试卷一模一样，整整齐齐，不知道是谁抄谁的……他们这样抄有什么意义？一道题都蒙不对，全错。"

数学老师正好在批作业，手上这本作业簿除了封面上"谢俞"两个字写得漂亮，大气磅礴、笔锋凌厉，里头的内容简直惨不忍睹，他皱着眉，摇摇头："这成绩，当初怎么考的高中？初中的知识点都出错。"

另一位年长些的老师开导道："不闹事就不错了。要我说，他们俩这学期还是有点进步的，性子确实收敛了些，看来学校这个座位安排还是有点用处，就是这个成绩……成绩一时半会儿也急不来。"

那位老师说完，又说："你们看看，人老唐多淡定，他都不急。"

唐森是重点学校转来的，虽然教龄快二十年，但他们对他了解得不多，只知道他跟姜主任是老同学，两个人是十多年的老朋友。

姜主任那么"狂躁"的一个人，朋友倒是脾气很好。

唐森低着头在捣鼓手机，好像是没听到其他老师的话，等那老师叫他第二声的时候他才抬起头："什么？抱歉抱歉，刚才没注意听。"

"你弄什么呢？"英语老师接完水，路过的时候停下脚步，弯腰看了眼，"游戏？"

手机屏幕上赫然是个长发飘飘的卡通小姑娘，身上穿着裙子，边上那个列表里还有一堆各式各样的衣服。

唐森立马退出去，退到主屏幕界面，不知道怎么解释："啊……这个……"

好在英语老师也只是匆匆瞥过，没看太仔细，课代表又敲门进来找她要改好的练习簿。英语老师转个身的工夫就忘记了刚才那个小插曲："（八）班是吧？单词本批好了，在桌上呢，三个班堆在一起，你找找。"

体育课还是照常练篮球。

女生占用的课堂时间比较多，基本上平时都没有接触过这项运动，球直面砸过来第一反应不是去接而是捂着脸蹲下来躲开。体育老师干脆带着她们单独练,男生领了篮球自由活动。

许晴晴根本不怕砸,练了一会儿觉得没劲,就跑到男生堆里玩去了。

"强强,我听说你们篮球队还缺人,"许晴晴拍着球走过去,"你觉得我怎么样?可以加入吗?"

罗文强正在练投篮,那晒成古铜色的一身肌肉,乍一看有点健美先生的意思,他跳起来,将篮球掷出去,擦擦汗,说:"晴姐,你是认真的吗?"

谢俞背靠着篮球场铁门,坐在树荫底下,耳朵里塞了一只耳机。

歌声在耳边绕来绕去。

他听着听着忽然抬手去按音量键,歌声越来越小,最后成了静音。

许晴晴:"很认真,你想想到时候咱班出征的时候……"

她话还没说完,万达就从身后绕过来把她的球给抢了,笑着往边上跑:"要真有那个时候,咱班排名肯定垫底。"

万达跑着跑着撞到刘存浩身上,刘存浩手里拿着的篮球直接被他撞飞出去。

刘存浩立马"炸了":"你滚过来,我刚才那个三分球酝酿了好久的,你知道吗!"

谢俞正看着,脸颊忽然贴上一个冰冰凉凉的东西,扭头看见一瘸一拐的贺朝不知道什么时候站在他边上,手里还拿着两瓶冰汽水。

"小朋友,"贺朝将水塞进谢俞手里,说,"别的小朋友都去打篮球了,你怎么一个人待在这里?"

汽水是蜜桃味的,瓶身起了雾,化成水珠沾了谢俞一手。

万达看见他了,苦于被许晴晴和刘存浩两个人一起追杀,只好远远地喊:"朝哥——你怎么下来了?"

贺朝说:"下来看看我帅气的同桌。"

万达脚下跟跄,差点没摔下去。

贺朝拧开瓶盖,桃子水的味道夹着冰气冒上来:"教室太无聊,外面那群女生叽叽喳喳,睡都睡不着。"

"那群不都是来看你的?"谢俞说。

"怎么就是来看我……这个逻辑我还是没弄明白,上次万达那小子也这样说。"

贺朝崴个脚,闹得全年级都知道,尤其是那批小女生,担心得没法集中精力上课。

"你以为她们每天课间站在走廊里干什么?"

贺朝仰头灌下去一口，冰水喝得畅快，然后说："我怎么知道，看风景？晒太阳补钙？"

这个人的情商在某些方面，称得上残疾。

想到情商这个问题，谢俞用还在不停"流水"的水瓶捅捅贺朝："喂，谈过恋爱吗？"

贺朝正在看罗文强他们打球，除了罗文强还能看看，其他人水平其实次得很，感觉就是过来捣乱的，但他依然毫不吝啬自己的赞美："好球——浩子你这个走位不错。"

刘存浩歪头比了个"酷"的手势，看起来也是自信满满。

贺朝感觉到手肘一凉，这才反应过来刚才谢俞的话："实话告诉你，"贺朝把手臂架在谢俞肩上，以一种吹牛皮的姿态指着篮球场铁门说，"哥的前任，能从那里，一直排到金榜饭馆，再排回来。"

谢俞二话不说直接把汽水砸在他脸上。

"我开个玩笑、开个玩笑，"贺朝抬手摸脸，摸到一手水，"小朋友你这个脾气有点暴啊。"

体育课下课，贺朝和谢俞两个人的英语试卷已经被贴在黑板报边上的小展板上，边上贴着全班最高分许晴晴120分的试卷，对比相当强烈。

班里人陆陆续续从球场回来。

刘存浩过来围观，半天说不出话："你们俩吧……你们两个……为什么要互相抄呢？"抄谁的不好，要抄对方的，成绩什么样心里没点数吗！

"因为我相信我同桌。"贺朝就坐在最后一排，离小展板很近，他转过身跨坐在椅子上，两条长腿跨在两边，极其惹眼，"我同桌也相信我。"

刘存浩半天不知道该说什么，擦擦上节课打篮球出的汗，说："你们俩可真有勇气。一个敢借，一个敢抄。"

事实上，谢俞本来没想把试卷做成这样。

但是昨晚观察下来，贺朝的答题质量实在是可怕。

谢俞终于明白为什么高一的时候，他为了考试挂科、成绩垫底付出了那么多努力，每次挖空心思控制分数，却只能"屈居"全年级倒数第二。

原来这年级倒数第一的宝座，被贺朝镇着。

于是谢俞做题的时候刻意避开正确选项，立志要在这次月考当中压下贺朝，拿个第一。

倒数第一。

临近月考，万达他们也不在晚自习的时候讲鬼故事了，都忙着复习。

$r=a(1-\sin\theta)$

　　姜主任过来巡视，看到高二（三）班热火朝天热爱学习的样子，难得觉得满意："不错，特别对你们提出表扬，保持下去，你们班最近学习风气很不错。学生就是要有这种学习的样子，非常好。"

　　唐森正好吃完饭过来看看他们，炎炎夏日，手里提着个热水杯。

　　姜主任："老唐，来得正好，有事找你。"

　　唐森把水杯放在讲台上，跟着姜主任一起出去了。

　　"有没有发现最近姜主任总往我们班跑，"有消息就要一起分享，万达边写数学题边说，"咱班老唐，跟姜主任是好朋友，好到穿一条裤子的那种。"

　　贺朝桌面上摊着书，手偷偷摸摸塞在抽屉里玩手机。

　　虽然平时没有老师敢管他们，但姜主任是例外，姜还是老的辣，姜主任更是辣中之辣。他治起人来他们也招架不住，感觉随时能跟学生打起来，根本不怕，他年轻的时候大概也是个称霸江湖的狠角色。

　　所以每次姜主任过来巡视，哪怕再不情愿，他们也会跟着大家一起装装样子。

　　谢俞扔了支笔过去，提醒他："姜主任来了。"

　　"帮我掩护一下，"贺朝头也不抬道，"我现在这关正是特殊时期，不能分心。爱你哟。"

　　"最后三个字给我收回去，听着恶心。"

　　谢俞扔完笔发现自己就这一支，又伸手过去把笔捡回来。

　　无意间他瞥见贺朝手机屏幕上的画面。

　　谢俞印象里，他这位同桌已经将换装游戏搁置很久，前几天还拉着他一起玩"男人的浪漫"——狙击游戏。

　　估计换装游戏像阵龙卷风，在小女生圈子里已经不流行了。

　　姜主任跟老唐聊了一会儿就去巡视楼下的班级，贺朝直接将手机拿出来，摆在明面上玩。

　　屏幕上是一个卡通女孩，长头发，碎花裙，两颊泛红，站在一棵树下，作祈愿状。

　　然后画面逐渐暗下去，几段字幕缓缓浮现出来。

　　"明天……就是我跟他约会的日子……

　　"他会不会来呢？

　　"他会喜欢我为他亲手做的樱花饼吗？"

　　…………

　　万达这个人嘴里喊着"我要复习，这次月考我一定要一鸣惊人，你们谁都不要过来打扰我",做题做到半途,实在无聊,咬着笔头左看看右看看,最后视线落在最后一排,看到两颗紧紧相挨的脑袋。

贺朝将手搭在谢俞后颈上,五根手指微微曲起,有意无意将他往自己这边揽。

两个人凑在一起不知道在说什么。

"他为什么不跟我约会?"贺朝都快崩溃了,"臭男人,昨天明明说好了要来的,好感条都刷满了。"

谢俞看着屏幕上那位在雨中悲伤流泪的少女,也不知道该做何反应。

画面右下角有几个标识,其中一个上面还有小红点,谢俞问:"刚才他给你发短信了?"

贺朝说:"霸道总裁说他公司有事可能会迟一点到,然后有三个回复选项。"

谢俞隐约捕捉到了什么:"你选了哪个?"

贺朝:"当然是谴责他怎么可以迟到了。"

"你有病啊,"谢俞听得头疼,"这样谁要跟你约会?"

"这样就不来约会,算什么男人啊,还霸道总裁,"贺朝骂归骂,还是把手机往谢俞手边推,"那接下来怎么办……臭男人对小乖乖的好感条变负数了。"

谢俞轻点两下屏幕,跟着游戏剧情往下走:"向臭男人道歉。"

贺朝:"……"

"道歉,"谢俞把手机推回去,"你还想不想得到臭男人的爱了?"

贺朝迟迟下不去手,最后还是忍辱负重地点了"今天真是不好意思"这个选项。

贺朝又说:"贺汐这丫头以后找男朋友要是敢找这样的,直接打死,想都不用想,现在小姑娘都是什么眼神。"

又快到周末。

除了那些家离得远的觉得来回不便,大部分住宿生周五就收拾东西准备回家。尤其是家长,总担心孩子在学校吃不好,一到周末就催着孩子赶紧回来。

谢俞在晚自习刚下课的时候就接到顾雪岚电话:"周末回来吗?"

谢俞站在走廊上,眼前一片黑灯瞎火,身后是贺朝和万达他们打闹的声音,桌椅不知道为什么被整得哐哐响。

"朝哥,要不要来加入我们篮球队啊?我们很牛的。"

"这话我吹吹就算了吧,你们亲自过来跟我吹,有点说不过去。早上刘存浩那个走位,我都没好意思说他。"

$r=a(1-\sin\theta)$

"你不是夸他很牛吗?"

"这话是真是假,你听不出来啊?"

谢俞勾起嘴角笑了笑,回复道:"周末,不一定回,再看吧。"

顾雪岚握着听筒,轻轻叹了口气,然后才说:"你这都几个礼拜没回来了?"

谢俞找了个全天下父母听了都高兴的理由搪塞:"马上月考了,我要专心复习。"

这学期谢俞表现还不错,没惹什么事,换了新老师,那位新来的唐老师也说谢俞挺守纪律的,要她放心。

这个理由一出,顾女士果然没话可以说了。

"那你好好学习,"顾雪岚道,"考完试就回家,想吃什么妈给你做,学校伙食哪有家里的好……"

谢俞"嗯"了几声,聊了会儿就挂了电话。

贺朝已经收拾好东西,说说笑笑着从身后拍了一下谢俞的头,与其说拍,用揉更准确:"小朋友,周末不回家?"

谢俞这个人,看着贼硬气,头发却特别软,贺朝没忍住又揉了两下。

谢俞:"瘸子,今天给你点颜色就开染坊了是不是?"

眼看谢俞就要动拳头,贺朝侧身躲开:"冷静。和气生财、和气生财。"

万达急着回去收衣服,先走一步。

等谢俞、贺朝两个人并肩走出教学楼,隔了很长一段时间,贺朝才说:"我周末也不回去。"

路灯将两人身影拉得很长。

"留校干什么?"谢俞说,"想试试民间驱鬼术有没有用?"

贺朝先是愣住,然后想说点什么,最后还是什么也没说,没再给自己加些精彩纷呈的戏码,他抬手抓抓头发,忽然笑了:"是啊,我想试试。"

又走出去一段路,谢俞突然问:"贺汐,你妹妹的名字吗?"

"那个死丫头,"贺朝盯着路灯说出这五个字以后,又不说话了,半晌才说,"我是不是应该吹吹我妹长得有多好,看简直随我?其实我也不知道,好多年没见了,应该是挺好看的吧,不是说女大十八变吗?毕竟小时候那么丑,胖得像个球。"

贺朝说得轻松,谢俞听出来不对劲,也不方便问。

贺朝倒是无所谓,直接把家底都抖出来,简洁明了并且特别冷静:"离异,她跟着我妈过。"

"很好听。"

贺朝侧头:"什么?"

谢俞说:"你妹妹的名字。"

"那我呢?"贺朝又问,"这种时候不应该顺便也夸一下我吗?"

谢俞往宿舍楼里走,不是很想理他:"你?你滚开点吧。"

万达周末也不回家,他的理由跟谢俞如出一辙——"我要专心复习",不过可信度显然要比谢俞高出很多。

"我是认真的,我妈做饭太好吃了。家里有电脑,电脑太好玩了。"万达趴在课桌上对刘存浩倾诉自己的苦恼,"我一回到家,就好像回到了寒暑假,根本控制不住,大好的人生怎么可以浪费在学习上面?"

刘存浩用手肘顶顶他,示意他闭嘴。

万达支起身子瞄了一圈,又趴下去:"干什么啊?又没有老师……有老师我也不怕。"

没有老师,但是有高二(三)班伟大的、令人害怕的学习委员。

薛习生这个人,在年级组里很有名,他是各科老师眼里的宠儿,同学眼里的奇人。

开学第一天,薛习生在自我介绍的时候就说:"希望大家能够共同奋斗、努力、进步。"他的桌上贴满写着公式、单词、句型的便利贴……

薛习生戴着厚厚的眼镜,手里拿着一摞课外练习题从门口走进来。

整个周末薛习生都在教室刻苦学习,总是第一个到,最后一个离开。

转眼,又到周一。

许晴晴第一个到教室,发现薛习生已经坐在教室里开始预习第一节课的内容,被他吓了一跳:"学委,你这个黑眼圈。"

薛习生坐在座位上,抬眼看她,整个人看起来有些疲劳过度。他抬手扶了扶镜框,说:"没事的,我还可以继续学习,月考加油,许晴晴同学!"

"加……加油。"许晴晴不知道说什么,愣愣地回应说。

谈话间,刘存浩和万达正好走到教室门口。

刘存浩:"姜主任有句口头禅怎么说的来着,什么学不死往死里学的,我觉得咱班学委完全就是代言人。"

万达简直看呆了:"黑眼圈原来可以这么深。"

贺朝今天没迟到,他跟谢俞两个人一前一后进教室:"早啊。"

$r=a(1-\sin\theta)$

万达:"早早早。"

"看什么呢?"贺朝单肩挎着书包,凑过去。

刘存浩说:"在看咱班学委的黑眼圈。"

"天哪,这么黑。"贺朝也吓一跳。

谢俞正准备绕过他们去座位上补觉,贺朝头也没回直接抓着他手腕将他一起拽过来:"老谢,看看。这黑眼圈,是有多久没睡觉。"

薛习生大早上泡了杯咖啡,正捧着边喝边背英语单词。

谢俞对黑眼圈没什么兴趣,他现在一心只想补觉,伸手去掰贺朝的手。

贺朝还在围观"熊猫",但是这人毕竟脑回路跟常人不太一样,看着看着换了种解题思路:"会不会是自己画的?我小时候为了营造刻苦学习的假象,就用这招骗过我妈。"

谢俞讥讽道:"你以为像你这样的世界上还找得出第二个?"

贺朝:"你这样夸得我有点不太好意思。"

贺朝听不出言下之意,继续恬不知耻道:"你朝哥,独一无二。"

万达在边上拍手鼓掌。

早自习是数学课。

数学老师让大家趁着早上比较清醒,把该背的公式都背熟。

说完,他找了把椅子,坐在讲台上批今天的作业。

谢俞趴在桌上睡觉,太阳从窗外边照进来。

他隐约觉得眼前突然亮起来一阵,半梦半醒间皱了皱眉,然后不多时,那阵扰人的、仿佛隔着一层纸的光又消失了。

"还有昨天发下去的作业,没订正的赶紧啊,每天的错题都要及时弄明白,不然越积越多。

"不会的就拿过来问我,或者问同学,订正好了给我看,我要做记录的……别等着我来找你,我真要是哪天来找你了,你就完蛋了。"

数学老师念叨一阵,又低下头批作业。

班里很安静。

只有翻动书页、笔盒碰撞、放下修正带的时候发出的微微响声,还有从其他班传过来的朗诵声。

贺朝胳膊肘抵在桌上支着,手里是随手抓的一本练习簿,练习簿对着谢俞的脸,正好挡住从窗外照进来的光线。

　　谢俞睡得安稳,完全不知道有人在帮他挡太阳。

　　"啊,这个世界上怎么会有我这么好的同桌?"贺朝一条胳膊举酸了,又换成另一条,嘴里自言自语,轻声说,"自己看着都觉得好感动。"

$r=a(1-\sin\theta)$

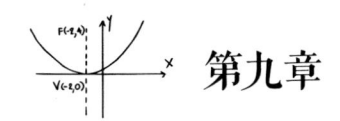

第九章

贺朝陷入自我感动当中无法自拔,感动了自己,却没有感动到数学老师。

数学老师批作业批到一半,想找课代表去(五)班把三角尺教具拿回来,等会儿上课要用,刚抬起头,就看到举着练习簿给同桌挡太阳的贺朝。

他放下手里的红笔,没有直接提醒,看了半天,其他发现不对劲的同学也顺着老师的目光看过去。

这真是相当有同学爱的一幕画面。

感天动地。

贺朝正思考要不要把练习簿换成数学书,遮阳范围更大一些,犹豫间,一小截白色粉笔头从讲台方向飞出来,准确无误地砸在他头上。

粉笔头打中了又弹出去,落在地面上,不紧不慢地滚到垃圾桶旁边。

数学老师不知该气还是该笑:"最后一排的两个,你们当我不存在是不是?"

贺朝听见这话手一松,练习簿掉下去,正正好好砸在谢俞脸上。

谢俞直接被砸醒。

他刚才睡过去了,醒过来脑子有点蒙,忘了现在还在上早自习,眼睛都没睁开就送了贺朝一句:"你找死啊。"

谢俞话音刚落,又是一截粉笔头冲他们这个方向砸过来。

吴正教了近十年书,用粉笔砸人的本领称得上是炉火纯青,平时上课开小差的、打瞌睡的那些学生,都是这样被他叫醒的。

一扔一个准。

效果显著,又不用浪费课堂时间。

谢俞还没反应过来到底发生了什么事,就已经被砸中两次。

贺朝边躲边说:"吴老师,我觉得我们应该彼此冷静一下……"

"冷静个头,"吴正连脏话都差点气出来,堪堪压下去,压下去之后不想再跟他们两个人废话,指向门口,"出去!你们两个到门口站着冷静去,不是想冷静吗?好好冷静冷静。"

大清早,谢俞觉也没睡成,跟贺朝两个人靠着窗户站在高二(三)班门口。

第一节刚好也是数学课,吴正气消得慢,让他们等上课铃响才能回到座位上,于是他们课间就站在门口当门童。

走廊上人来人往。

"趁我现在还能控制住自己,"谢俞说,"你解释一下。"

贺朝:"我说了我怕你太感动。"

谢俞脾气真的不算好,从小贯彻的理论都是不跟傻瓜讲道理,直接抓着揍一顿,他忍了又忍,决定再给贺朝一次机会:"你说不说?"

贺朝还没说话,万达就从窗边探出头,歪头道:"这真是一段感天动地却以悲剧结尾的故事,厉害啊朝哥,还给俞哥挡太阳,但是这份感情注定只能感动你自己。"

贺朝:"达达,怎么说话呢?你这话说的。"

万达:"不是啊,你看俞哥的表情,我觉得俞哥现在很想把你的头拧下来当球踢。"

贺朝还在那边自信地说:"不可能,我同桌虽然平时看起来没有人性,但是我相信他是很善良的。"

谢俞通过万达说的三言两语明白了怎么回事,缓缓吐出一口气,把袖子撩上去,露出半截手臂,然后直接扯着贺朝的衣领扯着他往厕所走。

"干什么?"贺朝还挺配合,跟着他走了段路,"约哥一起上厕所?"

"换个地方揍你。"

万达乐得不行,扒着窗户笑了好一阵。

沈捷正好从走廊尽头走过来,摸着口袋里的烟,准备躲在厕所里抽两根,走到高二(三)班的时候习惯性停下脚步跟朝哥打个招呼,一眼看过去,贺朝位置上压根没人。

他凑在万达边上道:"笑什么呢?朝哥呢?"

万达把事情的经过跟沈捷说了,沈捷烟瘾下去一半:"我过去围观围观。"

谢俞嘴里说着要揍他,其实也就只是小打小闹,没动真格。

两个人还没走到厕所门口就折回来。

"好好好,我认输,"贺朝从后面揽着谢俞,推着他向前走,跟哄孩子似的说,"不闹了。"

谢俞算不上生气。

$r=a(1-\sin\Theta)$

万达说"挡太阳"三个字的时候,他其实愣了几秒。

然后脑子里奇奇怪怪的,他也不知道陌生情绪为什么莫名其妙就往上冒,越想越暴躁,烦得不行,最后脑子里剩下一个最简单的解决方法。

揍一顿。

今天这八节课,基本上都以讲解单元测试卷为主,巩固了这一个月以来学习到的各项知识点,为下周一月考做准备,枯燥得很。

贺朝埋头玩手机,手机没电、充电宝也没电的时候就休息,折折纸,折好了往谢俞桌上扔。花样百出,玫瑰花、小跳蛙什么都有。

"我这里不是垃圾场。"谢俞提醒他。

贺朝没说话,低头继续折。

谢俞把他扔过来的那些往边上撇。

他得一边装自己不在听课,一边从手机游戏里分心去听老师讲最后那道压轴题,没空管贺朝。

贺朝折东西折得很专心,手指夹着便利贴大小的纸,翻来覆去地折。

比起折出来的那些丑东西,这人骨节分明的手指观赏性更强一些。

"所以最后我们按照之前求得的区间,将其中一个答案舍去,知道舍哪个吗?"吴正手里拿着大大的教具尺,每次点在黑板上都发出激烈的哐哐声,"要是听不懂,就放弃算了,这道题本身就超纲,对你们来说其实没有做这种难度的题目的必要……"

底下没人说话,显然是对这种吃力不讨好的麻烦题型没什么兴趣。

只有薛习生举了手:"老师,舍哪个?有些地方还是不太懂。"

"你课间来我办公室,我给你讲,"吴正道,"这张测试卷讲到这里就都讲完了,订正好了,放学之前课代表收上来。"

吴正说完,下课铃正好响起来。

"喂。"贺朝凑过来在谢俞耳边喊他。

谢俞正低着头,把手机备忘录里刚才解出来的两个答案删掉一个,删掉负一,只留下来一个零:"干什么?"

下节是体育课,贺朝虽然脚伤没好不能运动,但是站在篮球场上呼吸呼吸新鲜空气还是让人期待的,怎么着也比待在教室里强。

谢俞不打算去,他最近没休息好,准备溜回寝室睡觉。

"真不去?"贺朝问。

谢俞关了手机,习惯性终结话题:"关你什么事?"

"待在寝室有什么意思?寝室里有像你朝哥那么帅的人陪吗?"

罪魁祸首可真好意思说。

跟贺朝写英语试卷那个晚上,弄到凌晨两三点。

最后要走的时候贺朝为了把人留下来简直挖空了心思,说好让他睡床自己打地铺,最后还是偷偷摸摸跑到床上睡。

上床的时候快四点,不然以他的睡眠质量,不可能让贺朝顺顺利利地爬上来。

万达他们拿着球衣,在等贺朝一块儿下楼:"朝哥,走不走,我已经按捺不住了,我觉得我今天状态特别好。"

贺朝起身准备去球场,走之前弯腰将手伸在谢俞面前,掌心里躺着一只歪歪扭扭的千纸鹤:"送你。"

真的丑,而且还松松垮垮的。谢俞刚捏上那只歪脖子千纸鹤的翅膀,没怎么碰它,它整个就散开一半:"什么玩意儿?"

既然已经这样,谢俞干脆把东西拆了,还原成一张纸,正想随手把它往贺朝的数学书里塞,无意间看到那张纸反面用黑色水笔画了一个极其潦草的圆圈。

贺朝上完体育课回来不像他去的时候那么开心,手插在兜里,懒懒散散地晃进教室。

万达倒是很兴奋,一进来就站在讲台上喊:"今天留下来上晚自习的朋友们,我有要事宣布,我突然萌生出一个绝佳的念头,让我们在学校里度过一个刺激又愉快的周末吧!"

贺朝回到座位上坐下,没说话。

万达说完觉得没人搭理他,略显尴尬,向最后一排的朋友求助:"朝哥,你不为我鼓鼓掌吗?"

贺朝这才把手拿出来,有气无力地拍了两下:"好,说得好。"

贺朝这个状态不太对,谢俞侧头问:"又在搞什么?"

"这个啊……"贺朝不是很想说。

"捉鬼。"

"啊?"

贺朝抓抓头发:"万达说周末组织大家一起捉鬼,就是宿舍楼里每天晚上爬上爬下敲门那只。"

$r=a(1-\sin\theta)$

万达昨天晚上躲在被子里看了一本灵异小说,具体内容就是几个学生去荒废的教学楼里面冒险。故事十分精彩,一会儿死一个一会儿死一个,看得他欲罢不能。

看着看着,他产生一个大胆的念头。

越想越感觉得刺激。

谢俞觉得这种傻瓜想法确实是万达他们想得出来的。

还刺激又愉快……

贺朝正发愁,半晌,谢俞突然冒出来一句:"那你赶紧吧。"

"赶紧什么?"

"赶紧把那篇民间驱鬼大全再看看。"谢俞想了想那个画面,没忍住笑了,一笑还止不住,"复习一下,没准用得上。"

晚自习,万达果然神秘又隆重地提出了自己的想法。

"怎么样,想不想给平淡的周末生活增添一些色彩?宿舍楼到底是怎么一回事,你们难道都不好奇吗?人活着难道不是应该不断向未知事物发起挑战?你们来个人回应一下我好吧,你们这样我觉得自己好尴尬。"

谢俞看着班级里寥寥几个人,除了他、贺朝和万达,只剩两个男生,平时在班级里也不怎么说话。

薛习生从头到尾连头都没抬,置若罔闻。

他还在纠结那道超纲难题,全身心都只有"学习"两个字,周围一切事物仿佛都与他无关。

另一个男生叫丁亮华,平时回答问题声音跟蚊子叫似的,性格沉默,看起来胆子奇小。万达听别人说这人有轻度社交障碍,但也不知道真假。

只有许晴晴给了他一点面子:"达弟,虽然姐很感兴趣……但姐感兴趣也没用,你们是男生寝室。"

万达:"男生寝室怎么了?只要你愿意,你随时可以变成我晴哥。"

许晴晴扔过去一块橡皮:"你给我滚开。"

万达觉得理想和现实真的是有很大差距,他幻想中的捉鬼天团不应该是这样的。

薛习生他不敢过去打扰,只能去纠缠丁亮华。

他往丁亮华面前一坐,察觉到丁亮华整个人抖了一下。

万达往前凑,丁亮华就往后闪躲:"兄弟,你意下如何?我再强调一遍,这是场男人的冒险。"

丁亮华不太擅长跟人沟通，说半天也不知道他到底是肯还是不肯，聊得相当费劲。

谢俞在跟周大雷有一搭没一搭地瞎扯。

大雷传过来一张胖橘猫和小奶猫的照片，小家伙长得憨态可掬，身上覆着一层细软绒毛，两只猫连歪脖看镜头的姿势都一样。

背景是大雷家阳台。

周大雷：几个月不见原来跑去生孩子了，跟胖胖长得贼像，我决定叫它小胖！

谢俞笑着按下保存。

这只胖橘猫是黑水街"街宠"，来历成谜。

它刚来的时候还没那么胖，瘦骨嶙峋的。大概是流浪了很长时间，见到人就躲开，他们也不知道它平时睡哪儿。

黑水街阿猫阿狗来来去去的很多，梅姨、雷妈她们会习惯性地把剩饭剩菜拌在一起，有鱼骨头的话也会掺进去，盛在不用的铁盆里，搁门口。

时间久了，橘猫就在黑水街安了家。

这只橘猫很有个性，它也不白吃饭。吃了谁家饭，晚上就待在谁家抓老鼠，抓得干干净净，还喜欢把老鼠尸体都叼到门口，摆成一排。

周大雷：我妈可是下了血本，专门给它煮了一条鱼，说它不在的这几个月总感觉家里不干净……隔壁王姨也煮了鱼，两个人一个清蒸一个红烧，在比谁今晚能留得住胖胖。

谢俞：你，反省反省，想想为什么自己过得还不如一只猫。

万达缠着丁亮华半天，也不知道是不是因为此人太烦，丁亮华最后居然点了点头。

贺朝本来还在想如何脱身，脑海里分分钟闪过十几个剧本，结果得知丁亮华也参加："他，这个上台发言都哆嗦的家伙？"

谢俞对丁亮华没什么印象，也没什么想法。

"连他都去。"贺朝把手机一扔，往椅背上靠，突然间被激起了斗志。

谢俞心说，别看人家这样，总感觉比你强。

最后万达走到最后一排来问两位大佬的时候，贺朝一拍桌子："男人的冒险，不去不是男人。不用怕，有朝哥罩着。"

万达："朝哥，从今往后你就是我亲哥，太帅了，简直是男人中的男人。"

谢俞当场冷笑。

晚上四个人约好了聚在贺朝寝室里，等半夜十二点钟以后的敲门声。

$r=a(1-\sin\theta)$

谢俞离贺朝寝室近，本来不着急，打算再做一套试卷，但是他刚洗完澡就被贺朝几通电话催着过去。

谢俞还在擦头发，发梢水滴不断往下淌："你烦不烦？"

贺朝说："快过来，给你看个大宝贝。"

这人真的烦得很。

谢俞脖子上挂着毛巾，慢悠悠穿过走廊，推开门说："搞什么？"

"马上就好了。"贺朝正在写东西，头也没回，手上动作大开大合，字本来就丑，这下更是看不出他到底在写什么玩意儿。

谢俞走近了，看到桌上摆着一张长条形的纸，纸上画满了弯弯绕绕似是而非的东西，中间是一个阴阳符号。

谢俞隐约猜到，擦头发的手停住："这是……"

"民间驱鬼术，最强的一招，镇鬼符。"贺朝说。

谢俞头发湿湿的，身上穿着件简单的T恤衫，手里抓着毛巾搭在头上，贺朝觉得这人的眼睛看起来也像是被湿气沾湿了似的，湿漉漉的，但对上他的眼神又觉得冷。

谢俞看了那张"镇鬼符"半天，张口道："啊，那你真棒。"

万达是第三个到的，他换了件卡通睡衣，黄色海绵宝宝图案，背了个包，手里还拿着个手电筒。

"朝哥，我来了。哇！俞哥到得挺早啊。"万达推开门走进来，"我带了把手电筒，你们有的话最好也带上，如果那玩意儿法力高深的话，可能会把整栋楼的灯都灭了。"

谢俞向灵异小说里的经典剧情提出疑问："你为什么觉得手电筒会不受影响？"

万达一时间竟不知道说什么好。

时间还早，三个人无所事事，凑在一起打了一局狙击游戏。

屋里只有一张椅子，不坐椅子就只能坐床，贺朝的床万达不敢随便碰，于是只能把目光转向谢俞："俞哥，你要不起来一下？我……我喜欢坐在椅子上。"

很快万达就体会到跟这两个人玩游戏是一种多么糟糕的体验了。

谢俞玩三排能玩出单排的感觉，放荡不羁爱自由，根本不顾及其他两位队友，而贺朝根本不顾及万达："我这儿有好东西，老谢过来。人呢？过来拿。"

"朝哥，我……我也是你的队友，"万达欲哭无泪，"帮帮我呗，我好穷啊。"

贺朝这才看看万达的方位，给这位队友一点关注，但是看完之后他说："太远了，你自己努力吧。"

朝俞
ZHAOYU

快十一点，丁亮华才到。

"还以为你不会来了，坐啊。"贺朝往边上挪了挪，拍拍床。

丁亮华平时跟贺朝接触不多，站在门口有点无措，下意识去看万达，万达心领神会，分出半边椅子给他："你也喜欢坐椅子？来吧。"

丁亮华小心翼翼地坐下来。

贺朝摸不着头脑："你们两个什么毛病？"

谢俞头发干得差不多了，把毛巾拿下来随手搁在贺朝桌上。

"那我们拟订一下今天晚上的作战计划，"万达兴致勃勃，"说起来，俞哥你真的让我惊喜，还以为你不会参加呢……"毕竟那么不合群。

"我看戏。"谢俞说。

半夜十二点半。

窗外漆黑一片，宿舍楼也静得出奇。

万达放缓自己的呼吸声，率先推开门走出去。

"吱呀——"

开门的声音被气氛烘托出几分诡异。

贺朝迟迟不动弹。

"走啊朝哥，干什么呢？"万达回头说。

谢俞排在贺朝后面，被他堵着路出不去，拍拍他的肩："罩我啊……朝哥，你可是男人中的男人。"

周末放假，基本上半栋楼的人走了，脚踏在地面上引发的回声似乎都比平常响，从走廊尽头望过去，盯着不断向前延伸的楼道和门牌，有一丝眩晕。

贺朝今天晚上有出息了很多，不知道是不是那张"镇鬼符"带给他的勇气。等了大概有半个小时，实在是无聊，他们开始有一搭没一搭地聊天。

"丁华亮，你……"

"人家叫丁亮华。"

"抱歉，没什么印象。"

"……"

"但是我敢打赌，老谢肯定连你姓丁都不知道。"

万达正笑着问谢俞是不是真不知道，耳边隐隐约约响起了敲门声。

$r=a(1-\sin\Theta)$

所有人都不说话了。

就在万达准备说"可能是幻听"的时候,又是"咚"的一声。

听起来声音很遥远。

隔着什么东西似的,又闷又轻,但是传过空旷的楼道,顺着楼梯绕上来。

"今晚敲的不是三楼,"万达声音有些颤抖,"在……在我们楼下。"

很久之后谢俞再回忆起高中生涯,一定不会忘记这个晚上。一系列智障的情节展开以及弱智的结局倒是其次,最难忘得是一个明明怕到手都在抖的胆小鬼,却把符纸塞进他手里。

贺朝把那张画得贼丑的"镇鬼符"往谢俞手里塞,符纸已经发皱,还带着他掌心的温度。贺朝正紧张地盯着楼梯方向看,一系列动作都是下意识的,他抬手拍了拍谢俞的脑袋:"别怕,哥罩你。"

谢俞低头看着那张纸,有点发怔。

几人轻手轻脚往楼下走。

走到半途,万达扶在栏杆上的手突然缩紧,惊道:"真、真的有……"

"有什么?"

"看到什么了?"

"——有鬼啊!"

谢俞抬起手腕看了一眼时间。

正好是凌晨一点整。

二楼走廊尽头,声控灯没有亮,一团隐约像是人形却看不清四肢的东西,缓缓向他们这边挪动。

"它"的脚步声很轻,动作很慢,就像慢镜头回放似的。

只有从尽头那扇窗户透进来的月色和路灯灯光,忽明忽暗地点缀着这番诡异的景象。

谢俞捏着"镇鬼符",突然想安慰安慰身边这个人,正要说"你不会真的以为在身上披个床单到处晃悠就是灵异事件吧",就见到贺朝又从口袋里掏出一张纸来,上面的鬼画符和阴阳符号,跟谢俞手里拿着的那张几乎一模一样,贺朝强作淡定道:"没事,我还有一张。"

"现在怎么办?"万达问。

贺朝反问:"你制订了那么多作战计划,就没有考虑到这一步?"

万达压低嗓子说:"其实我没有想到我们真的能遇到它……"

谢俞靠在墙上，随口道："还能怎么办，要不然，上去打个招呼？"

万达沉默。

"其实我觉得男人的冒险，要硬气一点，"万达说到一半，来了个大转弯，"要不然我们直接回去……回去睡觉吧。"

话还没说完，就见全程不声不响的丁亮华直接从他们身侧冲了出去！

丁亮华百米冲刺的成绩一定很惊人，他跑得像阵小旋风，经过转角的时候还不忘抄起立在角落的灭火器，对着那坨东西"喱"的就是一下。

周一早晨，沈捷一只脚刚踏进教室，书包还没来得及放下，就听到一些奇怪的流言蜚语。

"怎么回事？"

"你们住校生的生活有那么刺激吗？"

"夜生活挺丰富啊。"

他交了作业，也顾不上复习，直接往（三）班跑。

他趴在窗口，从外向里探头问："听说姜主任在办公室里都快气炸了，你们到底搞什么了？"

班里正在调整桌椅，闹哄哄的，许晴晴自己的搬完了，跟刘存浩一起帮着其他小组排桌椅："罗文强，你到万达后面，然后你们这一排跟边上的对齐……来咱班考试的人数是32个，桌椅不够去隔壁班借。"

他们得将座位拆开，排成规定的考试座位，单人单座。

等会儿铃响就要去各自的考点考试，迎接高二第一学期第一次正规考试——月考。

万达专心调整桌椅的位置，不是很想回答沈捷的话："这个……说起来，一言难尽。"

沈捷："小万，你还是我当初认识的那个传字条递答案的时候都不忘跟我聊八卦的万事通吗？"

万达摇摇头说："人都是会长大的。"

沈捷成绩不是很好，高一有一回期末考试想考个好成绩好回家欢欢喜喜过年，省得家里人整天唠叨。趁监考老师还没来，他戳戳前排那个人的肩膀问："朋友，想不想一起过个好年？"

前排那位小伙子就是万达。

两人一拍即合。

$r=a(1-\sin\theta)$

　　刚开始传的还都是答案，传了两三个来回，沈捷用胳膊肘将橡皮顶到地上，然后弯腰装作捡橡皮，把地上的小字条抓到手里，打开发现除了答案，还多了一行字：你是（五）班的？那你认识贺朝吗？听说贺朝前几天跟老师打起来了？

　　字条传到最后变成了八卦大会。

　　答案没抄到多少，聊的内容倒是几乎涵盖了全年级。

　　沈捷决定一个人打听，目光在班里瞎晃悠一圈，终于锁住目标。

　　贺朝跟谢俞两个人的座位分得比较尴尬，哪排缺人就被分去哪里。

　　贺朝在最里面那排，坐在最后一个。

　　角落里光线不是很好，贺朝背靠着墙壁，一只手插在兜里，姿态散漫，单手摆弄手机。

　　"朝哥——"沈捷举起手喊。

　　贺朝听到声音抬起头，将桌上的塑料袋拿在手里，走过去的时候顺手往垃圾桶里扔："马上考试了，你瞎晃悠什么呢？"

　　沈捷："你们宿舍楼……"

　　"我用五个字简单给你概括一下：男人的冒险。"贺朝说。

　　沈捷满脸困惑。

　　谢俞的座位正好就在边上，人正趴在桌上睡觉，贺朝拍拍谢俞后脑勺，又说："是吧老谢。"

　　谢俞头也没抬，手在边上摸索，抓到个什么东西就往前丢出去。

　　是个计算器，摔地上怕是要摔坏，贺朝往后退两步稳稳接住："小朋友今天脾气也相当暴躁啊。"

　　沈捷还想再问。

　　贺朝打断道："回头再说，滚回你自己班级去，马上考试了。"

　　以前考试的考场安排都是电脑随机，跟谁分在同一个班考试根本就不可预测。这学期改了政策，按照上学期期末考试成绩排考场，年级前三十名在（一）班考试，往后三十名去（二）班，以此类推。

　　说是想用这种划分等级的方式激励起大家的斗志，人要向前看，考场也要不断往前爬。

　　姜主任的原话："要有野心，在学习上有一点野心并不可耻，打个比方，今天我在（五）班考试，我下一次就想坐在（一）班的考场上！我希望大家都要有这样的志气！"

　　沈捷不情不愿地走了。

万达犹犹豫豫踱步过来:"学委今天不来考试了?"

贺朝:"他都那样了……还考试?"

"听说他妈带着他回家睡觉去了,缺乏睡眠,每天就睡那么两三个小时,精神不出问题才怪。"

听到"学委"两个字,谢俞也不睡了。班里拖椅子的声音不绝于耳,闹得很,他坐起来,往薛习生的座位上看。

那天晚上丁亮华勇猛无比地冲出去,灭火器喷出来一地干粉,走廊里全是粉尘,掀开"鬼"身上的床单,薛习生安安静静地躺在地上。

"谁能想到是梦游,"万达说,"我还是第一次遇到梦游范围那么广的,这要是宿舍楼不锁门,他是不是还能闭着眼睛转悠到校外去?"

他们半夜闹出来的动静,惊动了隔壁教职工宿舍楼的姜主任和老唐,两个人急急忙忙赶过来,姜主任裤子拉链都没来得及拉,老唐拖鞋都穿反了:"怎么回事?大晚上吵什么?你们在干什么?"

考试预备铃响,大家拿着考试用具去各自对应的教室。

谢俞其他什么都没带,就带了支黑色水笔。

如果可以,他连笔都不想带,不然真的不知道要怎么样才能"超越"贺朝,恐怕闭着眼睛瞎做也比这人考出来的分数高。

"要涂卡的,带支2B铅笔啊,"贺朝走在谢俞身后,往他手里塞了支铅笔,还跟他分享起自己的经验,"虽然涂不涂都一样,好歹也能蒙几分。"

"几分?"

"七八分吧。"

以前考试谢俞都会严格掌控好平均分,不会低得过于离谱,避免给人一种"这个人是个傻子"的印象。

基本上把控在"这孩子脑子还是挺聪明的,就是不肯好好学"这个范围内。

就连顾女士也一直都认为自家孩子还有救——

虽然孩子翘课、打架、考试成绩倒数,但只要孩子肯学,成绩绝对不会是现在这个样子。

谢俞接过那支绿色铅笔,为了等会儿合理控制分数,问他:"你上学期期末考多少?"

$r=a(1-\sin\theta)$

一路路过(一)班到(八)班,他们俩的考场还要往楼上走,在最后一个班。按照姜主任这个考场分配方式,他们考场简直就是后进生聚集地。

贺朝:"期末?不太记得了,印象里考得还挺好的,超常发挥。"

谢俞:"嗯?"

贺朝:"英语好像有……四十分吧。"

"后进生聚集地"零零散散二十几号人,个个拉出来都是让老师头疼的人物,实力强劲,以一己之力拉低全班平均分,一个人的分数基本上决定了这个班在年级里的位置。

贺朝进门的时候好几个人跟他打招呼:"哎哟,朝哥。"

贺朝一眼望过去,发现不少认识的,他站在门口,单手插在裤兜里,看起来有那么点后进生老大的意思:"啊,好久不见。"

唐森正好监考后进生班,对着电脑上的时间调整自己腕上的手表,其他老师看着都替他担心:"老唐,你们班这次,班级平均分怕是不太好看。""尤其唐老师刚调过来,不拿出点成绩……"

"什么?"唐森还在专心调时间,"哦没事,我不担心这个,分数也不是衡量一切的标准。"

要说分了考场之后对这些后进生有什么影响,还真的有一个——抄答案都不太好抄了。

能找谁传答案?大家都半斤八两。

但是"半斤"和"八两"之间还是有些区别的。

座位第一排第一个——也就是后进生考场里期末成绩最高的那位,被其他人投以暗示的眼神。

"听说你数学能考60分,150分能考60分,哇!"

"什么,60分?你这么厉害的吗?"

那位兄弟估计是第一次遇到这种情况,有点不好意思:"那个……也没有啦。"

谢俞用掌心抵住额头,低着头努力不去听这群人说话。

谢俞心理活动能够复杂又曲折,一时间找不到合适的词吐槽,就听坐在他身后的贺朝也加入了吹捧大军:"60分,很强啊兄弟!"

第十章

"同学,语文呢?语文能考几分?"

"全场成绩最佳"挠挠头,有些羞涩地说:"八十多吧……"

"后进生聚集地"的所有人仿佛找到了救星,一窝蜂拥上去,还有人往他胸前的口袋里塞东西:"大哥,我的一点心意,请你收下,千万不要客气。"

"80分的语文成绩,我只在梦里见过,成绩这么好怎么会沦落到我们这个考场?你真是怀才不遇、流落民间的高手。"

"真的太强了,等会儿我给你一个眼神,把答案扔给我。"

"放心,哥行走江湖十余载,绝对零风险,我就算把答案吃下去也不会让它落入监考老师的魔爪。"

那位被团团围住的男生全程飘飘然,心想,他下次也要争取留在这个考场考试……做大哥的滋味有点美。

他感觉到自己浑身上下都充满了力量!

从来没有人这样夸过他不及格的分数!

谢俞坐在座位上转笔,等监考老师进教室。

三根手指捏着黑色水笔,漫不经心地转着,一圈又一圈,他微微眯起眼睛,等得有些困倦。

贺朝用笔戳了戳谢俞右肩:"小朋友,要答案吗?"

谢俞手里的笔"啪"一声掉下去。他手指细长,骨节尤其突出,维持着那个姿势没动。

"你?"谢俞一只手撑着脑袋,侧着身体回头看他,说,"算了吧。"

贺朝知道谢俞这是误会了,他人往后靠,笑着伸出手,食指屈起,轻轻地弹了一下谢俞的额头:"想什么呢?当然不是我的,是那边那位数学六十、语文八十的小兄弟……"

那一下真的很轻,仿佛只是贴着蹭过去。

谢俞本能排斥这种接触,与其说是排斥,不如说用"不习惯"这三个字形容更恰

$r=a(1-\sin\theta)$

当,他单手撑着课桌站起来,身体往前倾,很想打爆贺朝的头:"不如说跟没跟你说过别总动手动脚?"

贺朝坐在最后一个,座位到墙壁还有点距离,他连人带椅子往后退了几步。

"你这脾气挺带劲啊。"

"好好好,不闹了,别激动。"

他们闹出的动静有点大,其他人有意无意往角落里看,都表示不知道这两人在干什么。说是打架吧,看起来又不太像。

这时铃声又响了。

姜主任的声音从广播里传出来:"各位考生,离考试开始还有五分钟,请回到指定考点,第一门考试科目:语文。"

播报到这里措辞都非常严谨,并且语调柔软,大概是想缓解考生紧张的考试心情,但是姜主任说到一半,突然顿住,然后话锋一转,嗓音陡然提高:"同学,你哪个班的?要考试了还在这里打打闹闹,你站住,你给我过来!小兔崽子,还敢跑……"

广播中断,有同学敏锐地听到走廊里高跟鞋的声音,连忙提示大家:"嘘,监考老师来了。"

闹哄哄的班级瞬间安静下来。

贺朝根本不懂"安静"两个字怎么写,他又拿笔戳谢俞:"等会儿我把答案传给你。"

谢俞冷淡地吐出两个字:"不要。"

贺朝:"为什么不要?八十分的语文啊。"

谢俞心说要个头的答案,万一不小心考得分数比你高怎么办。

"要不起,"谢俞找了个合情合理的理由,"分数太高,不适合我。"

进来的两位监考老师是唐森和徐霞。

也真是巧了,这两人跟高二(三)班都关系匪浅。

徐霞大概是临时被调过来的,她走到门口的时候还问了一句"是这个班吗",老唐回答她"没错"。唐森放下手里拿着的泡着万年不变的中老年枸杞养生茶的茶杯,打开贴着封条的试卷袋,清点试卷张数。

徐霞带了坐垫和一本书,她目光扫过一圈,看到贺朝的时候脸不自然地僵了一秒,又移开视线。

"徐霞啊。"有同学认出来。

"不认识,她怎么样?监考严不严?"

"之前是(三)班班主任吧,后来被调走了……你问问朝哥,他应该更清楚。"

"朝哥、朝哥。"跟贺朝离得近的那位还真的低声问了,毕竟这两位老师监考素养的高低直接影响到他们的命运,"老唐我知道,他边上这位女老师,严不严?"

贺朝笑笑,把手中的笔往桌面上扔:"她啊……"

贺朝就说了两个字,没再往下说。

那位同学摸摸脑袋,不明所以,只觉得贺朝这个笑看起来有点冷。

不管监考老师严不严,该作的弊还是要作。这群人成绩不怎么样,胆子都很大,玩的是心跳,看准时机丝毫不能犹豫。这简直就是一场大型动作片。

"离考试结束还有半个小时,抓紧答题,没开始写作文的要控制一下答题速度了。"

徐霞来回走了几趟不走了,直接坐在椅子上看书,唐森捧着水杯满教室晃悠:"都老实一点啊,我们来学校学习的不仅仅是知识,比会做题更重要的是学做人……"

唐森说着说着,一转身的工夫,被团成球状的答案纸从他身后飞过去。

"希望大家不要作弊,拿出自己的真实水平。不会就是不会,没有什么可耻的……在日后的学习中我们努力把它弄会就行……"

纸团正正好好砸在贺朝桌角。

贺朝不管做什么题,都是五个字"放弃,下一题",只有语文例外。语文好歹看得懂,所以每次语文考试他都会把试卷填得满满当当,弥补其他科目无从下手的遗憾。

他做完了前面的题目,开始写作文,写得激情澎湃,字潦草得格子都装不下。

眼看唐森又要转身,贺朝不动声色地伸出手将纸团握在手里。

唐森果然转了过来,盯着贺朝的卷面看半天,表情有点复杂,最终还是什么都没有说,双手背在身后,往其他地方踱过去,嘴里唠叨了几句卷面分:"基本要求,字迹清楚,卷面分是最不应该扣的,都注意一下。"

由于二十几号人都指着一份答案,他们探讨半天,最终探讨出流水线式的传答案模式,作战线路从排头至排尾,然后由第二列列尾再往前传。

把答案传给贺朝的那位同学暗示他抄完了往前递。

贺朝潇洒地比了个"OK"的手势,让他放心。

谢俞还在想这次语文拿个四五十分应该差不多,他半张试卷都是空白,不打算拿分的题干脆不往上填答案。

$r=a(1-\sin\theta)$

贺朝那种睁着眼睛瞎答题的水平他实在望尘莫及。

考前语文课上，老唐发过两张阅读专题试卷，随堂作业，下课要收。他眼睁睁地看着贺朝认认真真地把空都填完了，但填的都是驴唇不对马嘴的东西，最后那张答题纸在班里广为流传，简直被刘存浩他们当成笑话大全围观。

这次考试作文题目是《背影》。

谢俞在为跑题而努力，研究跑题研究得脑袋疼，听到贺朝在身后低声喊他。

然后后背又被戳了两下。

"老谢，"贺朝低声说，"手，下面。"

"什么？"

"答案啊，手伸过来。"

贺朝手里抓着纸团，身体往前倾，左手藏在桌子底下，靠着墙壁，非常隐蔽，谢俞伸手就能够到。

谢俞不动声色地往后靠，一只手撑着桌沿，拉近了两个人之间的距离，他压低了嗓子轻声说："说了不要。"

"你不要，前面的哥们还等着抄呢，"贺朝用指尖敲了敲桌底，催促道，"那几个人的命运就掌握在你手里，日行一善，努力发展一下慈善事业。"

天花板中央的大风扇转动发出的噪声盖过了两人的谈话声，略微有些燥热的微风从窗户外面吹进来。教室里窗明几净，讲台上放着七八张多出来的试卷，被粉笔盒压着，边角被风扇吹得卷起来，似乎下一秒就能飞起来。

谢俞不情愿地将手臂垂下去，往后伸，摸了半天没摸到。

"哪儿？"

"就底下啊。"

"没有。"

"有，你再摸摸。"

谢俞想打探一下敌情，边摸索边问："你抄了吗？"

"我？我没抄。"贺朝说完想起来谢俞之前那句"要不起"，又说，"我想了想，我也要不起。"

谢俞有些烦躁，又往后仰了几度，心说这次再拿不到他就撒手不管了，让他们自生自灭，抄什么抄，不会做就空着……这样想着，他抓到了贺朝的指尖。

两个人都是一愣。

135

风扇吱呀吱呀地继续转。

粉笔盒里只有几根用剩下的粉笔头,终于压不住讲台上那几张试卷,被风吹得扬起来,徐霞连忙合上书弯腰去捡。

谢俞没撒手,贺朝也没把手缩回去。

僵持一会儿之后,贺朝突然动了动手指,食指微微向上勾起,正好抵在谢俞掌心。

"唐老师,把风扇关了吧,"徐霞边捡试卷边说,"噪声太大,等会儿英语考试做听力题会有影响。"

唐森点点头,走过去关风扇。

徐霞手里抓着试卷,从她那个角度,只需要略微抬一下头就能看见桌底。

眼看徐霞就要起身,谢俞触电般把手缩了回去。

贺朝反应慢两拍,他看着谢俞低头继续答题,这才眨眨眼,五指收拢,再度将那团纸攥在手里。

徐霞没察觉到不对劲。

她捡完试卷之后,四下看了几眼,又摊开书开始看书。

唐森看到一个企图翻语文书找诗词填空答案的,他在那位同学的课桌边上停下,没说话,敲了敲桌角警告。

风扇缓缓停下。

谢俞前面还有四个人,这四位兄弟内心焦灼,说好的答案迟迟没传过来,再不传过来都没时间抄了。

于是排头终于忍不住回头暗示身后那位:"货呢?"

后面那位表示不知道,又往后问:"东西还在朝哥那儿吗?什么时候可以接头?"

"不知道啊。"

"催一催,等不及了,没时间了。"

第四位同学被委以重任,但是他也不敢问,谢俞的传说至今都还在学校里流传,他提议:"要不然,我们就拿出自己的真实水平好了……"

四个难兄难弟不再奢望答案,倒是贺朝讲义气,他等了几分钟,又去戳谢俞后背:"答案,快点!"

谢俞赐他一个字:"滚。"

"这么冷酷,"贺朝说,"你抬头看看这四位同胞,看看他们忧郁又哀伤的背影,良心不会痛吗？心里就没点什么想法吗？"

谢俞："关我什么事。"

"还有最后十分钟，大家抓紧时间，"唐森看了一眼手腕上的表，提醒道，"作文还没写好的，注意时间啊，可以开始做收尾工作了。"

唐森说着转过身，往讲台边上走。

趁着这个空当，谢俞没回头，向后伸手，没有像贺朝那样藏在下面磨蹭，光明正大地将手背抵在贺朝桌边，语气挺不耐烦："答案。"

贺朝愣了一秒，反应过来，把纸团放到谢俞手里。

谢俞拿到之后，又把纸团往前扔，不偏不倚正好砸在前面那个同学的桌上。

贺朝回味过来，突然很想笑。

他低下头，试卷早就写完了，他把胳膊肘撑在作文纸上，手遮住一侧眼睛，模样散漫，偷偷在心里说了一句：这个嘴里说着"关我什么事"的小朋友……有点可爱啊。

十分钟后，铃响。

上午考两门，紧接着还有一场英语考试。他们这个考场也没人需要回去拿个书复习什么的，除了要去洗手间的，其余人交了试卷之后继续待在考场里。

等两位监考老师收齐试卷，试卷按照考试号排列整齐之后，班里人站在门口冲两位老师挥手，集体欢呼："朋友，再见！"

班里乱成一锅粥，还有人带了扑克牌斗地主。

"朝哥来不来？"带扑克牌的那个边发牌边问。

贺朝起身，摆摆手说："不来，你们玩。"

谢俞还在估分，在纸上加加减减算了几遍。

贺朝走到谢俞身侧，弯腰看了一眼，还没看清楚，谢俞"啪"的一下把演算纸翻了过去。

"写什么呢？那么小气，"贺朝也不在意，随口转了话题，"厕所去吗？"

谢俞不是很能理解那种喜欢组团去洗手间的，是自己去尿不出来吗？他放下笔，讥讽道："干什么？需要人给你把着？"

同桌太无情，贺朝摸摸鼻子自己去了。

他洗完手又在外面晃荡了一圈，路上光是打招呼就打了十来次，那热络的程度，仿佛全年级都是他哥们儿。

"朝哥，"又有人从教室里往外探头喊他，那人靠在窗户旁边说，"好多天没见了啊。"

贺朝停下脚步,歪头看了一眼班级牌号,然后靠着墙壁跟他说话:"在(五)班考试?你小子可以啊,成绩进步不少。"

"哪里哪里,我几斤几两您最清楚。胆子有多大,成绩就有多好,上次考试不小心抄过头了。"

那人说着从兜里摸出一盒烟,作势要从里面抽出一根递给他:"来一根?"

徐霞踩着高跟鞋从(七)班教室门口走过。

等徐霞走远了,那人还想把烟再拿出来,贺朝摆摆手:"我不抽。"

离下一门考试开始还有十几分钟。

贺朝没回教室,绕到教务处附近没人的地方,随便找了个台阶坐下,从兜里摸出一根棒棒糖,三两下撕开橙色糖纸就往嘴里塞。

贺朝叼着糖,低头给谢俞发短信。

这是一则从网上看到的冷笑话,发过去都能想象得到谢俞会说什么——无聊,拉黑,滚。

冷笑话还没发出去,背后由远及近传来一阵脚步声,高跟鞋踩在地板上发出有规律的"嗒嗒"声。

贺朝没回头,倒是正好经过的那个人停下了脚步。

"贺朝,你怎么回事?!"徐霞捧着考试卷站在楼梯口。

从上次杨文远那件事开始,她对贺朝一直心存不满。在徐霞心里,杨文远那次是她看错人,但贺朝这个人的形象在她眼里从来没有变过——就是一个劣迹斑斑的不良少年。

徐霞气不打一出来,又道:"你以为学校是什么地方,能在学校里抽烟吗?刚才在走廊上我睁只眼闭只眼没说你,你自己心里没点数?你看看你像个什么样子!"

在走廊就看到其他同学给贺朝塞烟,现在走到楼梯口隐约看到他嘴里叼着东西,徐霞根本没有细看,凭直觉就把它们联系在一起。

徐霞话还没说完,就听到贺朝突然笑了。

少年单手撑着墙壁站起来,高高瘦瘦的,看起来赏心悦目,校服宽松,隐约能顺着动作和衣纹看到腰线。

"心里有点数?"贺朝比徐霞高了一个头,本来是背对着她,往下走了一个台阶,转过身看她,又说,"我什么样子?"

贺朝嘴里甜得发腻,说出来的话却不是那么好听:"徐老师,你是不是眼神不太好?"

$r=a(1-\sin\theta)$

看到是糖,徐霞不说话了,避开贺朝,往前走两步,想直接下楼。

贺朝挡在她面前:"你赶时间,我也赶时间。这样,道个歉。"

贺朝又说:"还有上次的事,两句'对不起',说完再走。"

徐霞打心眼里瞧不上贺朝,哪里拉得下脸?

贺朝笑着说:"有那么难吗?都说为人师表,您做错事、说错话,'对不起'三个字都说不出口?"

徐霞站着没吭声。

广播里姜主任又开始积极广播下一场考试的注意事项:"请各班老师检查一下听力设备,我们先放段英文广播,调好音量……"

贺朝虽然面上笑着,但眼底满是戾气,浑身上下充斥着尖锐又危险气息,好像平时收起来的那股劲全都松了开来,席卷了他。

徐霞感觉到一种强烈的压迫感。

就在她以为贺朝马上就要爆发的时候,少年突然往边上退两步,靠在墙上,给她让开了一条道。

贺朝把嘴里的糖咬碎了,只剩下根棒子。

徐霞顿了几秒,还是从他身边走过去,下了半截楼梯拐弯的时候,贺朝突然又问了她一句:"因为成绩差吗?"

徐霞在楼梯拐角处仰起头,从她那个角度看,看不清楚贺朝的表情。

贺朝捏着那根白色的塑料棒,又说:"因为我成绩差,所以我是您嘴里的——那种样子?"

徐霞突然觉得有双无形的手扼住了她的脖子,她想说话,又说不出来。

英语监考是唐森和隔壁班历史老师。

贺朝迟到了十分钟。

走进来的时候,全班人都察觉出贺朝整个人不太对劲,唐森想抓着他问问怎么考试迟到,贺朝没像平常那样扯皮,站在门口说了一句:"迟到不让考?"

唐森被问蒙了:"啊……不是,就是你下回……"

贺朝直接越过他往座位上走。

"朝哥这个状态……"

"怎么回事?"

"考卷都发下去了,看一下听力啊,等会儿听力部分马上开始。"唐森边说边往贺朝那边看,重复一遍刚才贺朝不在时讲的那道错题,"阅读题A篇第三小题,有两个重复选项,把C选项改成黑板上这个。"

谢俞往后靠了点:"发什么疯?"

贺朝也知道自己刚才失态,不仅失态,小情绪还表现得相当幼稚。那股情绪发出去之后心情平复很多,他抓抓头发,说:"没事,屁大点事。"

他说完,又举手对唐森说:"老师,我下次一定注意。"

这情绪转换得太快。

唐森也着实捉摸不透这个孩子,只能愣愣地说了三个"好"。

考试进行到一半,贺朝已经写完试卷,正想趴下来睡会儿,刚枕着胳膊合上眼睛,听到从底下传来两声敲击声。

他半睁开眼,没动弹:"小朋友,干什么?"

谢俞又用手指敲了两下,发出清脆的声响:"手,下面。"

贺朝从下面摸过去,摸到一张字条。

打开字条,上面只有一个问号。

这大概是来自他这位冷酷的同桌的最高水准的关怀了。

贺朝很知足。

他觉得他能写一大段被"冷酷杀手"关心的感言,填满整张纸,不过当他拿起笔,笔尖落在纸上晕开一团墨迹,他顿了顿,最后只写了六个字上去——

我是什么样子?

沈捷的成绩和万达旗鼓相当,这次考试座位又是前后排,只不过前后顺序有所对调。

两个人按照考试号坐下后,大眼瞪小眼互看半天,然后相视一笑。

沈捷:"兄弟,你懂的。"

万达:"我懂的、懂的,合作愉快。"

对完答案之后,两人开始在字条上热聊,语文考试没聊尽兴,英语考试接着聊下半场。

——等考完了,一起去吃饭?

——吃啥?

——食堂,你还想吃啥?

——今天食堂的菜色有点恐怖……叫上朝哥他们吗?

$$r=a(1-\sin\Theta)$$

——难吃也没得选，叫，都叫上，有难要同当。

——捷哥，说起来，你跟朝哥认识多久了？

聊吃饭聊得好好的，万达突然开始转移话题，沈捷打开字条看到这么一行字，知道万达那颗八卦心真是"野火烧不尽，春风吹又生"。

沈捷仔细想想，他跟贺朝好像认识快三年了。

那个时候炫舞游戏盛行，满大街都是"非主流"。沈捷平时在家里还算乖，出了家门野得很，偷偷带钱去网吧。

这些非正规营业的网吧大多隐藏在小区里，弯弯绕绕，找到门牌号后弯腰溜进去，推开一扇小门，里面就是"非主流"少年们的世界。

三块钱可以享受一个小时。

享受归享受，这种网吧危险性相当高，动不动就被举报。

如果不走运被警察逮住，会打电话叫家长来领，在当时这可比考试考不及格还要严重。

沈捷至今都记得，他付完钱，拿着号满场转悠找六号机在哪儿，在一群刘海遮住眼睛的"非主流"当中，看到一个趴在电脑前睡觉的人。

黑红色球衣，头发很短，贴近耳朵的地方嚣张地剃了一个字母"N"。

光看背影，沈捷觉得这人散漫得有些过分，又特别惹眼。

他在五号机。

六号机就在这哥们边上。

沈捷小心翼翼地坐下，摁下开机键之后，发现鼠标垫被边上这人压了一半。他想偷偷把鼠标垫抽出来，却不小心把人给闹醒了。

那人头上戴着的耳机本来就摇摇欲坠，随着他抬头，彻底滑了下去，搭在脖间。

沈捷吓了一跳。

帅哥没说话，睡醒之后继续敲键盘。

屏幕上正是最近大热的炫舞游戏，就连沈捷也咬咬牙充了钱买时装。

对他们来说，一套酷炫帅气的衣服简直就是玩游戏的尊严，游戏里大家哥哥、妹妹地互相认亲，但是旁边这人穿着丑陋的初始套装，游戏名字四个字"不加好友"。

玩手速游戏，那人还能抽空用单手开了罐可乐喝。

沈捷早就听说经常有"大哥"专挑这种未成年人专用型网吧收保护费，但是从来没有碰到过。

直到今天一个手里拿着棍子的男人大摇大摆踹开门走进来。

大夏天的，男人穿了件夏威夷花衬衫，啤酒肚太大，纽扣都扣不上，敞开大半。样貌猥琐，满脸油腻。

"花衬衫"走进来，嘴里叼着根烟，用棍子敲电脑桌敲了一路："最近手头有点紧，都自觉点……快点！"

给点钱就没事了，大部分人是这样想的，到了沈捷那儿，他正要给的时候，手突然被人按住。

贺朝直接站了起来，可乐已经喝完了，他捏着可乐罐，手上略微使点力，易拉罐便深深凹下去："收什么？干什么呢！"

回忆到这里，沈捷在纸上写：朝哥是我偶像。

最后一个考场里。

谢俞半天不知道回什么，"你是傻子"四个字写在纸上又被他涂掉。

英语考试后半场，几个后排同学小动作幅度越来越大，就差没往监考老师头上扔答案，唐森干脆搬了把椅子坐在后面监考，就在贺朝身侧。

谢俞把字条叠起来，最后还是没找到合适的机会递出去。

贺朝也没等他，往桌上一趴，不多时便睡着了。

打铃收卷，周围再度活跃起来。

贺朝睡得熟，收卷的时候谢俞喊了他两声，他也没反应，甚至干脆偏过去把脸埋进臂弯里。

谢俞顺手帮他把试卷交了，交之前把他的答题卡从头到尾扫视了一遍，发现贺朝这套试卷答下来大概能有35分。

边上的人正趁着收卷的时候赶紧再往上补几个正确答案："这题，C？那这题呢，B吗？"

谢俞面不改色地把自己的答案改错了几个。

月考就考语数英三门。

下午数学考完，高二全年级上两节自习课，各科老师去批试卷。

刘存浩他们打算偷偷去操场打球，贺朝也不想在教室里待着，起身说："我也去，走。"

罗文强说："你每次光看着我们打……脚腕还没好？"

贺朝："我太强了，怕打击你们自信心。"

刘存浩："胡说。"

贺朝又说："真的，我怕伤害你们。"

$r=a(1-\sin\theta)$

几个人聊了一阵，果真要去篮球场。

贺朝走出去两步，又退回来："老谢，去不去？"

谢俞头都没抬："走好。"

"你答应了。"贺朝直接去扯他的手。

谢俞简直觉得莫名其妙，拒绝得那么明显，答应什么了？

贺朝把"走好"两个字拆开念了一遍："走，好。"

谢俞："……"

他们几个还没走到球场，就被姜主任拦下来，这位奔四的男人拉开办公室窗户，探出头喊："篮球场上的，干什么——上课时间你们在干什么？高二（三）班是吧？都给我滚上来！"

姜主任的大嗓门穿透力极强。

万达抱着球脚下踉跄："这么倒霉？姜主任不用去批试卷吗，他不是教数学的吗？"

几个人站在教导处门口，排成一排。

姜主任说："解释解释吧！"

罗文强身为体育委员，这种时候义不容辞，主动站出来说："我们在进行篮球练习，我们班成立了一支篮球队……"

"等等，"姜主任听完理由之后更生气，"又没有比赛，你们练习什么篮球？"

罗文强说不出话了。

倒是贺朝，十分冷静地给出了四个字答案："强身健体！"

于是高二（三）班全体同学眼睁睁看着说好要去篮球场打球的几个人，顶着大太阳在操场上跑起了圈。

许晴晴座位正好靠窗，她看了半天没有看明白："他们干什么呢？"

其他同学也表示不知道，猜测说："热、热身？"

姜主任没走，他站在阴凉处，给这几个孩子数圈数："不是热爱运动、强身健体吗？跑，还有十五圈……跑不完就别回教室了。"

天气燥热，只有跑动的时候捎带起来的风，汗水从额角缓缓流淌下来。

"十五圈，是男人就跑十五圈，"贺朝边跑边说，"老谢你行吗？"

谢俞懒得理他。

贺朝越跑越带劲，直接跑到他前面去，然后倒着跑，看着他说："赌不赌，十五圈谁先跑完？"

"你无不无聊？"

"你敢不敢？"

姜主任嘴上说十五圈，但没有真的为难他们，看着他们跑了三圈，他人就走了，于是默认让他们回教室。

操场在太阳底下暴晒了一天，塑胶味儿浓重。

姜主任前脚刚走，刘存浩和万达就互相搀扶着走过去："走了走了，真是要命。"

除了就算跑步也美滋滋的体委，就剩下贺朝和谢俞两个人还在跑。

"他们俩疯了吧……"万达坐在升旗台边上，看着那两个人你追我赶的样子，有点蒙，"真的要跑十五圈啊？"

刘存浩渴得不行，以为他们俩不知道姜主任走了，高声喊了两声，发现没人理会，于是也不管了："他们大概是真的想强身健体，走吧，买水去。"

跑步这件事，一圈一圈下来，令人上瘾。

不断滑落的汗水，永不停歇的步伐。放空大脑，什么都可以不去想，想宣泄的话，就狠狠地、拼了命地继续往前跑。

尽管累，累到呼吸急促，累到喉咙里泛上来血腥味。

跑到最后，谢俞后背湿透，衣角夹着风。脑子只剩下一个念头——冲出去，继续跑。

十三圈。

十四圈。

十五圈。

两个人同时迈过终点线。

贺朝又往前冲出去几步，然后才停下来。

他站在原地顿了半天，随手抓起衣服擦汗，腰线和腹肌露出来一瞬，汗液沿着脖子往下淌。他擦完脸上的汗，抬手作势想跟谢俞击掌，声音低哑："挺厉害啊。"

谢俞弯着腰，只顾着急促呼吸，耳边有点嗡嗡声，听不太清楚贺朝的声音。

贺朝也累，直接往操场上一躺，往上看是广阔无垠的天空。

可能是因为刚才大脑陷入极空的状态，稳定下来之后，莫名其妙的画面在眼前闪来闪去。

$r=a(1-\sin\theta)$

"贺朝,你就安心复习,马上就中考了。老师这里还有一套模拟卷,你做完拿过来我给你讲。以你的成绩,A市哪所高中你上不了?"

贺朝抓抓头发,不想再去想,嘴里没忍住骂出一句脏话。

谢俞缓了一阵缓过来,坐在边上,双手撑在操场地面上,用脚踹他:"喂!"

贺朝隔了会儿才回答:"干什么啊?"

谢俞:"叫你一声傻子你敢答应吗?"

贺朝不知道他为什么突然说这个:"你才傻。"

"所以啊,"谢俞也顺势往下躺,剧烈运动过后两个人声音都有点哑,他们靠得近,呼吸间谢俞似乎闻到了贺朝身上洗衣粉夹着汗水的味道,"不要问别人,问你自己。"

第十一章

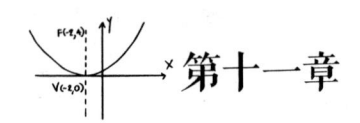

谢俞说完，贺朝半天没说话。

就在他以为这个话题就这样结束的时候，贺朝突然来了一句："我觉得我吧，帅得惊天动地。"

两个人并肩躺在操场上，姿态都有点野，累成这样也没工夫再去顾及什么形象了。贺朝双手张开呈"大"字形，发现自己身体的温度比操场地面的温度还高几度。

谢俞没力气嘲笑贺朝，谢俞对这个人的厚脸皮向来是服气的，动了动腿想踹两脚，却没踹到，因为贺朝突然撑着坐了起来。

贺朝又说："真的，你见过比我还帅的人吗？人海茫茫，能够认识我这样的……"

谢俞说："你还来劲了。"

贺朝："笔仙都说没有。"

谢俞回想起他们玩笔仙的那个晚自习，突然想笑。

"有，谁说没有，"谢俞起了开玩笑的心思，看着他，然后抬手指了指自己，"你大哥我。"

贺朝："大哥？"

谢俞随口应了句："哎，小弟。"

"别乱喊，占我便宜啊小朋友。"

辈分突然低了，贺朝笑着去扯谢俞衣领，装样子凶凶他，结果手上力气没有控制住，也没想到谢俞躺着不还手。

不小心扯过头，衣领扯得大开。

谢俞皮肤本来就白，跑步过后加上太阳晒着，看上去略微泛红，那抹红从底下一点点透出来。

"到底谁占谁便宜？"谢俞拍拍贺朝的手，"撒手。"

贺朝松开，坐在原地愣了好一会儿，干脆又躺回去，干巴巴憋出一句："你……你身材不错。"

$r=a(1-\sin\Theta)$

谢俞从善如流答:"谢谢,你身材也不错。"

罗文强跑了十圈左右,跑完就摊在地上,在操场的另一边。

他休息够了就去小卖部买水,顺便帮两位跑疯了的同学带了两瓶。他穿过操场,走到谢俞跟贺朝两个人身边,蹲下,把水递过去:"哇,你们俩,真跑了十五圈?"

冰水,还冒着凉气。

谢俞:"谢谢。"

贺朝坐起来接过水,拧开瓶盖仰头灌下去大半瓶:"强不强?害不害怕?说十五圈就十五圈。"

"厉害厉害,"罗文强表明自己的来意,"这样,秋季运动会,你俩跑长跑吧。"

话题转换得太快,贺朝光顾着吹,一时没反应过来:"啊?"

还是第一次有人邀请谢俞参加集体活动,长跑倒是无所谓,但是(三)班体委实在是过于积极,运动会不出意外的话还得再过半个月,具体时间都没看通知。

但罗文强本人摇摇头表示:"唉,人生不过弹指一挥间。"

这个思想觉悟有点高。

聊了一阵,几人起身回教室。

走廊上一路走过去,发现各个班级都已经炸锅,安静的表象再也维持不下去。

"这么吵,"路过(八)班,沈捷他们居然还在K歌,贺朝用手指塞住了一只耳朵,不想遭受摧残,又说,"怎么就我们班一言不发,还把窗帘拉那么紧,这么沉默,不像咱班平时的风格啊。"

贺朝说着,推开(三)班后门。

大屏幕上正在放电影,电影刚放到一半。

刘存浩身为班长,义不容辞地搬了椅子坐在讲台边上,门外一有动静就拖着鼠标把电影关掉。

"吓我一跳,"看到进来的是他们几个,刘存浩又把电影调出来,"我还以为是谁呢,来,我们接着看。要加注的去万达那边加啊,买定离手。"

窗帘拉得密不透风,灯也全都关了,真让他们营造出点小型影院的感觉。

谢俞没看明白:"你们在干什么?"

"猜谁是凶手,"万达向他们介绍,"这是部悬疑片,五毛一股,下注吗客官?"

"不了不了,这对我跟老谢来说不公平,前面讲了什么都不知道,"贺朝说完,又夸奖道,"不过你们很有商业头脑,这点我不得不承认。"

这场年级狂欢不到半个小时，被姜主任亲手打破："好啊，我去批个试卷的工夫，你们想翻天是不是？"

姜主任一路从（八）班骂过来："（八）班把教室当成KTV，你们班是电影院，一个个都很有想法啊。知道自己这次考试考成什么样子吗？还那么开心、那么快乐？"

贺朝凑到谢俞耳边说："反正都是死，不如死于安乐。"

姜主任指了指最后一排："你们说什么呢？交头接耳，十五圈没跑够？"

贺朝刚想说"没说什么"，他身边这位"中国好同桌"直接对他捅了一刀——谢俞把贺朝刚才说的话重复了一遍。

全班哄堂大笑。

"那么想死，我成全你，"姜主任气得不行，"贺朝，你给我滚出去，走廊上站着。"

贺朝习惯了，滚出去的姿势相当熟练。

姜主任嘴里仿佛还有几篇小作文没有讲完，把贺朝轰出去后，还在（三）班说个不停。贺朝站得累了，又偷偷往回走两步，靠在后门门框边上跟谢俞聊天："小朋友，你这样很不仗义。"

谢俞回敬："你这个人很烦。"

"住宿生迟到的现象，我们也已经找到了对策。"姜主任从班级纪律讲到住宿迟到，"在座的各位住校的同学，明天早上开始，你们会感受到起床的力量。"

起床的力量。

他们明明感受到了想杀人的欲望。

次日清晨，宿舍楼广播震耳欲聋，一曲《精忠报国》在所有人耳边炸响。

豪迈中透着激情，恢宏且壮志凌云，足以唤起每一位好男儿热血的灵魂！油然而生的使命感、学习的激情在不断沸腾！

早上六点，宿舍楼里所有人的确沸腾了。

他们从床上爬起来，慌乱中拖鞋都顾不上穿，拉开门，不约而同地互相询问：

"怎么回事？什么情况啊？六点钟，让不让人睡觉了？"

"谁在放歌？"

贺朝把被子拉上去，打算熬过一首歌的时间。

最后他实在是被这阵广播闹得脑壳疼，加上门外的声音层出不穷，忍不下去，撑着坐了起来："搞什么啊？"

$r=a(1-\sin\theta)$

睡了一夜，昨天跑十五圈的后遗症悉数泛上来，尤其是前不久刚受过伤的脚腕，承受高强度的长跑还是有些吃力。

贺朝抓抓头发，下了床，踩着拖鞋慢慢悠悠晃到门口，拉开寝室门。

有人看到他了，停下吐槽："朝哥早。"

贺朝没说话，打着哈欠抬手向那人示意，然后晃到对门停下，出于有福同享、有难同当的心理，敲门喊谢俞："老谢，起床了老谢……这样都睡得着？"

贺朝头发挺乱，衣服也没整理，敲了一阵门没人回应，恰巧《精忠报国》也停了，他正打算回去接着睡个回笼觉，面前的门"吱呀"一声开了。

"你没完了还，"谢俞把塞在耳朵里的耳塞拿出来，靠在门边看他，"有话快说！"

也不管谢俞欢不欢迎他进屋，贺朝直接从谢俞身侧闪进去："找你吃早饭。"

谢俞没关门，站在门口看他，眼神显示"滚出去"三个字呼之欲出。

贺朝只当没看见。

广播里那首歌虽然停了，但是姜主任的演讲才刚开始："喂喂？听得见吗？啊，好，同学们早上好，所谓一日之计在于晨……"

贺朝简直惊呆了："还没完？"

谢俞抬手揉了揉额角。

这样一来，他就算想睡也睡不了。懒得再管贺朝，他关上门转身洗漱。

"昨天那门数学，真的，数学老师看了都会感动到落泪，"谢俞正在刷牙，贺朝靠着墙，站在独卫门口跟他扯皮，"你就等着他表扬我吧，我从来没有过这么好的答题手感，每一道题我都认识……"

谢俞刷完牙，用手接了点水往脸上扑。

贺朝说"这次肯定能及格"的时候，谢俞擦完脸，直接把毛巾往贺朝脸上扔。

他不提这个还好，提起月考卷谢俞就感觉烦透了，心想，你及格个头。

"干什么啊？"贺朝把毛巾从脸上拿下来，"起床气？"

谢俞把手搭在长裤拉链边沿，手指拽着拉链往下拉了一点儿，要干什么显而易见："把门带上，滚一边去。"

"害羞什么，大家都是男人。"

贺朝嘴里是这样说，还是相当配合地转身往书桌那边走。

谢俞拉开裤子拉链，没理他。

昨天下午考数学的时候，谢俞为了知道控分区域，中途问贺朝他答得怎么样。

这套试卷上的题目基本都是课后习题，只作了一些小改动，比如说把10改成了20，如果分数太低真的像个傻瓜。

贺朝说答得不错的时候他还信了。

毕竟贺朝平时也不是完全不听课，自从上回激怒数学老师之后，他的数学课就没那么好过了，手机也玩不成，不得不抬头看黑板。

也不知道他到底看没看懂，反正这人有事没事就在边上说两句："原来是这样，好简单，这道题你懂了吗？我懂了。"

他懂个头。

收卷的时候谢俞看了一眼他的答案，就知道他完全辜负了自己的信任。

贺朝在屋里转了两圈，最后往谢俞床位上一坐。

谢俞上完厕所顺便把独卫打扫了一遍，等他洗完手出去，就看到没事找事跑来敲门、嘴里喊着吃早饭的贺朝又躺在他床上睡着了。

贺朝上衣下摆往上卷起，人虽然看起来高瘦，但该有的都有。腰连着小腹的地方肌肉线条分明，尤其呼吸起伏的时候，但属于少年的那份青涩冲淡了它的攻击性。

谢俞活动几下手腕关节，很想揍人。

月考过去，不论成绩如何，大家已经回归之前那种往好里说叫热爱生活的松散状态。

早晨进校门的同学光顾着聊偶像明星以及昨天晚上热播的电视剧，姜主任踩着早读课铃声，站在校门口抓迟到。

二中老师批试卷的效率奇高，晚上把试卷带回去加班加点接着批，隔天就能出成绩。

万达在老师办公室门口蹲了一整个课间，歪着头，耳朵贴在门板上，就在唐森开门出去倒垃圾的时候，他猛然站起，掉头就往厕所里钻。

"你等等，"唐森冲万达招了招手，"过来。"

唐森刚上任的时候就听其他老师说这个孩子特别爱听墙脚，今天总算是见识到了，他手里拎着垃圾袋，往前走了几步，问万达："都听到什么了？"

万达说："咱班垫底，年级第一第二都在咱班，不过是倒数。（二）班平均分最高，数学有人拿了满分，许晴晴英语考得不错……隔壁班语文老师下个月要结婚。"

唐森只是坐在里面隐约瞅到几眼万达的脑袋，真没想到让他听到那么多："你这耳朵挺灵光啊，你到底长了几只耳朵？还有吗？"

$r=a(1-\sin\theta)$

万达:"没有了,汇报完毕。"

眼看就快上课,唐森想教育他也没有时间:"有空多看看书,上课去吧,对了——让贺朝中午来一趟我办公室。"

万达连忙应下。

唐森走出去几步,又退回来,顿了顿说:"把谢俞也一起叫上。"

教室里。

贺朝坐在座位上和谢俞两个人玩上节课没有争出胜负的低成本自制纸片游戏——五子棋,上节语文课两个人2:2平局。

贺朝逻辑思维能力很强,而且战线拉得奇长,每次谢俞五个子马上就要连在一起的时候,贺朝总能插一脚让它断掉,以贺朝的智商,谢俞不知道这是不是误打误撞。

万达踏着上课铃走回来:"朝哥、俞哥,老唐叫你们两个中午去他办公室一趟,你们两个……怎么可以每次都考倒数?"

贺朝听到这话,知道万达是打听到成绩了,放下笔问:"我?我倒数第几?"

谢俞已经猜到结局,头都没抬。

果不其然,万达说:"倒数第一,而且你数学只有10分。"

贺朝看上去还深深陷在自己能考及格的梦里无法自拔,听到"10分"的时候,有点惊讶:"我离个位数只有一步之遥?"

万达说:"可不是嘛,特别牛,把我们班平均分直接拉下去2分。"

万达说完,发现贺朝整个人情绪都有点低,又问:"怎么了朝哥?"

"别管他,他没睡醒,"谢俞说,"还等着数学老师表扬……睡觉吧,梦里什么都有。"

万达最近觉得自己跟谢俞也差不多混熟了,脱口而出道:"俞哥,你20分,你俩彼此彼此,你也好不到哪里去。"

谢俞:"你找揍呢?"

贺朝听完直接笑了出来。

中午,唐森早早地吃完饭赶回办公室,等着包揽倒数第一第二的两位同学来办公室里找他。

他写了好几份谈话大纲,最后还是决定自由发挥。

"唐老师,他们俩从高一的时候起就这样,"边上其他老师看着唐森整理分析了好半天这两人的月考试卷,也听说中午约了人谈话,"你正常教就好,他们实在是不肯听,也没办法。我说这话不是说让你放弃他们,就是他们两个……真的,没法子,没办法。"

唐森继续翻阅贺朝和谢俞两人的考卷，也没直面否定那位老师的话，丝毫不觉得自己在做一件吃力不讨好的事，他说："我就正常教，尽力教——这不是还没尽全力吗？"

过了十几分钟两人才到，先后敲了门："报告。"

唐森合上手里的教案："进。"

不难猜到老唐找他们想干什么，无非就是批评成绩，高一的时候各科老师都这样找他们谈过，也就是谈谈，谈过之后该怎么样还是怎么样。

贺朝看上去一派轻松，想来也是经常应对这种局面。

"你们俩，坐，"唐森把考卷摆在桌上，"我想问问你们，在学习方面有哪些地方觉得有困难，说出来我们一起试着解决。"

换句话说就是"你们俩到底为什么能考出这么低的分数"。

谢俞讲不出什么理由，因为知道正确答案所以完美避开，说出来怕吓到他。

倒是贺朝，对答如流："哪里都困难。"

"贺朝，我前阵子刚和你们班主任夸你最近数学课表现还不错，"说话间，数学老师吃完饭走进来，手里捏着根牙签，"这次怎么考成这样？"

贺朝不说话了。

谢俞替同桌答："上课的时候，他也以为他自己听懂了。"

这回轮到数学老师不知道该说什么好，他摇摇头回到自己座位上："你们……你们可真是神人。"

六张试卷摆在桌上，谢俞以为老唐要重点给他们讲讲这次月考卷。

唐森却问："你们平时喜欢打游戏？"

为了装得像一点，就算是不怎么喜欢玩，也得点头。

谢俞："嗯。"

贺朝："喜欢，特别喜欢。"

"我也尝试着去接触了一下，就是听说很流行的那个小游戏，贺朝，听说这款游戏你一直在玩，"唐森没提试卷，拿出了手机，"没想到你的口味还挺……天真纯情。"

"天真纯情？"

他不太懂"天真纯情"这四个透着古怪的字，是老唐从哪里得出来的结论。

趁老唐低头摆弄手机的空当，贺朝用手臂碰了碰谢俞："这是在说我幼稚？"

"不知道，也不想知道。"

"那还能怎么天真纯情，像老唐这种中年男人平时的业余爱好大概也就是下棋、泡

$r=a(1-\sin\theta)$

茶、逗鸟,"贺朝越想越觉得是这么回事,"什么《绝地枪王》《恐怖战场》,他肯定玩不来。"

唐森边点开游戏边说:"我不觉得游戏不好,事物都有两面性,往好处说,它在使人放松娱乐的同时,还能够锻炼一个人的自制力。"

贺朝不管三七二十一,点头附和:"是的,我也这么觉得,您说得太有道理了。"

谢俞瞥见唐森手机屏幕上有抹极其眼熟的粉红色,从他眼前晃过去。

不过也就瞥到一眼,唐森讲得兴起,又把手机放回去,继续讲:"这种控制自己的能力和意志非常重要,世界上的诱惑有很多,我给你们举几个例子……"

贺朝听得犯困,偷偷把手伸到谢俞那边。

谢俞低头:"干什么?"

"掐我一下,"贺朝说,"我现在不太清醒。"

谢俞手刚碰到贺朝手背,还没来得及掐,唐森已经从自制力联系到学习,再把学习和游戏结合在一块儿——然后老唐把手机推了过来,看到粉红色的游戏界面,贺朝突然清醒了。

谈话谈了半小时,上课铃声响唐森才放人。

贺朝走出去的时候忘了礼貌,连"老师再见"都没说。

谢俞很想笑,全程忍着。

贺朝走得快,走出去几步又停下来,看见他这个样子,提醒他:"你别笑,我现在心情很暴躁。"

下午第一节课是历史,他们俩回去的时候历史老师已经到教室了。

"快点进来,上课了,怎么还磨磨蹭蹭的?"历史老师边翻书边说,"上课铃响了就赶紧回座位上坐好。"

刚才在办公室里唐森向他们展示了自己换装游戏的等级,以及这段时间玩下来他的感悟,最后把游戏和学习相结合,希望能够唤起他们俩对学习的兴趣。

"这个游戏,每一个关卡都会给你换装主题,让玩家去思考……你再看看这道现代文阅读理解题,会发现其实做题也是同样的……为什么这条裙子不行?为什么这个答案不对?你得去思考,然后去破解这个问题。"

谢俞能够理解唐森的用意,他想用这种形式告诉贺朝学习也可以变成有趣的"游戏"。

但是形式实在过于惊悚。

台上历史老师开始讲新课。

谢俞越想越忍不住，本来趴下去准备睡了，忽然单手捂住脸，肩膀开始抖。

贺朝满脑子都是唐森说的"这条裙子""那条裙子"，扭头想问谢俞，老唐是不是疯了，发现谢俞捂着脸一直在笑。

贺朝顿了顿说："是兄弟就别在这种时候嘲笑我。"

谢俞很显然选择了不做兄弟。

贺朝只能选择把头扭回去，这个小没良心的，眼不见心不烦。

隔了几分钟，贺朝又忍不住凑过去跟"小没良心"说："其实我还有一个问题。"

"什么？"

"为什么老唐等级比我还高？我堂堂一个人民币玩家……"贺朝说到一半又说不下去了，"老谢，你过分了啊，差不多得了，还笑？"

贺朝很想去吃根棒棒糖。

"我赌五毛，绝对是万达。"贺朝扫了班里人一眼，"除了他还有谁？他那人，嘴巴闭着都漏风。"

万达莫名其妙背了口"锅"，自己还浑然不知。

月考排名情况表已经贴在了布告栏上，白底黑字，密密麻麻一整板全是名字。

住宿生还不习惯将《精忠报国》这首歌当起床铃声，更何况还有电台主持人姜主任每天早上长达二十分钟的演讲："我们必须要奋斗，拿出自己全部的精力，不要让以后的自己后悔！"

谢俞再次被吵醒，门外还有血气方刚的住宿生正在吵吵闹闹。

对门贺朝发过来短信，估计刚被吵醒。

——起了吗？

——没。

——我也没，熬过二十分钟接着睡。

——你上午不上课了？

——第一节是老唐的课，让我缓缓。

第一节课贺朝没去上，他的考卷又开始在班里传来传去。

"这要是把朝哥做过的语文试卷都装订成册，简直就是快乐的源泉，"刘存浩说，"我从来没有见过比他更牛的解题思路，还嘲讽出题人……"

$r=a(1-\sin\theta)$

"你看他的作文了吗?《背影》,写的是自己的背影,开头第一句——我觉得我的背影特别帅气,接下来一路狂吹八百字。"

"哈哈哈哈哈哈哈,是想笑死我!俞哥,你看了吗?过来一起看啊。"

谢俞从来没有这么清醒地认识到,开学短短一个月,他的生活变得和之前截然不同。

突然间多出来很多种声音。

这些声音霸道地、一点一点挤了进来。

很吵,也很闹。

贺朝掐准了语文课下课的时间溜进教室。

许晴晴正在发英语试卷,顺便提醒他:"你英语作业还没交。"

贺朝刚走到门口:"什么英语作业?"

"抄写下个单元的单词,每个单词抄四遍。"许晴晴说完,又把英语考卷塞到贺朝怀里,"这是你和你同桌的,你30分,你同桌25分。"

两人成绩虽然旗鼓相当,但是比起批贺朝的试卷,各科老师更愿意批谢俞的,毕竟字好看,不会出现盯半天也不知道考卷上写的到底是个什么玩意儿的情况。

贺朝也不在意分数和错题,把两张试卷卷起来,走到谢俞身边,俯身在他桌角敲了敲:"看什么呢?"

谢俞头也没抬,说:"你的作文。"

贺朝:"……"

"传了一节课,刚从(八)班传回来。"谢俞说,"对了,你多了个新外号,背影哥。"

沈捷特意在上课上到一半时用上厕所当借口溜出来,溜到(三)班门口的走廊上蹲着,让万达他们把贺朝的试卷传到窗口给他,说他们(八)班同学对零分作文非常感兴趣。

能传到(八)班去,贺朝不用问都知道是谁干的:"什么玩意儿,这么难听,一点都不符合我的才华。"

贺朝正说怎么着也该给他取个"大文豪"之类的外号,万达就从门口冲了进来,他每次课间去厕所都要忍不住蹲办公室门口听个墙脚,然后总带着一些半真半假、奇奇怪怪的消息回来:"重大消息!朝哥,大事不好了!"

贺朝把手里的试卷往桌面上一扔,不怎么当回事,但还是配合地问:"怎么了?不要急,慢慢说。"

"学委拿着试卷去找老唐,说为了提高班级平均分,想要单独对你们两个人进行辅导,"万达把自己在办公室里听到的消息精简地提炼了一下,"还说要肩负起学习委员的责任,老唐还在考虑。"

"他认真的?"

薛习生不睡觉只顾着学习的谣言前几天已经破了,丁亮华一个灭火器下去,破了寝室怪谈。

学委的确热爱学习,但也没有到那种不要命的地步,他那是因为第一次住校,认床导致失眠,睡眠不足。只不过由于学习态度过于端正,所以给人一种格格不入的感觉。

薛习生从办公室回来倒是没说什么,看样子老唐应该没答应。

上午每堂课都是分析试卷,数学课有两节,连在一起,讲完试卷之后数学老师问:"都听懂了吗?"

贺朝凑热闹:"听懂了。"

数学老师直接把还没来得及放的粉笔头往最后一排扔:"某位同学,别又自己以为自己听懂了啊。"

贺朝最近上课确实老实很多,游戏也不怎么见他打了,估计是上次被老唐整出了点心理阴影。

但是贺朝一不打游戏就格外烦人,从万达那里学来了看手相"算命"技能,非让谢俞伸手,说他已经学成,算得特别准。

挨到晚自习的时候谢俞终于忍不住了:"你的臭男人呢?不打了?"

贺朝一愣。

也不知道"臭男人"三个字戳到了贺朝什么点,贺朝往后靠,半晌才说:"那个啊,不打了。"

一直到晚自习下课铃响起来,贺朝也没再吵着要给他看手相。

晚自习下课,走在路上,贺朝才突然说:"'臭男人'玩不了了。"

他突然来这么一句,谢俞没太听懂什么意思:"什么?"

尽管路灯亮着,四周还是有些暗。

"我妹,她改密码了,"贺朝往前走两步,语气平淡地说,"其实吧,游戏账号是我盗过来的。"

贺朝讲自己的时候一点都不在意。

他好像并不在意家庭离异、妈妈带着妹妹出国这些变故,走的时候妹妹才三岁,话都说不明白,黏黏糊糊地跟在他身后喊哥哥。

$r=a(1-\sin\theta)$

刚到C国的第一年，贺汐还会哭着吵着要找哥哥，但是小孩子忘性大，等时间长了，尤其是长大上学之后，他这个哥哥就像小时候爱不释手的玩具娃娃，慢慢地退场了。

贺朝说的时候没带什么负面情绪，反而还觉得挺好的，幸好她还小，很多事情眨眼就可以忘记，然后去拥抱新的生活。

谢俞不知道该说什么，干脆没说话。

"我再次声明一下，真没那么凄惨，又不是失忆苦情剧，就是跟我不亲而已。"贺朝说，"你说她游戏玩得好好的，结果每次登上去发现装备等级和臭男人都变了一个样，想想是有点惊悚。"

贺朝这个人，情商很奇特。

说不上来他这情商到底算高算低，总结下来大概就是一位立志于感动自己的戏精人物。

比如说现在——贺朝那个远在C国的妹妹，登上游戏，发现自己总是越不过去的关卡居然越过去了，好不容易攻略成功的男性角色突然跑了。

又是一个贺朝感动自己、感动天、感动地就是没有感动对方的故事。

谢俞说："你也知道惊悚？是不是自己想想还觉得特别感动？"

贺朝蹲在花坛边上笑了："你别说，好像是有那么点。"

谢俞对别人的故事向来没什么探究的欲望，只觉得这个人像个大傻瓜。

别人或许不知道，但是他再清楚不过。这段时间他亲眼看着贺朝打这游戏，上课打下课也打，有时候半夜还发张截图给他，问他两双鞋子选哪双。

谢俞自己也不知道自己到底是怎么想的，突然弯下腰，等回过神的时候，手已经放在贺朝头顶上了。

两个人都有点发愣。

贺朝头发短，摸起来有些扎手。

谢俞在"把他推下去"和"立马撒手扭头就走"之间选择了后者："我回去了。"

"一起啊，"贺朝跳下来跟上，边走边抬手摸自己头顶，"我头上有东西？你走那么快干什么？"

谢俞回去之后洗了澡，头发也没擦干，蹲在床边，伸长了手把床底的行李箱拖出来。

里面都是学习资料、模拟测试卷，以及他平时做的笔记，满满一大箱子。平时它们都被上了锁，安安静静地在床底下。

他觉得他应该做会儿题目冷静一下。

朝俞

谢俞蹲在行李箱边上，盯着看了几分钟，手指触着《5年高考3年模拟》的封皮，他又抬头看看窗外，黑夜里稀疏地挂着几颗黯淡的星星，不知怎么地，他突然回想起贺朝蹲在路灯下那个笑容，很亮，好像能划破黑夜。

贺朝看上去每天都过得很潇洒。

谢俞很好奇他哪里有那么多事情值得高兴，前两天他喝汽水喝到"再来一瓶"，把瓶盖从排尾传到排头跟刘存浩他们炫耀："都摸一摸，摸一摸啊……一天的好运气从大哥的瓶盖开始。"

许晴晴在做试卷，特别不给面子："什么玩意儿？你以为你是锦鲤啊？"

"晴姐你怎么说话呢？哎，朝哥，我跟她不一样，我捧你场，"万达一边说一边强烈暗示，"啊，我摸了，我感受到它的魔力了，天哪，这种异次元时空传来的神秘力量——朝哥，我有点渴，能不能把这个好运瓶盖赏给兄弟？"

"不能，"贺朝伸手拿回来，"我要留着给我同桌。"

但是谢俞并不领情，等他进教室，对着瓶盖就是一句："要扔垃圾自己扔去。"

谢俞想到这里，突然意识到最近"贺朝"这两个字出现的频率越来越高。

连周大雷都知道他有个大帅哥同桌，偶尔两个人通电话，话题总是会突然向某位大帅哥靠拢。

周大雷听出不对劲来，问过一次："你俩很熟？谢老板，认识你那么多年，第一次见你交朋友啊，我怎么心里有种欣慰的感觉。"

谢俞跟顾雪岚刚到黑水街的时候，大雷还是黑水街孩子王，野得不行，看着那两位样貌、气质跟他们这片格格不入的陌生人士从长途巴士上下来。

虽然坐了四十多个小时的汽车，舟车劳顿，但两个人丝毫没有放松警惕，尤其那个小的，眼睛里像是藏了刀子似的，锐利得很，看谁都像在审视。

大雷小时候不懂事，见到谢俞还以为是女孩，觉得这小女孩长得真好看，冲对方丢小石头子表达好感。谁知道第二天等雷爸雷妈上班，冷冰冰的"小女孩"上门报仇来了，脾气冲得不行，直接把他摁在地上揍："你扔谁？懂不懂礼貌？需不需要我教你怎么做人？"

熟吗？谢俞问自己。

他跟贺朝应该不算熟吧。

这周除了月考比较刺激之外，其他几天都平淡无奇地过去了。

只有薛习生还不肯放弃，每天过来找谢俞和贺朝两个人，希望他们俩加入他的学习小组，一起学习，共同奋斗，把班级均分拉上去。

$$r=a(1-\sin\Theta)$$

"4.3分,这是我们跟(一)班的均分差距。"薛习生并不害怕这两位赫赫有名的大佬,或者说就算知道大佬会打人,他也愿意"冒着生命危险"。

"身为我们班的学习委员,我不能放任这种情况发生——为什么你们不爱学习?学习明明么有意思,不学习的话人生还有什么意义?如果你们相信我,就给彼此一个机会。"

薛习生简直就是"姜主任二代",贺朝拿他没辙,又不能真的打人:"朋友,我觉得还是放彼此一条生路。"

谢俞什么狠话都说了,甚至动用了万能八字箴言"关你屁事,关我屁事",薛习生依旧丝毫不受影响,只重复一句话:"4.3分,这是我们跟(一)班的均分差距。"

薛习生一战成名,被万达封为"站在(三)班食物链顶端的男人"。

"这么恐怖?"看到万达回复过来的短信之后,沈捷抬起头,看着这两天仿佛扎根在(八)班的两位大佬,"难怪你们俩这几天总往我们班跑,谢俞大佬,你发没发现我们班同学最近都特别安静?"

谢俞坐在角落里低头看手机,不知道为什么话题转到他身上:"我?"

贺朝好歹认识的人多,而且杨文远事件过后莫名其妙地在他们班建立了一丝威望,谢俞就不一样了,还是让人闻风丧胆的"人设",至今不变。

沈捷说:"是啊,我还没见你笑过,你要不笑一下表示一下友好?咱班同学都瑟瑟发抖。"

谢俞抬头,果然看到有几个人在偷瞄他,但是发现他往他们那边看,又跟做贼似的低下头。

谢俞刚想说"那就让他们接着抖吧",贺朝在旁边突然来了句:"为什么要笑给你看?"

沈捷脑子突然短路:"啊?"

谢俞手一顿。手机屏幕上那关游戏本来打得好好的,小人突然不受控制,从水管凹槽里掉下去,前面跑了两千多米的障碍路程悉数作废。

沈捷干笑两声:"哈哈,那个,你们看,外面太阳真好,晒着肯定很热。"

谢俞突然站起来,做了一件十分符合他"人设"的事情——他撩起袖子,指指贺朝说:"滚出来!"

(八)班全体抖三抖。

上课铃正好响了,姜主任来找老唐,跟老唐一块儿走出来,远远地站在办公室门口就看到这两个人扭成一团:"你们俩干什么呢?"

姜主任的声音穿越了整个走廊，从（一）班到（八）班，靠窗户的同学不约而同探头往走廊上看。

谢俞手还揪着贺朝衣领，贺朝一只手轻轻搭在谢俞腰上……

周五最后一节课是语文课。

唐森上完课，合上课本叮嘱："这周周末作业就这些，别一放假就都玩疯了啊……周末住宿生都回家吗？准备留校的过来我这边报备一下。"

谢俞整节课都趴在桌上睡觉，贺朝不甘寂寞地用笔戳戳同桌肩膀："你周末回家吗？还生气呢？"

"我忍着不揍你，你别自己找上门。"谢俞侧头看他。

贺朝又说："你还没回答我的问题。"

"回，"谢俞说，"我妈生日，周末我肯定得回去。"

第十二章

顾雪岚的生日就在后天。

谢俞不回去住倒也不是因为心理承受能力不行,他就是舍不得寝室床底下那整整一箱子的学习资料。

贺朝听完"哦"了一声,然后没头没脑地来了句:"生日快乐。"

贺朝明显还想说什么"身体健康、万事如意",话才开了个头,被"杀手"无情打断。

"行了,可以了,谢谢你。"谢俞对着贺朝做了个五指收拢的动作,"收。"

"你这个动作,跟沈捷给我发的表情包好像。"贺朝学了一下,又把手指撒开,"放。"

放你个头啊。

唐森刚才布置的语文作业贺朝压根不知道是什么。

他拍拍前座同学的肩,向那位同学借作业记录本来抄。

前座同学十分不解,全班都知道贺朝基本上不做作业,于是大着胆子问:"你……要做作业吗?"

贺朝边抄边说:"万一呢。说不准,看缘分吧,说不定哪门作业看着特别顺眼,缘分到了挡都挡不住。"

那位同学估计也是头一次听到这种一本正经的"作业随缘论",叹为观止。

贺朝抄了两份,把记录本还给前座,又把其中一份拍在谢俞桌上:"拿着,万一奇迹出现呢。"

谢俞低头看了一眼纸上认都认不出来的字,心说看都看不明白,奇迹会出现就有鬼了。

他把纸叠起来,一时找不到地方扔,随手塞在衣兜里,就听贺朝又问:"你生日什么时候?"

谢俞把脸转回去,实在是看着他心烦,刚才走廊上的阴影仍挥之不去——一排窗口，整整齐齐探出来一排脑袋，表情微妙地看着他们。

"周末留校的同学，严格遵守住宿生守则。"唐森找了张椅子坐下，看起来是要跟他们聊到放学，"我们要相信科学，上周周末宿舍楼的事我差点忘了……万达你别低着头，真是看不出来你们那么有想法。"

秋后算账。

他们班唐老师反射弧特别长。

有时候以为他是真的不计较，结果等他们放松警惕，感觉一切已经过去，风平浪静、岁月静好的时候，突然被老唐抓走训话："哎，你们上个月……"

"说一下会死啊，"贺朝侧着头看谢俞，也往下俯身，跟他在同一水平线上，伸手想碰他头发，"你什么时候生日？"

谢俞说："会死"。

贺朝没继续执着于这个问题，没几分钟，话题从生日日期变成了"你哪年出生的？肯定比我小。"

谢俞现在对这个"小"字特别敏感，比如"小朋友"。

于是谢俞坐起身，脸色不太好，反问："怎么就小？哪儿小了？"

结果两人对比了出生年份，贺朝比他大了一岁。

"叫哥，"贺朝笑着说，"说了你小你还不信。"

谢俞总感觉贺朝在给他下套。

贺朝跷着腿往后靠，身下椅子前脚翘起来，姿态懒散，重心移到后面，整个人看起来有点晃。

贺朝抬头往前看，目光穿过前排同学的后脑勺，直直地落在黑板上，黑板上是几行字迹端正的板书，耳边唐森"念经"的声音突然离他越来越远。

半晌，谢俞听到贺朝轻描淡写地说："你肯定比我小啊，我初三重读了。"

谢俞第一反应是"难怪贺朝这种成绩上高中还没人说他作弊"。

当年谢俞"弊神"的名号传遍全年级，贺朝却什么事都没有。

原来是因为重读。

重读就说得通了，一个成绩贼差的后进生，重读加上狗屎运，这才摸到了高中的尾巴。

谢俞看着贺朝那副散漫的样子，几根手指捏着笔转圈。

贺朝桌上还摊着那张得了10分的数学卷，订正倒是订正了，只是大概抄两行就走一

$r=a(1-\sin\Theta)$

会儿神,而且字迹凌乱,看起来乱七八糟。

谢俞有点好奇:"你重读了几年?"

贺朝说:"一年,怎么了?"

谢俞:"没什么,我以为你这样的起码三年。"

贺朝觉得这话听着不是很舒服:"我哪样?你不是跟我差不多吗?倒数第二,能不能摸着你的分数说话?"

说话间,下课铃响。

大家欢呼雀跃,万达更是站在椅子上挥舞试卷喊:"解放了——解放了,同志们!"

唐森的演讲中断,摇摇头,站起来叮嘱最后一句:"别急着走,东西都收拾好,别落下了,今天值日生把教室打扫干净再走啊。"

谢俞没什么东西要收拾,贺朝周末还是住校,坐在椅子上继续晃,甚至后仰着冲他摆摆手:"小朋友再见。"

谢俞没说话,经过贺朝身后的时候抬脚直接踹上去,干脆利落:"你再叫一句试试。"

贺朝瞬间失衡,眼看着就要连人带椅子往后栽,还好反应快,倒下去的时候找到最帅气的落地姿势,一只手撑在地面上。

椅子顺势倒下,砸在地上发出"砰"的一声巨响。

万达挥舞试卷挥舞了一会儿,心血来潮把试卷折成了纸飞机,放在嘴边哈口气:"冲啊,飞翔吧,自由的小鸟。"

刘存浩看到了,也把桌上那张数学试卷折起来:"达达,我给你看个更厉害的。"

唐森才刚走到门口,班里就已经乱成这样,他双手背在身后,手里拎着杯中老年养生茶,感慨道:"年轻人,真是有激情……"

谢俞什么东西都没拿,反正睡两晚就回学校。

顾雪岚倒是比较上心:"你就背个书包,把作业带上,其他的家里头都有。"

"知道了,我自己看着办。"谢俞浑身上下除了手机和零钱,就只有那张忘记扔的作业纸。

谢俞出了校门,确定没有钟家司机开着豪车等在门口,这才往公交站走。

"天那么热,让人来接你还不愿意,非得晒着大太阳人挤人,"顾雪岚说,"你路上小心点。"

谢俞"嗯"了一声,挂了电话。

谢俞对生日其实没什么概念，他记忆里的生日没有蛋糕，不管是惊吓还是惊喜都没有，不是什么热闹的场面。

只有一碗热腾腾的面。

为了节省开支，顾女士自己不过生日，但是每年谢俞生日，顾女士都会给他下一碗面。一碗面吃下去，只觉得整个人都暖和起来。

钟杰周末倒是回来了，他上大学之后除了在学校，就是跟着钟国飞在公司实习，很快就要接手公司。

谢俞来钟家三年，没起什么风浪，不声不响，所有人都心知肚明，他是扶不起的阿斗，钟杰除了不爽，心里还隐隐有几分快感。

"听说你这次月考考得不错？"谢俞一进门，钟杰就阴阳怪气地问。

谢俞换好鞋，手扶在鞋柜上，低着头，让人看不太清楚他的表情："过奖。"

顾雪岚从客厅走出来，知道儿子今天回来，正巧钟杰也在，她亲自下厨做了好几道菜："饭菜已经好了，赶紧过来吃饭。"

钟杰坐在沙发上冷笑一声，也不知道在笑什么。

大概是受到贺朝的影响，谢俞发觉自己脾气变好了很多，凭着"你气我不气"的生活态度，这顿饭居然安安静静地吃完了。

而钟杰发现谢俞变得越来越难对付，从一点就炸变成冷言冷语回击，这次回来直接无视他，把他当空气。

饭后，顾雪岚拉着谢俞，打算切几盘水果，让他们带到楼上去吃。

谢俞帮着她一起洗水果，两人挤在厨房里，水冲在手指上，有点凉。

两个人之间话不多，基本上问一句答一句，最后陷入沉默。

谢俞洗好最后一个苹果，给顾女士递过去。

"你先把这盘给你钟叔叔带上去，"顾雪岚说，"他这几天公司事情特别忙，一回来饭都没吃几口就到书房去了。"

钟杰也在二楼书房，谢俞走到书房门口，听到里面激烈的争吵声——声音透过门板，有些闷，尤其是钟国飞无力又恼怒的声音。

"我盼着你好，你呢，你能不能也盼着我好？！你顾阿姨能陪着我过日子，我很感激她。"

然后是钟杰嘶哑的一句："那我妈呢？她去哪儿了？现在这个家，她算什么，我又算什么？"

$r=a(1-\sin\theta)$

不知道这个话题又是怎么发展起来的,三年来没完没了。

谢俞觉得这两个人说话声有点吵,低头用牙签插了一小块儿苹果,放在嘴里,吃着有点酸。

顾雪岚听到楼上的吵闹声,连手都顾不上擦,上楼劝架。

"你别去,"谢俞站在书房门口,一只手端着果盘,另一只手抓住顾雪岚胳膊,"让他们吵,喜欢吵就吵个够。"

顾雪岚怎么能不管?她急急忙忙推门进去。

又是不得安宁的一个夜晚。

谢俞站在花洒下,浑身淋得湿透,闭着眼睛尽量忽视外面那些声音。

他抬手抹了把脸,关掉开关,拉开门走出来,水珠顺着头发往下淌,滑过脊背,最后汇在瓷砖地面上,被暖光灯打出一丝颜色。

把换下来的衣服扔进脏衣篓之前,谢俞习惯性摸摸口袋里有没有什么遗忘的东西,然后他摸到那张叠成方块的纸。

上面是贺朝东倒西歪、笔锋恨不得飞出去的字。

谢俞盯着认了半天,一个字也认不出来。

他随手把那张纸翻过来,发现反面还画了一个笑脸。弯弯的嘴巴斜上去一笔,看上去有点贱。

谢俞看着看着,突然靠在水池边上笑了。

谢俞自己都没有察觉到,他眉眼里的那些烦躁、不耐烦,一点一点褪下去。

他又把纸叠起来,垃圾桶就在边上,他犹豫两秒,还是没有扔。

贺朝身上有种特质。

他那种漫不经心、吊儿郎当的劲儿,完全"修炼"出了自己的风采。

虽然成绩差得令人发指,弄得各科老师多少都有点头疼,哭笑不得。但是下了课,偶尔吴正还会找贺朝去球场踢会儿球:"小子,上数学课的时候你说什么来着?中午来球场,我教训教训你。"

这事跟谢俞并没有什么关系,但不知道为什么每次贺朝被点名批评,都能牵扯到他。

吴正又指指谢俞:"你小子也来。"

于是等到中午吃过饭,谢俞就被贺朝拉去操场,还有万达、罗文强他们过来凑人数。

吴正那边阵容强大,除了老唐、隔壁班历史老师,连姜主任都在。

吴正扔粉笔头的水准高,但球技不堪入目,毕竟每天坐办公室缺乏运动,而且上了年纪,身子骨比不了年轻人。

"我们这样,等会儿放放水。"中场休息的时候贺朝低声说,"让他们多进几个球。"

万达说:"朝哥,这难度有点大啊,他们技术实在是'菜'。我可比不上你,戏太难,我觉得我演不了。"

贺朝蹲着拍了万达头顶一下:"难个头,我教你。他进球的时候,你这样,跪下来会不会?然后十分懊恼地挥拳头砸地,表现出你对于球场失误的那种深沉的懊悔……"

万达听完有点恍惚:"这么浮夸的吗?"

"戏多,你自己演。"谢俞蹲在边上,手里拎着瓶水,把瓶盖盖上去,"别扯上别人。"

"这个需要大家一起配合,"贺朝又说,"你不是别人,你是我同桌。"

谢俞还没还嘴,罗文强第一个站出来表示不想合作:"打假球,严重违背了体育精神!我不同意!"

但照顾到老吴的打球体验,他们还是放了水。万达听取贺朝的意见,连假摔都用上了。但罗文强宁死不放水,于是贺朝身兼"猪队友"这个角色,全力压制住罗文强选手水平的发挥。

罗文强简直痛不欲生:"朝哥你干啥啊?你到底是哪个队的……俞哥你管管他。"

谢俞:"为什么是我?关我什么事。"

最后吴正他们打球打得神清气爽,意气风发,感觉重回十八岁。

他们甚至预约了下一场。

书房里的声音渐渐弱下去。

听他们吵了半天,谢俞差不多听明白了,总结下来就是钟杰小时候他妈给他买的钢笔不小心被钟国飞碰掉在地上,笔头摔坏,出不了墨。

于是三年来从没有解决的问题又在这一刻爆发出来。

钟国飞觉得钟杰都这么大了,怎么还和他胡闹。

"你们俩各自冷静冷静,这样吵下去也不是办法。"顾雪岚从书房里追出来。

钟杰拿着车钥匙就往外走:"冷静?我冷静得很。"

钟国飞也气,尤其钟杰失去理智对他说了很多过分的话,但他还是忍不住站在楼梯口问:"回来,你去哪儿?你不住家里住哪儿去?"

$r=a(1-\sin\theta)$

钟杰头也没回。

其实在家里待着也没什么劲,谢俞吃过饭就往房里钻,偶尔跟大雷打会儿游戏。

"你别去那边,辅助我一下好吧,"周大雷知道谢俞玩游戏的风格,他就没有见过比谢俞还适合单排的游戏玩家。但知道归知道,这么多年他还是一直没能习惯,"你看没看见我就快死了啊谢老板,砍的不是你,你不觉得疼是吧……啊,凉了凉了。"

谢俞不为所动:"你好'菜'。"

"我'菜'?"周大雷开玩笑说,"我这都是因为谁啊,有谁受得了你这种比敌人还残酷的队友啊?"

谢俞打了两局,看看时间,说:"你玩吧,我下了。"

周大雷总觉得自己好像忘了什么,直到谢俞说下线,他一拍脑袋,这才想起来:"岚姨今天生日是吧?我都差点忘了,你代我向岚姨问个好,就祝她越来越美,事事顺心,"周大雷又埋怨道,"你怎么也不提醒提醒我?"

楼下宾客还没走。

顾雪岚生日,虽然顾女士明确表示不用特意办什么生日宴,但家里还是陆陆续续来了挺多人,礼物都堆在桌上。

钟国飞在商界的地位摆着,虽然没什么人看好这位钟太太,但该有的礼数还是得有。

"提醒你干什么,"谢俞关闭游戏界面,一条腿搭在椅子边上,对着电脑久了有点困,"你又打算送塑料花?"

周大雷说:"你别瞧不起塑料花,虽然假,可是它永不凋谢。我送礼物都是很实用的。"

"那大夏天送围巾,也叫实用?"

周大雷不会承认自己送礼物的水平有缺陷,狡辩说:"冬天迟早会来。"

"我是不是还得夸夸你?"

傍晚,人都走得差不多了。

房子里安静下来,保姆收拾果盘、拖地、擦桌子,钟国飞出去送客。

顾雪岚有些疲倦,正打算上楼,经过厨房的时候看到谢俞在里面,腰上围了条围裙,袖口挽上去几道,手里抓着把青菜,在水龙头下仔仔细细地清洗。

锅里水正好煮沸,不断往上冒着热气,谢俞腾出一只手去掀锅盖,然后把面条下进去。他做这些的时候动作很熟练,丝毫不拖泥带水。

谢俞对厨房并不陌生,以前顾雪岚忙着工作没时间照料他,他偶尔会去大雷、梅姨家吃晚饭,多数时候自己开火,简单下碗面或者炒个饭。

顾雪岚没出声,站在厨房门口看。

很简单的一碗面,青菜、葱花、煎蛋。

少年低着头,眼底全是专注。

顾雪岚看着看着眼眶不知不觉湿了,转身背过去,抬手遮了遮眼角。

谢俞没多说什么,等顾女士一口一口把面吃完,才说:"妈,生日快乐。"

顾雪岚点点头,轻轻应了一声。

她也说不出什么矫情的话,最后只说:"不早了,快去睡觉吧,明天还要上课。"

明天又是周一,谢俞躺在床上,正要关手机,正上方通知栏闪出来两条消息,时间卡得刚刚好。

来自贺朝。

——老谢,发现个好东西。

贺朝发过来一个微信号。

——作业代写了解一下。

谢俞指尖在屏幕上顿住,半晌才打上去一个问号。

贺朝:我们年级的,专业代写。

贺朝:沈捷说这个人业务能力很强,价格公道,还会模仿字迹,仿得连姜主任都看不出。

贺朝:而且抓一赔十。

谢俞:所以呢?

谢俞觉得自己对后进生的认识还是太不够,他根本就不合格。

——语音跟你说,现在方便吗?

虽然不感兴趣,谢俞还是打起精神回:好。

下一秒,贺朝发过来一个邀请。

谢俞也没仔细看,以为就是普通的语音。

结果按下确认之后,刚洗完澡、浑身上下只穿了条内裤的贺朝出现在屏幕中央。

贺朝头发都没擦,光着脚踩在地面上,正弯着腰,在床边翻衣服。肩胛骨、脊背略微绷紧,红绳挂在脖子上,那种少年特有的朝气,近乎张扬。

谢俞沉默两秒后说:"你想干什么?展示你的内裤?"

贺朝自己也吓了一跳,拿着衣服回头:"这是什么?"

$r=a(1-\sin\theta)$

贺朝忙着穿衣服,本来要点语音,不小心变成了视频。

谢俞那边光线不是太好,有点暗,看样子应该正躺在床上,贺朝三下两下穿上衣服、裤子:"手误,你不要这个表情,明明是你赚了,哥的肉体……"

"没事我就挂了。"

贺朝停下对自己肉体的吹嘘:"有事,对,那个代写。"

谢俞不明白,一个代写而已,贺朝有什么找他单独聊聊的必要,随口问:"两份作业能打八折?"

"不是,"贺朝说,"我给你的那张纸你还留着吗?都有些什么作业?我自己也看不懂我到底写了什么玩意儿。"

谢俞心情平和、不带脏字地"问候"了贺朝,大致意思是让他哪儿凉快哪儿待着去,然后准备掐断视频通话。

"你尝试一下啊,万一你跟我的字有缘呢。"

"你得问问代写跟你的字有没有缘,"谢俞说,"他写得出你这种字?"

谢俞说完,直接挂了视频。手机屏幕闪回到桌面,当初忘记卸载的智慧果图标还安安静静地躺在"游戏"分类里,一抹绿尤其显眼。

不知不觉间,窗外已经黑透了。风从窗户外边刮进来,带着略微的凉意。

谢俞闭上眼睛,意识越来越弱,但是他知道,夏天好像快过去了。

那个周大雷在电话里喊"抢我紫武"、贺朝把黑色口罩拉下来笑着说"我八国混血"的夏天,要过去了。

谢俞起得早,换上校服,跟顾女士两人吃了点清粥小菜,看看时间,准备坐公交回学校:"我走了,有什么事给我打电话。"

顾雪岚放下筷子,起身说:"让司机送你去吧。"

谢俞走到玄关处弯腰换鞋,就像他回来的时候那样,什么都没带,看着不像是去学校而是出去玩一样:"不用,我自己去就行。"

"你就这样去?怎么连个书包都不带,"顾雪岚都不知道该说他什么好,"这周末老师留的作业你没写啊?"

谢俞说:"写了,在学校里就写完了。"

这借口未免太假,顾雪岚信就有鬼了:"我看你压根就没写。"

"我会写的题本来也没几道,"谢俞把拖鞋摆好,拉开门出去,外头涌进来一股风,带着湿气扑面而来,"带不带回来都一样。"

顾雪岚正要说"天气转凉了,注意身体",谢俞已经走出去好几步。

钟家这套房子地理位置较偏,去离它最近的车站得走半个小时。

附近有出来晨跑的住户,在公园里绕着圈跑,脖子上挂了条毛巾,边跑边喘气。

其实这里并不是一切都让人感到烦躁的。

比如从天际泛上来的朝霞,比如路上经过的一草一木,前面还有对夫妻带着孩子一起晨跑,故意放慢脚步,看起来像滑稽的慢动作回放。

谢俞走着走着戴上耳机,随机播了首歌,然后又把手插回衣兜里。

新鲜的空气,新的一天。

谢俞到学校的时间取决于公交车在路上行驶得顺不顺畅,有时候比较倒霉——比如现在,公交半途熄了火。

司机抽着烟,蹲在车边上看了半天,又用手拍拍车,最后得出结论:"不行,你们等后边那趟吧。"

满车乘客情绪爆炸。

贺朝估计是到教室到得早,闲着没事发信息骚扰他。

——小朋友,什么时候到学校?

——干什么?

——想不想我,我来校门口接你啊?

——你有病?

——能不能好好聊天,得亏我脾气好……哎,等会儿到学校了别急着进教室,我在厕所等你。

谢俞有一搭没一搭跟他聊了一阵,两人一个想把聊天聊死,另一个负责枯木回春。

后面那趟公交来得挺快,晃晃悠悠停下来,91路车牌挂在玻璃车窗上。

谢俞到的时候离上课还有十分钟,不算迟到,姜主任也拿他没办法,只能站在校门口干瞪着眼睛:"还不快点,跑起来!争分夺秒!"

姜主任又道:"一点也不知道抓紧时间,马上就高三了,还以为自己刚入学呢……你知道你同桌吧,当初他整天被我逮,每天早上都偷偷翻墙,我就带着人在墙边上堵着。"

谢俞还是那个速度,不紧不慢地从姜主任身边走过去,不是很想听他的英勇往事:"打扰了,姜主任再见。"

$r=a(1-\sin\theta)$

谢俞刚走上楼，隐约看到高二（三）班教室门口有个人晃来晃去，万达单手撑着窗沿，探着脑袋往这边看。他没在意，正要走过去，突然间有人从背后抓着他的手腕，拉着他往反方向走。

谢俞没防备，跟着那股力量往后退了两步，等他反应过来，人已经被拉着进了男厕所隔间里。

"跟你说了别进教室，"贺朝松开手，厕所隔间容纳下两个人还是有点挤，两人靠得很近，"没看到学委在走廊里晃吗？"

贺朝里面穿着校服，外面套了件薄外套。宽松的卫衣，黑色，背后印了一对笔画凌厉的翅膀，白色校服边从下面露出来一截。

谢俞压根没把在等车的时候贺朝说的那句"在厕所等你"当回事："他晃什么？"

"他说今天一定要把三角函数给我们讲明白。"贺朝抓抓头发，挺无奈地说，"我早上一进教室他就坐在我对面念公式。"

谢俞一时无语。

贺朝："想不到吧？我真的服气，他将来绝对是干大事情的人。"

过了个周末，谢俞都快忘记班里还有一个疯狂想拯救班级平均分的人物。

薛习生这个人专注力和忍耐力都不是常人可以比拟的，就冲着他满桌子的便利贴，还有抽屉里、桌上、地上都摆不下，只能往班级图书角放的各科资料书。

这两天薛习生除了完成自己的作业，还在思考到底怎么样才可以带领大家一起学习。

两个人在厕所隔间里挤了会儿，最后谢俞觉得这样有点傻，大清早躲厕所算怎么回事儿，还不如回去听薛习生念公式。

于是两人发生了一点口角。

"你不能抛弃我。"

"你别挡着门。"

"老谢，出了这个门我们就不再是兄弟。"

"本来也不是。"

....

临近上课，有值日生拿着抹布来厕所清洗，关掉水龙头拧干抹布，本来要往外走，但他隐约听到厕所里有什么声音，于是停下脚步，四下环顾。

隔间里，贺朝后背抵着门，挡住不让谢俞开。

谢俞手绕过贺朝腰侧，摸到门把，刚拧开，贺朝又推着他往里面挤。

两股力量相互冲撞，虽然动作幅度不大，但谢俞往后退的时候脚跟不小心踢在垃圾桶上，垃圾桶整个被踢翻，砸在地上。

贺朝怕他摔倒，又伸手拉了他一把。

本来谢俞平衡维持得好好的，被他猛地一拉，整个人往后栽去。

那位值日生觉得一定是自己来厕所之前没翻皇历，不然肯定能翻到"不宜如厕"四个大字。

最后一间隔间门缓缓打开，他清清楚楚地看到谢俞跌坐在马桶盖上。

"我……我什么都没看见……"值日生倒退着往门口走，"真的什么都没有看见。"

谢俞冷着脸没说话。

贺朝直起腰："哎，这位朋友！"

值日生大概是受惊过度，退着退着居然来了句："不要杀我！"

好事不出门，坏事传千里。

第一节课下课，万达就凑过来问："你们早上在厕所里什么情况？"

"没情况，"谢俞抄完作业，随口说，"你今天是不是皮痒？"

万达说："我就是皮，我不痒。"

贺朝看着薛习生跟在唐森身后出去，警报解除，这才加入聊天大军："消息这么灵通？"

"我小学同学的高一同学跟隔壁班班长的表哥是好朋友。"万达汇报完自己曲折迂回的情报链，又问，"话又说回来了，朝哥，你真的把俞哥衣服给扒了？"

谢俞盖上笔盖，终于抬起头，认认真真地盯着万达看："什么？"

谢俞脸上的表情说不上来到底是有点不开心还是特别不开心，万达琢磨了一会儿，觉得自己的危机应该没那么大："我不知道最开始的版本到底是什么，反正吧，传到我这儿，是这样的，你俩在厕所里战况激烈……总之就很刺激。"

谣言这种东西，一传十十传百，没事也能传出点事来。

万达最后又问："真的吗？来，我们凑近点，偷偷说，我保证守口如瓶。"

谢俞往后靠了靠，没心情扯这事。

倒是贺朝神神秘秘地凑过去："想知道吗？"

万达："想。"

"其实我们不只干了这些，"贺朝说，"我们还做了一些更激烈的事情……"

万达马上露出了迫不及待的表情："哦？"

贺朝趁万达没防备，不动声色地把手边一沓《学生日报》卷起来就往万达头顶上

$r=a(1-\sin\theta)$

砸:"你有病啊!我的舌根都敢嚼!是不是大哥最近给你的自由过了火?"

万达都被敲蒙了,捂着头,两眼泪汪汪地看着谢俞,眼底明显写着:你同桌欺负人。

谢俞本来真的有点烦,看到他们俩闹了这么一出,倒也觉得没必要计较了。

"你怎么能这样?"谢俞说完这半句话,万达拼命点头,差点就想喊"从今天起您才是我亲哥",但是谢俞卷起英语课本,又说了后半句话,"怎么用报纸,报纸这么轻,你砸着玩?"

贺朝听完笑出声。

万达看着厚厚的一卷英语书,扭头就跑,感觉特别委屈:"你变了,俞哥,你变了……"

午休。

罗文强盼星星盼月亮,总算盼来第一场二中官方体育赛事,从唐森办公室里拿到下周秋季运动会报名表,回到班里中气十足地喊:"同学们——我要宣布一件事!"

万达和刘存浩两个人,抢在他前面模仿老唐说话,语调慢悠悠的,仿得有六七分像:"秋季运动会,罗文强你组织一下……让大家踊跃报名,展现出咱班的活力。"

罗文强话被人抢了去,在台上有点尴尬:"你们俩怎么这样啊?抢我饭碗。"

班里闹哄哄的。

谢俞趴在桌上闭目养神,上午一直盯着手机,眼睛有点酸。

谢俞趴着趴着,感觉到什么温温热热的东西贴在他右耳边上,捂住了他的耳朵,把罗文强他们的说话声隔开了。

——是贺朝的手。

然后他听到贺朝冲他们"嘘"了一声:"你们小点声。"

其实班里不只谢俞一个人趴着,前排有几位女生也在睡,都觉得吵,但是不好意思开口。

谢俞动了动手指,想睁开眼,最后还是维持原来的姿势没动弹。

他本来没有睡意,但是眼闭着闭着,最后真的睡着了。

第十三章

正好下午有节体育课，于是罗文强说："抱歉抱歉，一时太激动。我们体育课上再谈，有意向参加的随时可以找我啊。"

谢俞睡得浅，隐隐听到有人在说话，又听不真切。

等到快上课，吴正顺路经过他们班，把作业交给课代表。课代表发作业都是扔着发的，并且乐在其中，别人想帮他分担他都不愿意。

"谢俞……"课代表默念名字，再抬头，瞬间锁定目标。

下一秒，练习簿砸在谢俞脑袋旁边。

谢俞睁开眼。

课代表比画了个"抱歉"的手势，谢俞没说话，看也不看，随手把练习簿塞进抽屉里。

贺朝正低着头坐在边上玩手机，戴着耳机，耳机线从衣服口袋里牵出来。

课代表发到贺朝，叫了一声："朝哥！"

贺朝相当配合地举起手准备"接球"，接到之后显摆了句英语："哇哦，nice（漂亮）。"

贺朝接到练习簿之后，侧头看谢俞："睡醒了？你作业呢？"

谢俞说："干什么？"

贺朝自己动手，整个人斜着歪到谢俞那儿去，往他课桌抽屉里瞧："我就看看。"

谢俞没拦着他，也没拿东西砸他头，伸手把练习簿拿出来往他桌上拍："拿去瞻仰，赶紧滚。"

他跟贺朝两个人的作业本上，从头翻到尾也没有几个大红钩。

贺朝翻开上周末留的那几道题，确定谢俞也没有一道做出来的，心满意足地合上，又给他放了回去："看到你的我就放心了。"

谢俞还趴着，半张脸被衣袖挡着，只露出来一双眼睛，呼出去的热气悉数打在衣袖布料上，看起来像某种动物，让人特别想伸手揉一把，当然揉之前得做好被挠死的准

$r=a(1-\sin\theta)$

备:"什么意思?"

贺朝指指黑板上那行字,是吴正的字迹,端正又大气。

——某两位作业全错的同学,体育课,办公室,不见不散。

"就在你睡觉的时候,"贺朝还是没忍住,伸手揉了谢俞的头发一把,"人生就是这样,层出不穷的惊喜。"

谢俞并不是很在意,"哦"了一声。其实从表情到声音都很冷淡,可贺朝大概是着了魔,又或许是因为谢俞头发太软,他竟然觉得"杀手"刚睡醒的样子有那么一点乖。

贺朝又说:"别担心,你还有我。"

谢俞连"哦"字也不说了。

黑板上这则通知挂了整整两节课,虽然没有指名道姓,但大家都心知肚明。

万达蠢蠢欲动:"赌不赌?"

刘存浩:"这用得着赌吗?某两位,还能是哪两位。"

许晴晴:"你还能在咱班找到第三个作业全错的人?"

谢俞看了一眼贺朝的作业本,发现这人就抄了题目,然后极其潇洒地在左侧留下"解"字和冒号,就再也没有写下去了。

"你不是找的代写吗?"谢俞把自己那本又塞回抽屉里去,随口问,"就给你代成这样?"

贺朝说:"没找,多亏你提醒我,我发现这个世界上除了我自己,根本没人写得出这么帅的字。你看看我这大气磅礴的笔锋,这起承转合……"

谢俞毫不留情打断道:"你把狗屎夸出花来也没用。"

"丁亮华,你跑短跑和接力,行吗?我听说你的英勇事迹了,你的爆发力很强……女生那边的情况我不太了解,晴姐你帮个忙,去统计一下女生有谁想参加。"

体育课上,罗文强和刘存浩他们坐在操场上,围成一个圈,罗文强裤兜里塞了三支笔,说完掏出来一支给许晴晴:"还有全班集体项目,拔河什么的,这个我抽空跟你们讲讲技巧。长跑就朝哥、俞哥……欸,他们人呢?"

罗文强说到现在才发现,两位他上周就认定的长跑健将不见了。

万达:"你才发现啊,他们俩被叫去数学老师办公室了。"

刘存浩补充:"这两位长跑选手,作业全错。"

罗文强摸摸后脑勺:"啊?我得到运动会通知之后太兴奋了,没注意……"

两位长跑选手正在老师办公室里生不如死。

175

"你们两个，拿着作业，自己找位置坐，什么时候弄懂什么时候下去上体育课。"吴正说完继续低头批作业，"你们可真行啊，不过有一点我要表扬表扬你们，起码你们不抄作业，坚守住了自己的底线。"

贺朝说："过奖过奖。"

吴正也没想到贺朝这脸皮能厚成这样，批作业的手顿了顿："你还真当我在夸你？"

谢俞接过作业，直接把贺朝拽走，替同桌解释说："今天出门没吃药。"

"是得吃点药，"吴正说，"病得挺严重。"

办公室里没剩几个老师，老唐去隔壁班上语文课了，位置正好空着，其他老师的位置也不方便坐，他们俩就坐在老唐那边做题。

之前过来几回都没有注意到，唐森在座位上养了好几盆小植物，还用便利贴贴上了它们的名字以及几天浇一次水之类的注意事项，心思可以说是非常细腻。

贺朝抬手捏住面前一张便利贴的边角，把那盆多肉的名字念了出来："小翠？"

谢俞："……"

"中年人取名字都这么可怕的吗？这品种不是姬玉露吗？"贺朝把作业本垫在手肘下面，压根没心思做什么题，"好歹他也是个语文老师，居然取小翠这种名字？"

谢俞抬头看过去，看到唐森桌面上那块玻璃板下面压着很多相片，都是他历年带过的班级合影。

"你在看什么？"贺朝问。

谢俞想说在找去年的毕业照，又觉得这种话说出来显得很无聊，最后还是什么都没说，继续做题。

两人之间隔着张办公桌，贺朝说了一会儿，偷偷搬凳子凑过去，一点点挪近，最后靠在谢俞边上才停下，用笔戳戳同桌："刚刚老吴讲的那道题你听懂了吗？"

谢俞拿着笔，问："你觉得呢？"

"我觉得我听懂了，"贺朝说，"这次真的听懂了。"

几道题也不难，吴正一对二辅导了一遍，从公式到步骤，要还是不会，那真的是没救了。

好在贺朝这回说的听懂了不再是自以为懂了，大概是他想去上体育课的心情太迫切，智商得到暂时性的提升，谢俞也放松了一点对自己的要求，两个人花了差不多半节课时间，勉强把题目给"弄明白"了。

"来了来了，体委，你的长跑选手来了，"万达眼尖，远远就看到贺朝和谢俞两人的

$r=a(1-\sin\theta)$

身影,"我们全班的希望来了。"

"什么全班的希望?"贺朝走过去,看到高二(三)班全体都坐在操场上,整整齐齐坐成了一个大圆圈,他也坐过去,拍拍塑胶地面说,"老谢,坐。"

"长跑啊,三千米,咱班没人愿意报名长跑。"

"填,"贺朝大手一挥,相当慷慨,"你朝哥的名字,随便填,什么项目都行。"

万达:"牛!"

刘存浩:"强!"

罗文强又看向谢俞,谢俞不冷不热地说:"随便。"

"随便"这两个字简直是罗文强听过的最温柔的话语了——从谢俞嘴里说出来,他简直感动得想哭:"好,那我填了,你俩先报个长跑,再来个……我看看啊,俯卧撑吧,俯卧撑行吗?"

运动会开两天,这就意味着停课两天。

大家虽然并没有那么热爱运动,但冲着两天停课,也表现出了极大热情,即使不上场,都要过来掺和几下。

"隔壁班走方阵好像定做了统一的班服,咱班要不要也来一套?"许晴晴对服饰比较在意,"什么都能输,气势不能输。"

万达说:"隔壁班还有'女装大佬'呢,咱班是不是也得出一个?"

话题越聊越歪。

等到下课铃响,他们也没探讨出什么来。

还运动器材的同学去器材室,罗文强负责清点整理,(三)班那个大圆圈走得差不多了,只剩下几个人。

万达凑到贺朝旁边,小声说:"其实刚才说到'女装大佬',我第一反应是俞哥。"

贺朝:"你想死我可以送你一程。"

"不是,主要是俞哥这个长相……"万达搜遍自己脑子里的词库,也搜不出什么合适的词语形容,"总之吧,我和晴姐都是这样想的,你说俞哥会同意吗?"

"你们真的会死。"

贺朝又说:"而且是以一种你意想不到的速度离开这个世界。"

许晴晴得知这个消息,多少有点可惜,但可惜过后瞬间释然,想到了一条新思路:"既然我们做不到年级最美,我们就要搞一个最吸引眼球的'女装大佬',比如那种金刚芭比……"

罗文强觉得背后阴风阵阵。

然后无数双眼睛都盯着他。

谢俞还不知道"女装大佬"的事,出去接了个电话,回来时罗文强已经坐在教室里痛哭流涕了:"我不要,我拒绝——你们为什么要这样对我?"

"你的肌肉很性感的,"万达安慰他,"要相信你自己啊。"

贺朝一直在笑,笑得直不起腰来,冲谢俞挥挥手,然后凑在他耳边说:"我们体委,女装,害不害怕?"

"拍恐怖片?"

贺朝说:"是啊。"

话音刚落,贺朝又问:"你穿过裙子吗?"

谢俞脑子里有根弦突然断了。

他五官现在长开了还好,小时候理一头短发都有人觉得他是女孩子,周大雷就是其中一个。因为一句"小妹妹",让他们俩建立友谊的时间推迟了好几年,好不容易才从见一次打一次,变成路边撸串的兄弟。

周大雷也很苦闷,认错也认了,打又打不过。

顾女士年轻的时候也干过一些恶趣味的事情,儿子可爱又好看,顾女士觉得好玩,也哄他穿过小裙子,至今家里还有几张照片,记录着他这段怎么也抹不掉的"黑历史"。

万达还在安慰心灵受到创伤的体委,就听到教室后面哐啷一声,抬头看见贺朝和谢俞两个人不知道为什么又扭成一团,椅子也翻了。

刘存浩叹为观止:"又打起来了?他们哪天不干一场我都觉得高二(三)班少了点什么。"

"大哥,我错了、我错了行不行?"贺朝边哄边认错,认错的同时又亲手往火上浇点油,"不过你这反应不对劲啊老谢,你真穿过?"

谢俞全程用拳头说话,贺朝招架不住,又不敢动他,于是往后面一靠,捂着肚子喊:"啊,痛!"

鉴于这人前科太多,谢俞第一反应就是这人又在演,演得还挺浮夸。

但是谢俞往前走了两步:"哪儿疼?"

贺朝一时间不知道该说哪里疼,一秒钟内换了三个地方,最后手停在胸口:"这里,可能内出血了。"

张口就内出血，可真行。

谢俞伸手隔着布料碰了碰："这儿？"

贺朝点头：："啊，是。"

然而贺朝的侥幸心理没能维持多久，他看到谢俞活动了几下手腕："小心我真让你内出血……"

"女装大佬"这事大概是越不过去了，刘存浩他们偷偷趁老唐不注意，课间用公共电脑搜索裙子："这件怎么样，蕾丝吊带公主风，浪漫中透着些许高贵。"

万达："还是选这件女仆装吧，这个好这个好，看起来无比诱惑。"

罗文强一副生无可恋、听天由命的表情。

"上面那件，往上滑，"跟谢俞闹过之后，贺朝弯下腰，单手把椅子扶起来，凑热闹说，"不是这件，再往上。"

"哪件啊？"刘存浩往上翻了好半天，没看到什么合意的，越翻越不明所以，"朝哥，你是不是看错了？"

接下来贺朝毫无保留地向全班展示了自己的女装穿搭水平："从上往下数，第三个，这个好。"

屏幕上是一条红绿撞色、牡丹花纹修身款长裙。

"你们为什么都这样看我？"贺朝坐在座位上，看看投影仪，又看看同桌，"你觉得呢，这件不好吗？"

刘存浩他们已经完全被这条土味浓厚的裙子，以及贺朝奇特的审美能力威慑住了，千言万语哽在嗓子眼。

谢俞说："你心里没点数吗？"

贺朝："我觉得还行啊，这要是在游戏里，肯定能拿高分。"

"人民币玩家没有发言权。"

"你信我。"

"闭嘴。"

"你看这个色彩，多艳丽……"

"艳丽？"谢俞一针见血嘲讽道，"广场舞大妈的品位都甩你八条街。"

谢俞刚说完，万达"啪啪啪"鼓掌："说得好，精辟。"

刘存浩："为俞哥点赞。"

被贺朝闹了这么一出,罗文强心情大起大落,有了对比,他突然觉得前面那几件浪漫公主裙和女仆制服也不是那么难以接受。

于是罗文强把脸埋在手心里,忍痛说:"就……就刚才那件吧。"

"朝哥,高啊!"

万达显然是想得太多,他觉得贺朝是故意找了件最丑的刺激体委,冲贺朝竖大拇指,心悦诚服道:"还是你套路深。"

"承让,"贺朝一头雾水,但接话接得相当熟练,接完了他凑到谢俞耳边低声问,"他夸我干什么?"

谢俞伸手把他的脑袋推开,不是很想说话。

最后一节课,大家早早地收拾书包准备回家,值日生提前把黑板给擦了。

住校生更在意晚饭吃什么,贺朝从最后一节课上课就开始低头摆弄手机,中途趁老吴不注意,还偷偷溜出去打电话。

金榜饭馆最近推出送饭到校服务,给广大顾客群发了短信告知。

贺朝点完单之后问:"送哪儿?哪个门?"

沈捷身上带着烟味,咳嗽着从厕所里走出来,正往身上喷清新剂好把烟味压下去,扭头就看到他朝哥一只手插在衣兜里,站在楼梯拐角处,背靠着墙壁。

"朝哥,干什么呢?"沈捷边喷边走过去。

贺朝侧头看了他一眼,没回应,思索了一下,对着电话又说了句"再加道鱼",说完他把手机拿远些,这才正视沈捷:"你上次在金榜点的那道鱼叫什么?"

沈捷:"啊?什么鱼,翻在地上那盘?清蒸鲈鱼,怎么了?"

"没怎么,"贺朝把菜名报了过去,然后说,"我同桌喜欢吃。"

放学铃响,送餐员电话也正好打过来。

贺朝下楼拿餐,教室里基本上已经没什么人了,住宿的去食堂吃饭,只剩下值日生打扫卫生。

班里冷清很多。

谢俞百无聊赖地坐着,不知道贺朝葫芦里卖的是什么药——贺朝临近下课跟他说"你就在此地,不要走动",话还没说完就被他踹了一脚。

最后那节数学课,老吴提到重点学校月考卷里的新题型,但没细讲。

谢俞闲着也是闲着,在手机备忘录里写解题步骤,随手抽出一张纸,准备打草稿。

$r=a(1-\sin\theta)$

他就那么一支笔——经过月考洗礼,他发现"后进生聚集地",基本上大家都缺文具,不是没橡皮就是没有2B铅笔,有的甚至连答题用的水笔都没有。

一群人东拼西凑,你救济我,我救济你,捏着替换芯做试卷的也大有人在。

谢俞那支笔大概是不小心摔了几下,写着写着不出墨,他干脆扔了,去贺朝桌子上找笔用。

为了给上课玩游戏打掩护,贺朝桌面挺乱,各科书堆在一起。

谢俞翻了一阵,笔没翻到,倒是在数学书里翻到张奇怪的纸,上面字迹龙飞凤舞的不知道写的是什么玩意儿,看着有点像解题步骤,但他没来得及细看,贺朝就拎着一袋东西进教室了:"收拾一下,桌上的书都拿走,晚饭没地方放。"

谢俞把纸塞了回去。

四五道菜,每道都摆在一次性餐盒里,还有两盒米饭。

谢俞看着那条鱼觉得分外眼熟:"金榜?"

贺朝拆开筷子把鲈鱼上的葱丝挑出来,然后才把那道鱼往同桌那边推:"给,翻墙拿的。说是送餐到校,隔着堵墙也能算到校?"

谢俞知道自己吃东西挑,顾女士平时做菜都会比较小心,不过贺朝这次点的菜没有踩他雷点的。

他隐约想起来上次贺朝问他有什么忌口,难道他就一直记着?

"吃啊,愣着干什么?"贺朝说,"等着我喂你?也不是不行,你叫我一声哥,我这个人很好说话的。"

谢俞拿着筷子正要拆:"你找死?"

万达吃完饭,捧着奶茶从走廊外面哼着歌进来,还在门口就闻到味道,走进去一看:"你们两个过分了啊,今天食堂的菜难吃死了,还都是中午的残羹冷炙……你们倒是滋润。"

贺朝扒拉完最后两口饭,说:"你不也挺滋润,奶茶哪儿买的?好喝吗?"

"门口那家复旦奶茶,"万达说,"还可以吧,就是珍珠奶茶里面总喝不到珍珠。"

谢俞问:"那你还买。"

万达:"实不相瞒,复旦是我的梦想。"

这周大家都把心思放在了运动会上。

许晴晴选了件卫衣作为班服,总体而言比较实用,平时也还能继续穿。罗文强穿那条优雅高贵公主裙，走方阵的时候举着牌子走在最前面。

体育老师也给大家自由练习的时间，还负责指导。

"咱班谁报了俯卧撑？"刚指点完铅球选手，老师又吹着哨子走过来，"俯卧撑都有谁？不是报了八个吗？都出来，展现展现你们的实力。"

贺朝、谢俞等人出列。

"不是说你做了多少个就算多少个，裁判要看你动作标不标准。去年运动会，哗——那一排选手，做得可带劲，比拼谁做得快，下去上来那叫一个快，结果呢，我告诉你们，最慢的那个赢了。"

体育老师让他们撑在地上，然后从排头讲到排尾，还没说开始计数，已经有男生撑不住往下倒。

第一个倒下去，然后就跟多米诺骨牌似的，倒了三四个。

贺朝什么感觉都没有，让他撑还能再撑很久，不过看看旁边人都坐在地上，接着撑看起来有点傻，于是也跟谢俞一块儿顺势坐下了。

体育老师停下脚步说："你们这届有点娇弱啊，这才哪儿跟哪儿，还想不想在运动会上取得好成绩？！"

谢俞本来是打算翘了体育课回寝室看书的，罗文强非拉着全班一起为运动会做准备。

八位俯卧撑选手在体育馆地面上坐着，周围有几对高一的学弟学妹在打羽毛球，球在体育馆里到处飞，扬起，又落下。

"你能做多少个？"贺朝问。

谢俞看着对面那个打羽毛球的往前跑几步，然后跳起来接球，随口说："不知道，没数过。"

"等会儿比比？"

体育老师没给他们比赛的机会，而是拿出了看家本领，说是能够在短短一节课里将他们的俯卧撑水平拉升到一个前所未有的高度。

"要要要，"万达举手，"教练，我想学。"

体育老师笑了笑，意味深长地说："那就开始吧。"

谢俞有种不太好的预感。

两分钟后，他的预感成真了。

体育馆里的羽毛球不再到处飞，四周都是此起彼伏的"哇"的声音。

体育老师蹲在边上说："单号的同学，躺好啊。双号的，开始吧，我数一声做一个，

$r=a(1-\sin\theta)$

满五十个休息。"

谢俞躺在贺朝身下,缓慢又情绪复杂地憋出了三个字:"这什么?"

贺朝双手撑在谢俞手臂外侧,整个人靠手臂力量支撑起上半身,跟谢俞隔开一段距离,他还在不断调整姿势,实在是觉得这个玩法有点奇怪,没忍住,笑场说:"谁发明的这个?有才啊,难怪说前所未有的高度。"

万达欲哭无泪,对上头那位兄弟说:"加油啊,这要是没撑住,那可是要出事的啊。"

上头那位兄弟也很慌张:"我……我尽量!"

等他们调整好之后,体育老师吹响了第一声口哨:"一!"

贺朝往下压,越往下跟谢俞之间的距离就越近,即使有意控制住,身体还是若有若无地碰上了对方。隔着一层薄薄的布料,体温仿佛透过布料从对方身上传了过来,连同心跳声、轻微呼吸的时候带出来的热气都缠绕在一起。

两人不可避免地只能看着对方那张脸,而且还是放大版——对方的眼睛、鼻梁、睫毛,甚至脸上每个毛孔都看得一清二楚。

原来谢俞眼尾下方有颗特别特别小的痣。

贺朝突然间有点受不了,不知道是谁先别过脸,才结束了这场漫长的对视。

"坚持住啊,好男儿志在四方,眼前的黑都不是黑。"体育老师蹲得累了,也往地上一坐,低头看一下时间,然后又吹了声口哨。

贺朝身体刚支起来不久,听到这句话又得往下压。

这回贺朝没有停留太久,几乎是有些仓促地做完了那个俯卧撑。

两个人目光相互错开,贺朝一直专注地看体育馆地面,仿佛能看出花来,直到谢俞问他:"几个了?"

"啊?"贺朝脑子转不动,压根没计数,"我不知道,你也没数?"

谢俞侧着头,这个姿势眼睛只能往斜上方看,体育馆顶上有好几根横梁,再往上是格子状的玻璃板面,谢俞顿了顿,才说:"没数。"

"应该有十几个了吧。"

贺朝说完,发现自己盯不住地面,眼神又开始分散。

谢俞刚躺下的时候,很想抬起膝盖把身上这个人掀飞。他冷着脸,觉得自己像个傻子,放着好好的试卷不做,过来上什么体育课。

冷静下来之后,他开始思考等会儿起来了应该先杀谁。

以死相逼才把谢俞拉过来上体育课的罗文强正在操场上训练,莫名觉得背后阴风阵阵，他搓了搓胳膊，感慨降温真是降得厉害。

贺朝虽然平时爱动手动脚，真到这种时候还挺克制……谢俞感觉到贺朝好像有种想逃离甚至下一秒就能跳起来的冲动。

体育老师除了开头报了数，中间都用口哨替代，让人忍不住怀疑他是不是想不动声色给他们多加几个，他们刚暗自埋怨完，体育老师又吹了一声口哨，然后报了个整数："二十！很好，继续加油！"

有同学质疑："老师，怎么才二十个，我感觉我做了三十个。"

体育老师脸不红心不跳："这位同学，你的错觉。"

不管到底是二十个还是三十个，有两组男生是彻底做不动了。

即使身下还躺着个男同学，手腕一松跌下来可能会酿成悲剧，也好过继续煎熬地做俯卧撑，其中一个低头说："万事通，我不行了。"

万达："你怎么可以不行！你的人生哪里是区区五十个俯卧撑可以击败的？"

"我真的不行了。"

周遭起哄的同学越来越多，除了刚才在体育馆里打羽毛球的那些，还来了一大群人，高年级低年级的都有，刘存浩也顺势挤进来。

谢俞抬手捂着额头，有点头疼。

"能别杵着看热闹吗？朋友们，"贺朝扭头说，"尤其是你，刘存浩，你身为班长能不能守护一下（三）班同学的尊严？"

高二（三）班同学还有什么尊严？早都没了。

尽管失去尊严，但还有机会可以挽回一下自己的俯卧撑实力，尤其围观的人里有好几位低年级学妹，这就跟打篮球发现场下有妹子一样，就算吊着口仙气也得展现出自己强健的体魄。

万达眼睁睁看着他身上那位刚才嘴里还说着"我不行了"的哥们，突然撒开一只手，左手握成拳头，单手开始做俯卧撑。

贺朝叹为观止："可以啊，厉害，这位同学你下周给咱班捧个第一回来？"

刘存浩带头鼓掌，"傅沛加油！再来五十个！"

傅沛浑身绷紧，咬着牙继续埋头苦干。

谢俞也侧着头看过去，看了一会儿突然问："傅沛？（三）班有这人？"

贺朝还差三个就满五十，往下压的时候，顺势凑在谢俞耳边说："我们隔壁组，倒数第二排，刚开学因为网恋问题被老唐叫过去谈话的那位。"

$r=a(1-\sin\theta)$

谢俞在脑海里搜索无果，脸上挂着三个大字：没印象。

"就知道你不记得，"贺朝把身体撑起来，喘了口气，又说，"你说说你在咱班好歹也是待了一个多月的人，你都记得些什么？"

五十个俯卧撑做下来不可能一点感觉都没有，加上神经处于紧张状态，做完最后一个，贺朝如释重负，他手腕用力一转，整个人往边上倒，倒在谢俞身边，慢悠悠地说："五十个，你哥我强不强？"

谢俞往边上挪了挪，说："滚吧，少跟我套近乎。"

傅沛全场最佳，单臂俯卧撑愣是秀了二十多个，最后停下来，偷偷问万达："有女生看我吗？"

万达不好意思告诉他残酷的现实——所有围观群众不管男女，都在看他们班两位赫赫有名的班草。

"你觉得有，就有吧。"万达拍拍傅沛的肩膀，"该起来了。"

本来是要交换位置，单号同学在上面，再来一组五十个，但体育老师显然没有把握好时间，等他们要上下换位置的时候，下课铃正好响起来。

体育老师看看胸前的秒表，有点可惜地说："下课了啊，那行，下课吧。"

双号们开始哀号自己倒霉，单号们都不知道该不该高兴，毕竟白白躺了半天，但要他们去做俯卧撑好像又不是件值得期待的事情。

回教室后，贺朝和谢俞两个人一整节课没怎么说话。

以前总是贺朝凑上来说个没完，现在贺朝突然安静下来，偶尔找谢俞说两句，话题刚开个头，贺朝一看到对方又跟大脑短路似的，没话了。

"你到底想说什么？"

谢俞几次三番被打扰，每次贺朝就叫他一声，谢俞、老谢、同桌……叫完了又不说话，烦得谢俞头疼。

贺朝把英语书摊开，指指英语书，努力找了个问题问："在讲哪一页？"

谢俞说："第三单元。"

贺朝"哦"完又不说话了。

前排的两位同学见此莫名其妙，互传字条：他俩吵架了？

字条一路传到班长手上，刘存浩回想到上节体育课两位大佬的样子，趁着英语老师转身在黑板上写例句，低头写：没有啊，他们俩上节课还好着呢。

贺朝对着英语书看了半天，才想起来自己不应该听课，应该去玩手机。

每节课都牢记玩手机使命的谢俞，跟周大雷聊着聊着，退回到好友消息界面，看到贺朝更新了一条个性签名：啊啊啊啊啊啊啊啊啊啊。

谢俞心想，这个人是不是疯了？

运动会之前，班里定做的服装也都到了，老唐特意让他们换上看看效果，然后他拿着台老式相机从办公室里晃过来。

班服就是件定制卫衣，套上就行，为了决定卫衣上定制什么字样，班里举行过一次投票活动，说什么的都有，什么时光不老我们不散、什么青春永不散场……

最后投票演变成文艺风和嚣张风的厮杀。

"老子最牛！"

"青春永不散场！"

"老子最牛！"

…………

最后吵得翻天了，还是老唐过来，这个一脚踏入中年男人队列的语文老师赐了他们四个字："爱与和平。"

贺朝把衣服拿出来，抖搂，平淡无奇的版型，背后"爱与和平"四个字分外醒目。

谢俞犹豫很久，不是很想穿。

不过最苦恼的人还是罗文强，他又不能去男厕所换裙子，贺朝套上卫衣，拉着刘存浩他们围成一堵人墙："别怕兄弟，大胆换。"

谢俞从厕所回来，万达就冲他喊："俞哥一起来，我们这还有个缺口，帮忙堵堵。"

"不帮。"

"朝哥，"等冷酷的西楼大佬走过去了，万达小声对贺朝说，"你不管管？"

贺朝手插在口袋里，指腹在棒棒糖糖纸上摩挲，忽然笑了，说："这还真管不了……"

说话间罗文强已经换好衣服，苦不堪言地继续缩在角落里不敢露面，吸引了大家的注意："你换好了就出来啊！快点的，是不是个男人？磨磨叽叽的。"

贺朝退后两步，回自己座位上站着，他这一撤退，蜷缩在角落里的某个大体积生物彻底暴露在大家面前。

罗文强挠墙："我不活了，你们残忍地剥夺了我高中早恋的可能。"

贺朝坐在桌子上笑。

谢俞也觉得好笑，但同情占的比重更大，他决定送给体委最后的尊重。

$r=a(1-\sin\theta)$

贺朝看见了,伸手拍拍他脑袋:"心情不好?"
"别乱叫。"谢俞说完也没绷住,差点笑出来,又说,"我不想太残忍。"
唐森举着相机,站在教室门口,笑呵呵地对着他们拍了一张。

不是什么正经的大合照,大家也没排好队形,零零散散地聚在教室后边,罗文强哭半天,万达递给他一面镜子,他哭不下去了,瞬间被自己逗笑。许晴晴拿着手机站在边上拍,其他人都笑得直不起腰来。

画面定格在这个瞬间。

这是每个人脸上都带着笑,拥有无限活力的、青春洋溢的瞬间。

还有最后一排的两个男孩子,尤其是坐在桌子上的贺朝,姿态闲散,没规没矩。

贺朝身体斜着,露了半张侧脸,而谢俞连后脑勺都仿佛刻着"冷漠"两个字。

阳光从窗户外边洒进来,这阵近乎刺眼的光被窗帘遮着,恰好有风将窗帘吹起,永远对不齐的桌椅、载满粉笔字的黑板,还有教室里的所有同学,整个被照得发起光来。

大家身上穿着同款卫衣,背后四个大字:爱与和平。

第十四章

"在这个风光无限好、气候宜人的日子里,我们迎来了立阳二中第六十七届秋季运动会,同学们,所谓德智体美劳全面发展,这个"体",指的就是体育。"

运动会还没开始,看台压根不够坐,大家正从教室往操场上搬椅子,楼梯口挤满了人。

姜主任的声音响彻整个校园:"强健身体,热爱运动,感悟体育精神。平日里我知道大家都忙于学业,但今天,你们可以在操场上自由地翱翔,尽情挥洒你们的汗水……"

"怎么都堵着啊,让不让走了?"

本该在操场上自由翱翔的雄鹰们,此刻都堵在楼梯口。不光楼梯口,整个走廊也都是"哐啷哐啷"拖拽的声音,堵得就像早高峰的公交车,水泄不通。

高二(三)班霸占了教室门口那段走廊,其他挤不下的还在教室里待着。

万达把椅子摆在门口,人不知道跑去哪里了,隔了几分钟,他才从人流中挤上来:"从五楼堵到一楼楼下,我们原来那栋教学楼更恐怖,东西两楼连环撞车。"

"有这个工夫你早就把椅子搬下去了,"贺朝拖椅子拖到教室后门,看见外面壮观的景象,干脆不往前走了,在后门口坐下,嘴里叼着根棒棒糖说,"等着吧,少说还得堵十分钟。"

他说完,又扭头回去看谢俞:"老谢,过来。"

谢俞压根没动,趴在桌子上,闭着眼睛说:"不来,人挤人好玩?"

"帮我弄下号码牌,背后我够不着。"贺朝手里拿着体委下发的牌子,就是一块布,经过多次反复使用,布料微微泛黄,上面印着四位数字,"快点,我可是全班的希望。"

谢俞没反应。

贺朝又说了一通,谢俞坐起来说:"万达,去给全班的希望贴牌子。"

莫名卷入话题中央的万达左看看右看看,目光对上贺朝,发现朝哥虽然没说话,但是无声胜有声,万达从他脸上读出一行字:识相点啊,你敢过来试试?

于是万达扭过头,选择性装聋:"哎呀,怎么还不动弹,究竟要堵到什么时候?"

$r=a(1-\sin\theta)$

贺朝在心里给万达记上一功,然后拖着椅子回去,把别针和号码牌一并往课桌上放:"麻烦你了。"

谢俞捏着别针,很想直接扎死他。

贺朝背对着谢俞,反坐在椅子上,万达站在门口神色复杂地看他一眼,贺朝笑笑,甚至嚣张地抬手比画了个"yeah(太棒了)"。

万达摇摇头,不忍直视。

谢俞把号码牌四个角用别针给他别在衣服上,别完之后毫不留情地踹了一下他的椅子,让他赶紧滚,语气敷衍:"行了。"

贺朝反手摸摸,发现他别得还挺细致,正要夸夸他,谢俞又是一脚。

(三)班运气不好,分到的那块小角落在看台正对面,大太阳底下。

然后各班走方阵入场,罗文强在体育馆厕所里换的衣服,他举着班牌走在最前面,贺朝跟谢俞两个人一左一右带着班里其他人跟在后头。

用许晴晴的话说:"贺朝、谢俞两个人就是咱班的门面,全靠他俩撑着了。"

许晴晴的本意是帅,但是其他班的人可不这样想。

他们看着(三)班走方阵心里只有"惊悚"两个字,曾经的东西楼两位大佬站在前排,带着班里三十多号人齐齐走出来,总觉得他们下一秒就要撩袖子干架。

所以即便罗文强穿得如此劲爆,愣是没人敢笑他。

"这帮人怎么回事儿,"贺朝微微侧头,说,"没人笑?不好笑吗?隔壁班'女装大佬'出场的时候明明很轰动啊,难道我们比不过?咱班输了?"

谢俞:"可能太丑吧。"

心脏中了一箭的罗文强:"你们考虑过我的感受吗?"

运动会开两天,长跑安排在第二天下午,今天他们要参加的就一项——俯卧撑,比赛地点在体育馆里。

虽然已经入秋,但中午烈日炎炎,还是有点晒。

贺朝把外套脱了,披在头上挡太阳,低头看手机,发现万达十分钟前给他发过来一个帖子链接。

标题:《直播我们学校两位大佬做俯卧撑》。

这个帖子回复已经过千,在学校贴吧首页一路飘红。

贺朝扫到几张照片,第一反应是把浏览器关掉,跟捡到烫手山芋似的。隔了一会儿,贺朝才又把那个帖子打开……并且鬼神使差地点了保存图片。

总共就三张照片,室内光线不好,加上偷拍的人心理素质也差,不敢明目张胆拍,拍得模模糊糊。

即使看不太清,还是能认得出照片上两位主角是谁。

万达那个大嘴巴,不可能只给他发,怕是全班都发了个遍。

贺朝试探性地用胳膊肘碰碰谢俞,问:"你看到没?"

"什么?"谢俞眯着眼睛,昏昏欲睡。

操场上人来人往,有骑着自行车满场转的学生志愿者,还有正在做热身的——他们班男子一百米选手丁亮华。

许晴晴她们已经开始写广播稿了,几个女生你一句我一句出谋划策。

贺朝又不能直接说出来,于是代指道:"就是那个。"

谢俞看着他:"哪个?"

最后贺朝冲他勾勾手指,谢俞勉为其难地往他那边挪过去。

贺朝举着外套,示意他钻进来,两个人几乎头贴着头,挤在一件外套下。手机摆在贺朝腿上,谢俞只能微微俯身,低下头去看。

贺朝突然有点后悔。为什么要给他看?

谢俞缓慢地眨了眨眼,然后贺朝听到他语气平淡地说:"哦,我现在看到了。"

贺朝没想好说什么,身后(三)班全员突然开始打鸡血似的尖叫:"啊——加油!"

操场不远处,丁亮华双手抵在跑道上,整个人半蹲着,做好了预备起跑的动作,等一声枪响,整个人冲出去,比那天晚上冲出去砸学委还要快。

"漂亮!第一名!"罗文强脸都涨红了,张开双臂说,"丁丁,我要给你一个爱的拥抱!"

丁亮华平时羞涩得不行,下了场,不好意思地笑笑:"不……不用了。"

他擦擦汗,走过去的时候贺朝也给了他两句赞美,谢俞觉得自己不说话显得太冷漠,于是随口也说了一句:"丁华亮,不错。"

"丁亮华,"贺朝拍拍谢俞的头,低声提醒,"人家叫亮华,什么时候才能记住?"

老唐坐在边上,手里捧着一壶枸杞茶,还带着作业过来批,看着像老年人晒太阳补钙,张口就是"年轻真好",目光里饱含对青葱岁月的追忆。

学委捧着书,边看大家比赛边背英语单词。

很快轮到俯卧撑。

$r=a(1-\sin\theta)$

巧得很，裁判就是他们班体育老师，(三)班同学现在一看到他，就觉得不太舒服。

体育老师手里拿着记录表，说："你们几个，争气点，我可是给你们特训过的，不拿个前八名说不过去啊……来，准备好，一分钟计时。"

谢俞来之前脱了卫衣，剩下里面那件白色短袖。

贺朝看看他，思考道："穿得少行动起来比较方便？老谢你很有心机啊。"

谢俞心说，只是热而已。

但话还没有说出口，贺朝三下两下把卫衣脱下来，脱的时候里面那件内搭往上卷，露出来半截腰腹。

周围有几个人发出"啊"的一声，低声又短促的尖叫。

"好像真的灵活了一点，"贺朝试着做了几个俯卧撑，发现谢俞一直没反应，扭头问，"怎么了？"

谢俞说："我看你干脆别叫朝哥了。"

贺朝没太听明白："啊，那我叫什么？"

谢俞手撑在地面上，不冷不热地说："戏精。"

贺朝琢磨半天，觉得这大概是个贬义词。

一分钟计时，前半分钟贺朝跟谢俞两个人频率差不多。

围观的人都在窃窃私语，谢俞隐约听到有人压低声音情绪激动地说："学校贴吧观光团？啊，我也是！"

"报告唐老师，好消息、好消息，贺朝同学和谢俞同学分别取得了俯卧撑第一名、第二名的好成绩！"罗文强有模有样地站在唐森面前对他敬了个军礼，汇报道，"除了他们俩，其他六个全军覆没。"

唐森点点头，从边上纸箱子里摸出八瓶水，配合道："都赏，重重有赏。"

谢俞接过体委送过来的水，道了声谢，然后看着周围，那些在操场上肆意奔跑的人、为班级同学加油鼓劲的人。

他突然有点想不起来去年运动会他是怎么过的。

他好像压根没去操场，耳朵里塞着耳塞，躲在音乐教室睡觉。

贺朝嘴里咬着糖，还伸手递给他一颗，也不管他吃不吃，直接往他手心里放，然后笑着对正好从他们班前面跑过去的刘存浩说："耗子，加油！"

刘存浩冲他们扬了扬手臂，喊口号回应："(三)班万岁！老子最牛！"

贺朝笑着靠回椅背上。

谢俞不怎么喜欢吃糖,觉得太甜腻,低头看了包装纸一阵,最后还是动动手指拆开了。

然后谢俞盯着跑道上那几道白线,心想:真的很腻。

橘子味,还有点酸。

"等放学后出去撮一顿吗?"下午,临近运动会结束,沈捷从(八)班溜过来说,"谢老大不是说要请客吗?择日不如撞日。"

沈捷和贺朝都请过一次,谢俞不想欠着别人,说过下次他来,哪天都无所谓。

贺朝看看谢俞,既然同桌没有异议,他也就默认了:"行啊,吃什么?"

"反正金榜是不想再吃了,"沈捷在他们后排找到空位坐下来,认认真真地思考,"其实学校附近这几家都吃遍了,不如我们帮助其他街道的小饭馆发展一下业务?"

于是等到放学,他们徒步绕了三条街,才定下吃饭的地方。

沈捷抬头看看店名,有点迷茫,感觉自己绕了半个世界,又绕回原点:"这里饭馆的取名方式怎么跟我们学校附近的这么像?"

"边上挨着就是电技。"谢俞走在最后面,提醒说。

电技,全称电子技术中专学校,是离二中最近的一所中专院校。

小饭馆里已经坐了几桌人,贺朝推门进去:"就这家吧,再绕晚自习都该下课了,我作业还没抄完。"

谢俞也旁若无人地走进去,找了个位置坐下来,仔仔细细用餐巾纸擦碗筷。

贺朝抬手说:"老板,菜单。"

里面坐的几桌人看起来不太面善,沈捷右眼皮猝不及防地跳了起来,止都止不住。

他跟着进去,下意识摸摸自己的口袋,嗯……钱包还在。

电技的人都穿衣袖边上带条蓝色竖杠的灰色运动服,校服就是他们的标志,二中的人在学校附近看到都会绕着走,免得惹上不必要的麻烦。

沈捷全程捂着口袋,坐在那边偷偷打量这家店,也顺便打量旁边那几桌人。

就在贺朝翻菜单的时候,边上那桌有人用酒杯敲了敲桌子,语气很冲地说:"再来一箱啤酒!"

沈捷把目光挪回自己这桌,看到他朝哥也在看饮品。贺朝手指点在菜单上,说:"绿豆汤来一份?"

谢俞指尖搁在贺朝手指下面,半寸不到的位置:"这个吧。"

$r=a(1-\sin\theta)$

"又喝矿泉水,"贺朝说,"你的生活也太没滋没味了。"

沈捷眼睁睁看着两个人定好了喝什么,开始挑菜品,他感觉自己就像个隐形人,半晌,开口说:"你们……没人问一下我吗?我喝什么?"

"吃什么喝什么自己点啊,"贺朝头也不抬,说完又侧头问谢俞,"这个吃吗?"

沈捷捏着筷子,心情很复杂,觉得自己不该来吃这顿饭。

隔壁桌闹腾得很,不断传过来开啤酒瓶盖的声音,其中还有个大嗓门的女孩子,她穿着超短裙,耳朵上一排耳洞,戴着大圆圈耳环。

"嫂子,圾哥什么时候来?赶紧,打……打个电话催催他,"有个醉醺醺的人晃着酒瓶说,"我们这都喝了快两轮了,再不来就……嗝……"

"大圆耳环"拿起桌上的手机,爽快道:"行,我催催。"

沈捷其实对吃也没什么挑的,就是对面这两个人实在太过分,贺朝点了碗面,特意说明不要香菜,沈捷没忍住,插嘴问:"干啥不要?"

说完他就后悔了。

因为贺朝说:"他不吃。"

这饭还没吃,沈捷就已经饱了。

而且谢俞那长长一大串忌口,谁能记住。

谢俞胃口不是很好,今天坐在太阳底下晒了大半天,只吃了几筷子青菜和面,就去前台付账了。

他刚起身,小饭馆里又进来个人。

谢俞余光看到个人影,也没太在意,低头摆弄手机扫码:"一百二?"

老板娘对着订单敲计算器,又算了一遍,生怕少收钱,然后点点头说:"嗯,对。"

"圾哥!"隔壁桌吃饭的人突然集体站起来鼓掌,"迟到,吹了这七瓶!给你准备好久了,不喝说不过去啊。"

刚过来那人也穿着电技的校服,宽大的运动服罩在身上,个子虽然高,但模样普通,丢进人群里都认不出来,唯一有点特色的大概就是他额角那道疤,从头发里牵出来,一直延伸到眉梢。

"圾哥,"沈捷不敢抬头,低声问,"电技那个拿刀捅过人的?"

沈捷没抬头,所以没看到贺朝脸上不自然的表情,贺朝本来要夹菜的手突然顿住,最后干脆把筷子放在桌上,没再继续吃。

沈捷还在念叨:"我好像听万达讲'电技十大人物'的时候听到过这个人,挺凶的，据说手底下小弟有七十几个，别人打架他就蹲在垃圾桶盖子上看着，所以人送外号'圾哥'。"

沈捷话音还未落，察觉到那位"电技十大人物之一"站在他边上不动了，他整个人顿时僵住，只能从手腕和胳膊肘撑起来的那块间隔里偷偷往下瞄，低头看到一双耐克球鞋。

沈捷在想是不是自己说话声太大被听见了，又开始思考他们这边三个人，以朝哥和俞大佬的战斗力，敌不敌得过。

他还在计算战斗力，就听圾哥叫了一声："贺朝？"

谢俞付完账回来，看到的就是这样一幅画面。

一个穿着电技校服的人，手里拿着瓶啤酒，站在贺朝对面，将瓶口抵在桌沿上，手腕用力，瓶盖顺势打开，落在地上，在地面上清脆地滚了两圈。

然后那人把啤酒瓶递给贺朝，意味不明道："给个面子？"

贺朝没接茬儿，笑笑说："老朋友，三年不见，不用这么热情吧？"

两个人都没有明确表示出敌意，话语间的挑衅不仔细听几乎听不出来，但谢俞靠着墙看了会儿，一眼看出来贺朝皮笑肉不笑，虚伪得很。

"圾哥，"旁边那桌有人问，"怎么着？认识？"

他们七嘴八舌地说："看校服是二中的吧？"

刚才贺朝一直背对着他们，走进来的时候他们都喝得上头了，没注意看，现在仔细看两眼，有个对二中"杰出人物"比较了解的人惊了："这不是二中的贺朝吗？"

说完，那人音量又低下去，补充道："旁边那个，谢俞？"

圾哥也没再要求贺朝喝酒，仰头自己全喝了，在一片喝彩声里，抬手抹了抹嘴角，拎着空酒瓶说："你不说我都不记得了，三年啊，时间过得真快。"

圾哥走上前两步："既然你记性这么好，还记不记得我当初说过什么？我说别让我再见到你，记得吗？"

刚才气氛还模棱两可，这回是挑明了要闹事。

那边两桌八九个人也不看热闹了，直接站起来，椅子被往后拉的时候在地面上划出刺耳的声响。

贺朝一只手手掌抵在桌面上，身上还穿着那件"爱与和平"卫衣，不过"爱与和平"四个字在这种情况下显得有些讽刺，就像黑水街群聊里整天在喊"走啊，干架去，谁怕谁"，却取个"不要打打杀杀"的群名字。

半晌，贺朝说："有什么事冲我来，让他们先走。"

$r=a(1-\sin\theta)$

沈捷身为贺朝嘴里的"他们"之一,还拿着筷子不知道该干什么,谁都看得出来这个气氛不太对,他放下筷子说:"不走,是兄弟怎么可以在这种时候一走了之?朝哥,没什么可怕的,我们这儿还有可以一个对七个的老谢。"

如果换了平时,贺朝绝对会拍拍他的肩,来一句:老谢也是你叫的?

但贺朝只说:"这事跟你们没关系,赶紧走。"

"兄弟?"圾哥笑了,这两字好像点中了笑穴一样,他笑得很夸张,捂着肚子弯下腰,半天才止住笑。他抬手擦擦眼角笑出来的泪,又说,"这位小同学,你把他当兄弟,你知道你朝哥最擅长干什么吗?"

圾哥说着说着,语速越来越慢,最后隔了几秒钟才吐出一句话:"他最擅长背后捅兄弟一刀。"

贺朝没说话。

或者说,全场突然陷入一阵莫名的寂静。

这两个人面对面站在一块儿,明显以前发生过什么故事,估计还挺精彩,连沈捷都不由得晃神去想,什么捅兄弟一刀?

只有谢俞靠着墙看了半天,跟看戏一样,然后沈捷听到这个对八卦丝毫不感兴趣的、一个可以对七个的老谢懒洋洋地开口说:"别废话了,不想听,你们是一个个来还是一起上?"

最后这架还是打了,谢俞挑衅人的本领数一数二。

不知道是谁先掀桌,碗、碟、酒瓶摔了个稀碎。

小饭馆老板娘既然敢把店开在电技附近,也是见过世面的,她纹丝不动地坐在前台继续按计算器,开始算等会儿该问他们要多少赔偿金。

刚开始贺朝明显收着劲,基本上没怎么还手,但对方并不打算就这样放过他。

贺朝脾气也没好到这个程度,几个回合下来也有点恼:"够了没?"

圾哥用只有他们两个人能听到的音量不知道说了什么,然后贺朝挥着拳就上去了。

"你就是个烂人,贺朝,"圾哥腹部被打中一拳,他跌下去,手臂撑在椅子上,说完,他又意味深长地勾起嘴角笑了,"你现在在二中?"

贺朝仿佛用尽了自己浑身的力量,脑海里往事还是不断叫嚣着,整个脑子都有些发蒙。

额角有根筋突突地跳。

他站在原地半天没动,直到谢俞喊他:"走了。"

回去的路上，谁也没说话。

谢俞是真的对这事没兴趣……也不能说没兴趣，如果贺朝愿意说，他勉为其难可以听一听，换了别人，估计他连听都不想听。

沈捷走到岔路口，不得不说再见，这才打破平静，跟他们挥挥手道："我先回去了，你们路上当心点啊。"

"你这伤没事？"贺朝手插在裤兜里，站在路灯下面，"你回去怎么跟你妈说？"

沈捷摸着自己脸上那块小伤口："没事，就说摔的。"

贺朝手从裤兜里伸出来，也冲他挥了挥："那你回吧，注意安全。"

谢俞看着贺朝的侧脸，有些晃神。

这人现在明显情绪不佳，却还在担心沈捷回去之后会被骂。

晚自习临近下课，回教室也没用，被抓到还得挨一顿数落，他们俩干脆直接回了寝室，进宿舍楼之前，贺朝突然来了句"对不起"。

"对不起什么？"

"就……今天这顿饭，"贺朝抓抓头发，"吃成这样。"

贺朝走到寝室门口的时候，看上去已经和平时状态差不多，甚至笑着跟他说，小朋友早点睡觉。

谢俞问他："没事了？"

听到谢俞说这三个字，贺朝愣了愣，然后才说："啊，没事了。"

话说得跟真的一样。

如果谢俞没有半夜起身穿过半条走廊去厕所，看到贺朝坐在楼梯上抽烟，他可能真的会信。

大帅哥坐在最高的那层台阶上。

楼梯感应灯没亮，只有从走廊那边传过来的极其微弱的灯光。

大帅哥低下头，缓缓吐出一口烟，准备起身，抬头看到站在楼梯口的冷酷小朋友。

贺朝不知道为什么有种干坏事被逮住的感觉，哑然半晌，他才说："不乖啊……还没睡？"

贺朝声音听上去哑了许多，低低沉沉的，就连尾音也往下坠。

说完，他又不知道说什么了。

谢俞还是头一次见到这样的贺朝。

$r=a(1-\sin\theta)$

他遇到贺朝的时候，贺朝整天咬着糖，叼着根棒子。谢俞闻到空气里尼古丁的味道，突然想，高一时那个让人闻风丧胆的东楼老大到底是什么样子？

是现在这样？

整个人情绪不佳，但看起来很强势，甚至带了些戾气，一副困倦的、脾气不太好的样子。

"我先去上个厕所，"谢俞用了之前贺朝用过的梗，不过是强化版，转过身说，"你老实待着，别动。"

贺朝"啊"了一声，等谢俞从他面前走过去，才想起来："你跑这儿上厕所干什么？"

二中不说别的，住宿条件是出了名的好，空调、独卫都有，寝室空间也大。

谢俞的声音从较远的地方传过来："水管漏水，报修了。"

贺朝坐在台阶上没动弹。

他其实睡得很早，回去洗完澡就躺下了，但是做了个梦又惊醒，醒来的时候浑身汗涔涔的，然后在这个秋高气爽的日子里，翻来覆去怎么也睡不着。

耳边反反复复，都是饭馆里雷骏猛然逼近他的时候，凑在他耳边说的那句："贺朝，你把二磊害成这样，怎么还不去死呢。"

就连在梦里，他都像是被一只无形的手扼住喉咙，窒息般，什么话也说不出来。

贺朝低着头，把打火机拿在手里把玩，"啪嗒"一声摁下去，那团小火焰便蹿出来。再松开，大拇指按着的那块地方逐渐发烫，从指尖一点点往上烧。

雷骏就是现在的圾哥，电技四年级，中途留级了一年。

虽然现在见面像仇家一样，但以前……他们是好哥们。

初中的时候，贺朝虽然人缘好，跟谁都认识，但真正交心的也没几个。后来有一回在小卖部遇到雷骏，雷骏正失恋，抱着瓶可乐当酒喝，身边还有个男孩子不停地安慰他："女人来来去去，兄弟我还在。"

结果他们就这么认识了。

雷骏跟方小磊两个人，由于成绩太差，老师基本不管，只要别影响到其他同学学习，对他们俩也就睁只眼闭只眼。

而贺朝当初，那还真是"全村的希望"，所有人眼中日后的杰出校友。

这位日后的杰出校友居然跟两个后进生玩到一起，各科老师都操碎了心，尤其是班主任:"少跟他们接触,你跟他们不一样。"

初中小屁孩,能差到哪里去,社会都还没开始混呢,也就成绩差点。

每回贺朝都说:"老师,打个比方,我要是变坏了,那也不能怪别人……是我自己的问题,更何况我现在挺好的,能别对其他同学抱有偏见吗?"

贺朝想着想着,突然往后躺,双手交叉,垫着脖子。

他身上穿得单薄,躺下的时候,感受到一股凉意透过衣服布料从后背钻进来。

贺朝刚躺下没多久,谢俞洗过手,越过台阶走上来,在他边上坐下:"你的糖,还有吗?"

贺朝以为他想吃:"口袋里,好像还有一颗。你找找?"

看大帅哥丝毫没有想动弹的打算,于是谢俞伸手去摸:"哪边?"

贺朝说:"左边吧。"

贺朝上衣就是件短袖T恤,明显没有口袋,谢俞手伸到半途,顿了顿。

其实贺朝自己也记混了,他还以为自己穿着那件"爱与和平"的卫衣,就记得早上出门的时候往衣兜里塞了一把糖。等谢俞的手隔着布料,若有若无地贴上他的大腿的时候,他才猛地清醒过来。

谢俞低下头,手在他裤兜里摸半天,什么也没摸着。贺朝坐起来,下意识地握住谢俞手腕。

"我记错了,"贺朝说,"没糖,在寝室。你要的话我……"

贺朝话还没说完就手忙脚乱地站起来,然后三步并作两步跨过台阶往下走,最后几级台阶直接跳了下去,衣角被身侧的风带得扬起来。

像飞一样。

谢俞坐在台阶上,心说这人又发什么疯。

过了几分钟,贺朝捧着个铁罐回来了,挺大的一个,比之前谢俞在他寝室里看到的那个搁在书桌上的糖罐还要大,估计是把自己全部的私货都带过来了。

贺朝把盖子掀开,递给谢俞:"给。"

铁罐里琳琅满目,什么口味的糖都有。谢俞接过铁罐,捧着放在膝盖上,认认真真地挑了半天,最后从底下翻出来一根草莓味的棒棒糖。

贺朝看着冷酷小朋友把糖纸拆开,然后冷不防听到嘴里突然蹦出来一个字,还往后拖音:"啊——"

贺朝:"啊?"

就一个单音节词,贺朝嘴才张开,谢俞直接就把糖塞进他嘴里,又快又准。甜到发

$r=a(1-\sin\theta)$

腻的味道瞬间在舌尖散开,冲散了刚才那股发苦的烟草味。

"吃吧,小朋友,"谢俞似乎对于能把"小朋友"这个称号还回去这件事情感到挺高兴,嘴角微微勾起,但语调还是习惯性冷淡,"吃完记得刷牙。"

贺朝愣了愣,听到刷牙的时候才反应过来,叼着糖说:"你这人……"

贺朝话说到一半,又打住不说了:"算了,让你一次。"

贺朝跑回来的时候应声亮起的感应灯又灭了。

隔了会儿,谢俞才问:"那个垃圾,老朋友?"

"圾哥?他叫雷骏。"贺朝说,"初中同学,人不坏,我跟他……有点恩怨。"

看出来了。

谢俞心想,那圾哥打架还挺公平的,打完就散了。

他在黑水街见过的那种人多了去了,都是哪怕自己打不过,打电话叫人也要继续弄死你的浑蛋,跟狗皮膏药似的,粘上不脱层皮根本撕不掉。

要么比他狠,要么比他还要浑,他才怕你。

谢俞也没接着往下问,贺朝是不知道怎么说。

其实我是一个超级天才,我根本不是成绩不好——这种话说出来怕是要被打死。

贺朝想着想着,鬼神使差地,几段话又开始在他耳边萦绕。

"贺朝,这件事情老师会解决的,你安心备考,为学校争光。"

班主任的脸有些模糊,但女人嘴角分明含着笑意:"我了解你,知道你是个好孩子,这就是场意外,况且你也不是故意的……别多想了。"

贺朝缓缓合上眼睛,然后再睁开,谢俞已经起身准备回寝室睡觉了。

贺朝不知道怎么想的,伸手去抓谢俞的衣角,手刚触到柔软的布料,反应过来又松开了手。

谢俞脚踩在台阶边沿没踩稳,被他一拉一松的,身体没稳住,跌下去之前憋出一句:"贺朝,你是不是有病?"

次日。

罗文强正在为即将上场的运动员加油鼓劲,顺便提前展望了一下他们班男子三千米长跑的奖项,甚至已经单方面把第一名、第二名收入囊中。

"咱班也是年级里数一数二的,好吗?虽然我们文化成绩是倒数,但是我们体育牛啊!有了朝哥和俞哥这两位……"

罗文强话还没说完,看到贺朝扶着谢俞从后门进来。

"这两位……两位长跑选手,"罗文强哽了哽,"你们发生了什么?"

谢俞脚腕处贴着药膏,裤腿往上挽起,靠在贺朝身上,他抬手指指身边这个人:"你问他。"

"我真不是故意的,"贺朝小心翼翼地揽着谢俞的腰,说,"你疼不疼?你是再去趟医务室,还是想回寝室?"

谢俞说:"我想你闭嘴。"

于是长跑项目就剩下了贺朝一根独苗苗。

搬椅子下楼的时候,罗文强还在念叨:"我就不该开玩笑,什么'全村的希望',这下真的变成全村唯一的希望了。"

贺朝手里提着两把椅子,等会儿还要回来一趟把小朋友接下去。

罗文强又说:"朝哥,你告诉我,我能相信你吗?"

"第一是吧,没问题,"到地方之后,贺朝把椅子放下来,"强强,你放心,我不是一个人在战斗,我身上还背着我同桌的灵魂。"

"今天还剩下的项目有跳远决赛、一百米决赛、男子三千米长跑赛、四乘一百米接力赛,还有团体项目拔河……最后是各班老师的四百米比赛。"姜主任又开始做动员工作,"看着大家在操场上奔跑的样子,我觉得很欣慰,这才是青少年应该有的面貌!加油啊运动员们!"

谢俞坐在座位上,低头看手机,头上顶着贺朝强行给他盖上的大外套,说是给他挡太阳。

三千米长跑向来都是重头戏,比赛时间也是最长的,贺朝等会儿就要去升旗台处报到,临走之前特别自信:"你们可以想一下,等下咱班拿第一的时候该发表什么获奖感言。"

万达鼓掌:"第一名预定。"

刘存浩:"牛!就看你了,朝哥。"

谢俞用没受伤的那只脚踹过去:"废话少说,赶紧滚。"

贺朝去了,背后4286四个数字被阳光照得闪闪发光。

贺朝过去之后,罗文强他们聚在一起商量着写广播征稿给(三)班唯一一位长跑选手加油打气,几颗脑袋凑在一块儿商议半天,万达扭头:"俞哥,你帮我们看看,这样行不

$r=a(1-\sin\theta)$

行。"

谢俞伸手接过,发现这哪里是什么加油打气广播稿,这就是份贺朝想要的获奖感言。上面是刘存浩歪歪扭扭的字迹。

——胜利属于朝哥,属于(三)班,感谢其他长跑选手的参与,很可惜也很无奈,你们注定是这场戏里的默默无闻配合演出的小配角。

刘存浩眨眨眼睛问:"怎么样!是不是很有才华?"

"厚颜无耻,运动会之后可能还会被人套上麻袋揍一顿,"谢俞顿了顿,又说,"不过你们朝哥肯定很喜欢。"

第十五章

刘存浩他们兴冲冲地把稿子投了出去，跑回来的时候顺便隔着跑道跟贺朝打招呼："朝哥，加油啊，我们给你准备了惊喜！"

长跑报名的人并不多，每个班也就那么一两个，还都是被迫上阵。谁也不愿意跑这么多圈，跑短跑还能冲刺耍帅，可三千米呢，当众展示什么叫气喘如牛、生不如死？

贺朝站在队伍最后，是人群里最惹眼的那个。

听到有人喊他的名字，贺朝转过身，然后随手比了个"没问题"的手势，扬声说："朋友，透露一下？"

"很神秘的，"万达摇摇手指头，"到时候你就知道了。"

罗文强跟着喊："别忘了，你还背负着俞哥的灵魂啊！"

贺朝站在原地，看着（三）班几位活跃又热情的同学走回到班级座位那边，目光不由自主地挪开，落在后排角落的某个人身上。

谢俞正低着头刷朋友圈，顺手点了几个赞，立马被大雷截屏发到"不要打打杀杀"群聊里，并配文：失踪人口你好@XY。

谢俞这才发现自己已经很久没有更新过动态了。

他没有记录生活的习惯，但现在耳边各种声音此起彼伏，各班都在为运动员加油鼓劲，有尖叫，也有安慰："没事的，你已经很棒了，重在参与嘛……"

谢俞点开照相机，打算拍张照片凑个数，等他将手机举起来，正准备调整角度，就在镜头中央看到了某姓贺名朝的大帅哥。

大帅哥动作表情相当浮夸，面对镜头，右手扯着衣领，嘴角三分笑意，很明显的摆拍，又自信又酷。

POSE（姿势）摆得非常熟练。

谢俞手指一抖，差点就把照相机给关了。

神经病啊。

$r=a(1-\sin\theta)$

谁要拍你?

谢俞忍着把手机砸出去的冲动,但是看着贺朝一动不动地维持这个姿势维持了半分钟,毅力惊人,最后还是按了快门键。

生怕贺朝拍上瘾,再换几套摆拍姿势接着秀,谢俞拍完之后把手机往衣服口袋里塞。

隔了一会儿,等贺朝上跑道排队,谢俞才又把手机拿出来,解锁,屏幕上是刚才拍的那张照片。

逆着光,人物有点暗,但画面中央的少年还是很耀眼。

"男子三千米,预备——"

随着一声枪响,拉开了三千米长跑的序幕。

十几名运动员脚尖顶着白线,在枪响的瞬间冲了出去。

"其他人我倒是不担心,但是隔壁班有个耐力贼好的,以前还是校队运动员,就那个,第五个,"罗文强探头张望,有点担忧,"朝哥怎么开始就跑这么快?控制一下啊。"

万达:"体委,我们换个思路,因为他强。"

"强个头,"谢俞编辑完朋友圈,正好听到万达这句话,抬头说,"就是爱秀。"

刘存浩鼓鼓掌说:"我竟然无法反驳。"

贺朝跑在前面,足足领先了其他人半圈,全校目光都集中在他身上,跟着他绕操场。

旁边班级有几个女生聚在一起说个不停:"真的只有三千米吗?我想多看几圈,好帅!"

谢俞往后靠了靠,眯起眼睛,不知道为什么觉得有点烦。

有什么好看的?

"来了来了!"罗文强搬了凳子坐在谢俞后面,每次看到贺朝跑过来都要带着全班同学喊口号加油助威,他激动得屁股都不由自主离开了椅子,半蹲着,开始倒数,"三二一,整齐一点,喊出咱班的风采!"

等贺朝跑近了,罗文强他们带头狂呼:"(三)班第一!朝哥无敌!"

足足喊了三遍。

贺朝经过班级的时候脚步放慢,手抓着衣摆,大概是跑了四圈觉得身体发热,边跑边把卫衣给脱了,周围看台上的女生又开始尖叫。

贺朝脱完衣服,喊了句:"老谢!"

谢俞还没反应过来,贺朝已经把衣服往他那边扔,跟传球似的,正好扔在谢俞脚边,然后贺朝边用里面那件单薄的打底衫边擦汗边说:"帮我拿着。"

贺朝外套上还带着他的体温,带了点洗衣粉的味道。

等到三千米长跑只剩下最后一圈的时候,(三)班那份广播稿终于被抽中,虽然很可能是因为广播站实在没有稿件可以念了,才不得不拎出这份糟糕的投稿。

"高二(三)班来稿,胜利属于朝哥,属于(三)班……"

念稿件的是个学生会小姐姐,声音活泼,咬字发音很刻意地在模仿播音腔,她念到这里顿住了,隔了几秒才犹犹豫豫地往下念:"感谢其他长跑选手的参与,很可惜……也很无奈……"

等学姐全部念完,全场安静无声。

贺朝听到"小配角"的时候直接停了下来,停在离终点一百米左右的地方,俨然一副胜利者的姿态,配合着(三)班的广播稿,冲场下的人挥手致歉。

看来他是又想秀一场了。

反正贺朝领先了第二名半圈,刘存浩他们也就配合贺朝演出。

于是全校眼睁睁看着贺朝停在终点线前,手撑在膝盖上喘气,嗓音低哑地问:"第一是谁?"

(三)班同学喊:"贺朝!"

"大声一点?"

"贺朝!"

贺朝显然入戏很深,顺便把高二(三)班全体也带疯了,士气空前高涨,自信到近乎盲目。

谢俞没脸看,低头修图,把刚才拍的那张照片调了调亮度。等他再抬头,就看到隔壁班那位不容小觑的长跑竞争对手,趁着这群(三)班的"神经病"还在疯狂膨胀,越跑越快,不动声色地越过某位"戏精",直接冲向了终点线……

高二(三)班第一没拿到,但也一战成名,以意想不到的尴尬载入立阳二中运动会史册。

谢俞看了一眼自己的座位和隔壁班的距离,认认真真地琢磨着要不要把座位往隔壁班挪一点……实在丢不起那个人。

(三)班班主任倒是看得开,唐森全程笑眯眯的:"有趣,年轻人,有趣。"

刚才配合得最出色的几个人都坐在座位上弯着腰把脸埋进膝盖里,试图遮住脸。

"有趣什么啊!"罗文强抱着头说,"太尴尬了!"

$r=a(1-\sin\theta)$

万达的声音闷闷地传出来:"尴尬到窒息。"

刘存浩:"别说了,我已经死了。"

贺朝去厕所洗了把脸,由于出汗太多,他顺便用凉水冲了个头,水滴顺着脖子往下淌。回来的时候衣领都湿了大半,贺朝坐下说:"你们听我说,这是个意外,我的实力……"

谢俞直接拎着瓶矿泉水往贺朝怀里扔:"实力?"

贺朝接过水,灌下去大半瓶,又说:"真的是个意外,我还是很强的,看到我领先的那大半圈了吗? 我简直是一骑绝尘。"

"骚哥,"谢俞说,"闭嘴行吗?"

最后是全校老师的比赛。

大家看热闹居多,毕竟平时只能看到各科老师在讲台上上课的样子。

"这个也算班级分吧,"贺朝捏着瓶口,往谢俞那边凑过去,"老唐要是能拿个第一,咱班说不定还有救。"

谢俞说:"你想想老吴打球什么样,参考一下。"

贺朝改口:"算了,当我没说。"

高二(三)班对唐森没抱任何不切实际的期待。

看到其他老师四百米都跑完了,他们班老唐才跑了一半,没有人觉得哪儿不对劲。

尴尬来得快去得也快,尤其贺朝本来就没脸没皮,带领全班选择性失忆,重新疯起来为老唐加油打气:"加油! 跑完就是胜利!"

最后老唐果然不负众望,稳稳地拿下倒数第一。

临近放学,所有项目结束。

刘存浩起身喊着"大家手边的垃圾一定要清理干净",罗文强提醒大家把号码牌和别针交给他。

周围是各班把椅子搬回教室的拖拽声。

"散场"这两个字,经常给人一种强烈的不真实感。谢俞坐在座位上,看周围人越走越少,椅子越搬越空。

运动会好像才刚刚开始,又好像根本没有开始过。

恍惚间,贺朝拍了拍他的后脑勺。

"走了,小朋友,"贺朝一手拎着椅子,另一只手伸在他面前,"回教室了。"

"其实咱班这回成绩还是不错的,第三名或者第四名的样子吧,"罗文强在教室里边收运动牌边说,"唉,我回来的时候还被隔壁班体委嘲笑了,说这不是第一吗?"

运动会都结束了,现在提起这茬儿大家都只想笑。

贺朝自己也没忍住,单手捂着脸往后靠,笑了半天。

万达已经开始用一种追忆江湖往事的语调评价这事了:"当时那个画面……我的天,我都不敢回想。我真的……我当时可激动了,闭着眼睛——哦,朝哥第一。结果睁开眼睛一看,隔壁班那小子已经冲过终点线了……"

谢俞憋着笑埋头抄作业,写出来的字都有点抖。

姜主任闻声过来,在窗口露了半张脸,表情严肃,目光尖锐。贺朝反应快,直接握上谢俞的手,连手带作业本一并拽下来:"姜主任。"

姜主任走进来,在教室里转了好几圈:"我就知道你们收不住,该玩的时候玩,该收心的时候也要收收心,一点自控能力都没有。纪律,纪律问题,我强调多少遍了,你们有那么开心吗?这么快乐,跟我也说说,也让我快乐快乐。"

谢俞的作业本和手都被贺朝摁在桌肚里,由于全班都坐姿标准一动不动,姜主任又正好在附近,贺朝一时间也动不了。

可能是两人表情都不太自然,又或许是姜主任终于注意到后排两位同学交叠在一起的手塞在桌肚里不知道在干什么。

姜主任停下关于纪律问题的谈话:"你们俩,干什么呢?"

贺朝不知道怎么想的,为了给同桌抄作业这件事打掩护,把两人交握的手从桌肚里摆到了桌面上,在众目睽睽之下说:"我们俩……牵个手。"

贺朝说完,班里鸦雀无声。

姜主任从事教育事业十多年也没碰上过这样的学生,很明显这两个人还有除了牵手之外的"猫腻",但他一时间被贺朝出其不意的行动迷惑了,都没顾得上去检查桌肚:"你们……好,很好,牵手是吧?"

贺朝动了动嘴唇,可能还想说出什么更出人意料的话。

谢俞趁姜主任不注意,直接踩了贺朝一脚。谢俞这一脚踩得丝毫不留情面,贺朝痛得握着谢俞的手无意识紧了几分,道:"小瘸子,这么狠?"

谢俞低声说:"我要是脚没受伤,你现在已经不在这儿了。"

姜主任没听清他们在说什么,他就看到这两位男同学牵在一起的手非但没有放开,还越牵越紧。

$r=a(1-\sin\theta)$

这简直是在向他示威。

他感觉自己教导主任的威严受到了蔑视。

"既然你们那么喜欢牵,那就给我牵着,给我牵到下课!"

姜主任胸口起伏,被这两个人气得不轻,打算挽回一下自己的威严,说完又扭头对其他同学说:"你们好好监督,下课铃没响,他们两个手不准松开,我等会儿还会过来抽查。"

两名当事人和被赋予重任的其他同学面面相觑。

等姜主任走了,刘存浩才捅捅万达,犹犹豫豫地问:"我们……真监督啊?"

姜主任惩罚人的方式总是很离奇,也很有创意,以前刘存浩因为迟到翻过一次墙,听其他同学说那堵墙很好翻,他鼓起勇气去了,结果墙的另一头就站着边吃早餐边喝豆浆的姜主任,逮住他让他来回翻墙翻了二十多次。

但这回也太离奇了……哪能真去监督,还是监督牵手。

相比刘存浩,万达就显得淡定许多,他气定神闲地翻开英语书,说:"其实我觉得我们应该用不着监督。"

教室最后一排。

谢俞虽然一只脚不太好使,但战斗力还是相当惊人。姜主任前脚刚走,(三)班教室立马热闹起来,咣咣当当的,谢俞和贺朝两个人的椅子都已经翻了。

"老谢,你打我可以,"贺朝边躲边说,"但我们得为其他同学考虑一下,等会儿要是姜主任回来检查,不能连累了他们……你懂我意思吗?"

不管谢俞再怎么奓毛,贺朝全程就没松过手。谢俞甩都甩不掉,烦到头疼:"我懂个头!"

万达那句"不需要监督"刘存浩刚开始没听懂,现在围观了一阵,终于懂了,他拍拍万达的肩说:"您真是高人啊……料事如神。"

万达抱拳:"承让承让,我只是知道得太多了。"

这架没打多久。

贺朝只顾着扶着小瘸子,生怕他一个没站稳摔下去。

少年穿得单薄,后背靠着墙,一只手还跟谢俞牵着,另一只手扶在他腰上,低头说:"好了好了,你别乱动,我不躲,你想怎么打就怎么打。"

语气真跟哄小朋友似的。

然后贺朝如他所愿,被摁着打了一顿。

"带你走进高二(三)班,我是你们最敬爱的班长,"刘存浩两天运动会拍了不少照片和小短片,还特意从家里把相机给带来了,先是对着自己照了一通,又把镜头对准教室,从左边扫到右边,最后定在教室最后排的角落,"角落里,我们朝哥,达成日常被揍成就。"

刘存浩没拍多久,万达那张脸突然凑近,挤满了整个镜头:"大家好……"

万达刚说了三个字,刘存浩十分嫌弃地摁着他的头把他往边上推:"你边上凉快去。"

离下课还有近十分钟。

各科老师过来了一趟,布置回家作业,作业满满当当地占了小半块黑板,总算冲淡了运动会停课两天、犹如野马脱缰的气氛。

"这么多啊!"

"作业太多了吧……"

英语老师写完之后,把粉笔放回粉笔盒里,然后拍拍手,把手指上沾到的粉尘拍下来,说:"就是要让你们清醒清醒,免得一个个都玩疯了。"

英语老师又叮嘱几句就打算回办公室,临走前突然想起来前天布置的那套试卷还有人没有交上来,于是又停下脚步,站在教室门口问:"贺朝,你作业呢?"

贺朝扬声道:"再给我一点时间。"

英语老师想说"那你干脆别交了",冷不防看到贺朝和谢俞两个人握在一起的手:"你们什么情况?"

谢俞面无表情,贺朝识相地没说话。

最后还是刘存浩说:"老师,他们两个……牵手,姜主任让他们牵到下课。"

英语老师问:"干什么?相亲相爱?"

"是是是,体现我们班团结友爱的精神。"

虽然贺朝打架服软服得相当快,快到仿佛没有尊严,但他对牵手这个问题还是很执着,说什么也不松手。

谢俞实在是服了:"姜主任又不在。"

"他神出鬼没,"贺朝说,"我们得随时做好准备。"

"我要抄作业,"隔了一会儿,谢俞动了动手指,找借口说,"松开,昨天的作业还没抄完。"

谢俞坐在左边,被牵的是右手,他总不能用左手写字。

但贺朝身体力行地向他阐述一个道理:你根本不知道骚哥可以有多不要脸!

$r=a(1-\sin\theta)$

"我跟你换个位置，"贺朝说，"你坐我这儿。"

最后两个人真的换了位置。

谢俞坐在贺朝座位上，手里拿着笔，照着万达的数学作业抄了几行，等一道题抄完，他才发现自己抄岔了。

而贺朝坐在边上，用左手玩手机。

两个人谁也没说话。

但是气氛……气氛怎么那么怪？

谢俞对着那道抄岔的题愣了会儿神，最后还是把作业本合上了。

贺朝也好不到哪里去，他手机屏幕上是游戏界面，开局十秒钟不到就死了，然后就一直停在游戏结束画面没有动弹。

沈捷跟他组队玩的，看到他死了，发过来好几句私聊：朝哥，你今天为什么那么'菜'？你留我一个人面对这个凶险的世界？啊？你太残忍了！

贺朝从来没有觉得十分钟那么漫长过。

下课铃响了，贺朝对着自己手掌心瞧了半天，再抬头的时候，看到同桌已经扶着墙走到教室后门门口了："你去哪儿？"

谢俞说："厕所。"

贺朝刚说了个"我"字，"陪你去"三个字还没说出口，谢俞就打断说："不需要。"

一如既往地冷酷。

半晌，贺朝退出游戏，点开QQ，对着自己的个性签名上面那一串"啊"酝酿了很久，点进去编辑，在那串"啊"的后面又加上几个"啊"。

发布签名。

发布完，贺朝再回到好友列表，发现联系人那项上面冒着个小红点，随手点开，跳出来一条通知。

——"你骏爷"请求添加您为好友。

贺朝手指在屏幕上，停住了。

谢俞上完厕所之后还去食堂吃了个饭，本来脚伤也没严重到不能走路的地步，就是走的速度慢了点。他短时间内不太想看到贺朝那张脸，看着烦，说不上来哪里烦，但是一烦就想揍人。

为了贺朝的生命安全着想，谢俞直接下了楼。

再回来的时候，贺朝座位上已经没人了。

"朝哥接到个电话出去了，"万达回来得早，手里捧着复旦奶茶，看到谢俞盯着贺朝的位置多看了两眼，帮忙解释说，"他说给你留了字条。"

谢俞在桌面上扫了两眼，还真有张字条，用课本边角压着。

谢俞一边说"关我什么事"，一边把那张字条抽了出来，然后看了半天。

"写了什么？"万达凑过去问。

谢俞放下字条，心想，还不如不留。

见万达实在是好奇，谢俞把字条叠起来，说："不知道，看不懂。"

"你骏爷"是雷骏的网名，网上冲浪行走江湖的小马甲，这么多年从来没变过。

当初二磊退学之后，雷骏也把贺朝拉黑了，之后三年没有再联系过。

加上好友之后，雷骏只发过来一句话：你手机号多少？

然后一通电话就打过来了。

"我在你们学校后门，特别破的那地儿，"雷骏呼气声很重，嗓音也粗，"你出来一趟。"

二中有两个后门，一个常年被封，遍地荒芜，铁门都开始生锈。

既然说特别破，那应该就是这儿。

雷骏只身一人来的。

他蹲在后门门口。

贺朝走近了问："怎么约这里？"

出不去进不来，打架也不方便。

雷骏还蹲在地上，他眼睛里有点红血丝，隔着铁网看贺朝，他说："不找你打架。贺朝，我问两个问题就走。"

然后雷骏问了第一个问题："你为什么来二中？"

贺朝身体有点僵，半天没说话。

雷骏低下头，一只手插进头发里，又问："你今年……高二？"

这回贺朝没再沉默，"嗯"了一声。

"你以为这样，你以为……"雷骏说到一半没说下去，又低下头咒骂了两句。

雷骏蹲着抽了根烟，过了会儿站起来，走之前说："你这算什么，为了让自己好受点？别整那些没用的……没用，这事过不去，也没法过去。下次别再让我碰见你，绕着点走，我怕我忍不住找人把你打残了。"

$r=a(1-\sin\theta)$

贺朝想说不是,但那些话在嘴边转了好几个弯,还是没说出口。

雷骏也没打算跟他多说,说完拍拍裤子走了。

贺朝没回教室,爬上六楼——教学楼楼顶虽然锁着,不过那把锁用根铁丝就能打开,也不知道是哪一届的"开锁匠"研究出来的方法。

他推开门走上去,顶楼的风很大,吹乱了发型,也吹得人清醒几分。

天台上偶尔有人会来,角落里还堆着几个捏瘪了的啤酒罐,风吹过去的时候哗啦啦地往边上滚。

贺朝躺在天台上,眼睛一眨不眨地往上看,好像看到初三那年的自己,还有虎头虎脑的方小磊。

"实验室里应该没人了吧?都这个点了。"

"朝哥,这个实验老师不是说很危险嘛,我们这样偷偷进去……"

"视频里那些步骤我都背下来了,没问题的。"

"你从哪里拿的钥匙?"

"偷的。"

许许多多的声音在耳边环绕,拖着他,往深不见底的地方去。

浓浓黑烟,呛得人无法呼吸。

消防车的声音。

还有保安打电话的时候,着急的语调。

最后一个女人厉声质问他们:"谁准你们私自进去做实验的?刘老师在里头隔间,差点就没救出来,这责任谁担?!"

这事闹得很大,学生偷钥匙私自做化学实验,出了意外不说,还差点弄出人命。

德育中学化学实验室管得严,实验室里专门有个小隔间,是值班老师的办公室。那天正好轮到刘老师值班,没承想刘老师下班了还没走,而且由于工作太累,趴在桌上睡着了。

如果不是保安提醒,说没见到刘老师出校门,他们甚至都不知道里头还有个人。

"到底怎么回事?方小磊你不说是吧,贺朝你说。"

"钥匙我偷的,"贺朝听到自己的声音一点一点响起来,虽然遇上这样的事也慌了神,但他还是照实说,"实验也是我做的。我让他陪我一起去,跟他没关系。"

女人坐在座位上，手里拿着红笔，拇指指腹推着笔帽，来来回回半天，最后她冷静下来，捏捏眉心说："我知道了，你们先回教室……这件事先不要往外说，谁问都不能说。"

走出办公室的时候，方小磊怕得发抖。

"老师说了她会想办法，"贺朝拍拍二磊的脑袋，说，"这事跟你没关系，要罚也是罚我。"

当时贺朝还不知道，班主任说的"想办法"，就是丢掉那个后进生保住他这个好学生——方小磊被勒令退学。

以方小磊的成绩，考上高中基本不可能，与其拉低学校升学率，不如顺势把人弄走。

离中考没剩多少天，等他知道的时候，已经于事无补。

他联系不上二磊，听说二磊回老家了。既然班主任敢打这个主意，也是吃准了二磊家里对孩子没抱什么期望，学个手艺早点赚钱反而更称他们的心。

校方的态度也跟班主任一样，放出去的退学通知再收回来，这不是打脸？

他这个该退学的被所有人留着供着，不该退的却走了。

"贺朝，老师这里有一份中考模拟卷，你做做看，做完了拿过来我单独给你批，"女人笑着说，"马上中考了，你安心复习。"

贺朝想到这里，觉得一阵反胃。他撑着坐起来，近乎狼狈地抹了把脸。

就在这件事发生前不久，方小磊还经常过来问他题目，整天捧着书，把雷骏都吓蒙了。

方小磊说："我想好好学习，不能这么玩下去了。"

雷骏拍拍他脑袋："哟嗬，二磊，出息了啊，打算考哪所学校？"

"嘿嘿……我想考二中。"

"因为分数线最低？"

是为了减轻负罪感吗？贺朝问自己。

中考弃考，复读一年，最后来了二中，次次考试拿倒数第一……是为了这个吗？

好像又不是这样。

有些事很荒唐，隐隐约约有无数个"为什么"往外冒，他也不知道自己到底想抓住一个什么样的答案。

到晚自习下课贺朝都没回教室。

下课铃响，万达他们欢呼一阵，拎着包成群结队下楼："今晚来我房里看电影吗？我在家下载好的，科幻动作片，听说贼酷炫……"

$r=a(1-\sin\theta)$

万达说到一半,又扭头问:"俞哥来吗?"

谢俞说:"不来。"看什么电影,他还要做两套试卷。

洗过澡,谢俞挑了几套A市各大高校期中考试卷,打算提前做,虽然后面很多内容还没学到,但他这段时间上课不动声色地翻书看,也领会得差不多了。

这种难度的题目应该没什么问题。

但是谢俞拿着笔,做着做着却开始走神。

贺朝收到谢俞短信的时候正要关机。

说是短信,真的短,只有三个字:在哪儿?

贺朝打算当没看到,但是手碰到屏幕,鬼使神差地,回过去两个字:网吧。

——爆吧?

——嗯,你要来?晚上不睡觉?

学校附近网吧有好几个,其中"爆吧"知名度最高,因为它"保护措施"做得好,遇到老师来网吧查岗的情况会给他们紧急通知。

网吧里所有工作人员甚至认得出学校里最爱查岗的几位老师的脸,尤其是姜主任,只要碰到他,立马拉响一级警报。

网吧立志要给广大学生创造"安全又放心"的上网环境。

谢俞很少去这种地下网吧,不太喜欢那种空气不流通、光线又暗的环境,坐在里面跟个颓废少年似的,嘴里叼着根烟,长长的刘海遮住忧伤的眼眸。

但是谢俞翻墙出去的时候,突然有点看不懂自己……他到底在干什么?

天已经黑透了,外面只有路灯还亮着,树叶在风中沙沙作响。

一股凉意顺着衣服下摆钻进来,谢俞正准备跳下去,听到不远处有个声音说:"脚不想要了是不是?你挺能耐啊,都这样了还能翻墙。"

贺朝从街对面走过来,光线太暗看不清楚表情,然后他慢慢地走近了,站在墙下又说:"你翻墙出来干什么?"

谢俞说:"打游戏。"

鉴于谢俞平时的表现,这个理由完全站得住脚。年级倒数第二晚上睡不着觉想出来浪迹网吧,太正常了。

贺朝没让他直接跳下来,在下面接着他。

"瘸子,"贺朝张开双臂,仰着头看他,"跳。"

谢俞:"你才瘸子。"

爆吧在金榜饭馆对面，从服装店侧门上去，走几级台阶，开在二楼。

某位姓贺的颓废少年，脖子里挂着耳机，手指在键盘上敲啊敲的，人家叼烟，这人嘴里叼着根糖。

身上还是校服，没换。

都这个点了，爆吧里人不少，有几个有点眼熟，谢俞想了半天才想起来，月考的时候在最后一个考场里见过。

贺朝也没什么想玩的游戏，桌面上看哪个图标顺眼就点进去了，他正漫不经心地打着游戏，面前突然伸过来一只手，食指弯曲，在他桌上敲了敲。

贺朝顺着看过去，看到穿着件白色卫衣的、头发还没干透的小朋友问他："你们经常来这儿通宵？"

"也没有经常吧，"贺朝说，"一个月……也就那么几回。"

谢俞点点头，觉得自己对后进生的世界又多了一层认识，之前他从来没有往这方面想过，然后低头在手机备忘录里打上一行字：网吧通宵，一个月两次。

两个人组队打了几把游戏，打到最后谢俞困得不行，趴在座位上睡着了。

贺朝摘了耳机，也没再继续玩。他侧头看了同桌半天，发觉刚才一个人在网吧里那种疯狂的心情居然就这么被熨平了。

网吧光线昏暗，电脑屏幕上发出来的微弱的光打在谢俞脸上。

贺朝盯着看了一会儿，把嘴里那颗糖咬碎了。

第二天，贺朝和谢俞两个人一起顶着黑眼圈上课。

"你们俩什么情况？"万达啧啧称奇，"你们昨天晚上干什么去了？难道是被咱班学委逼出了黑眼圈？"

薛习生一直没有放弃，贺朝跟谢俞的桌上经常会出现各式各样的便利贴，上头写着各种公式和单词，有时候还会来几句"少壮不努力，老大徒伤悲""学到老活到老""加油啊你离成功只差一点点"之类的心灵鸡汤。

如果不是薛习生家里零花钱给得少，他可能还会买一堆课外练习题给他们。

贺朝一来就往桌上趴："不是，昨晚网吧通宵了。"

万达问："俞哥也是？我说你昨天怎么不跟我们一起看电影呢。"

"什么电影？"贺朝通宵过后头有点疼，不知道想到哪里去了，说，"我同桌不是这种人，你别带坏他。"

$r=a(1-sin\Theta)$

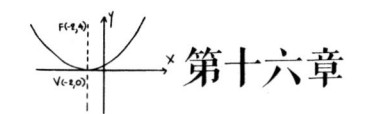

第十六章

贺朝走的时候留给谢俞的那张字条还在桌上，昨天晚自习万达还拿着它在班里传了一圈，最后全部留校生都表示无能为力，猜了一圈儿，不仅看不透，连纸上总共有几个字都说不清楚，甚至有人说可能是甲骨文。

相比之下，贺朝考试的时候写字已经相当注意了，起码字只是丑，不至于到被认成是甲骨文的地步。

谢俞看到才想起来，顺手把那团纸扔还给他："你这破玩意儿，写的什么？"

"晚自习不回来了，"贺朝打开看了一眼，念完之后说，"你看不懂？"

谢俞很想把这张字条往他脸上糊。

贺朝对着那张字条欣赏了一会儿："怎么会看不懂呢？我写得很认真的，你看看这字……"

谢俞怕这人又要说什么瞎话："行了！闭嘴。"

除了跟谢俞说话的时候还会打起点精神，贺朝整个上午不是睡觉就是低头摆弄手机，老唐叫他起来回答问题，他也只说"不知道"。

"朝哥今天怎么了？"刘存浩他们平时最期待的就是听贺朝答题，总有意想不到的惊喜，毕竟上课那么无聊，"不太对劲啊。"

万达回头看了看，看到贺朝的后脑勺："可能是通宵太累吧。"

贺朝弯着腰，额头抵在桌沿。

手里拿着手机，搁在腿间，在聊天框里打字：我去找过二磊。

他打着打着又一个字一个字删掉，最后对着"你骏爷"三个字发呆。

雷骏有一点说得对，不管怎么样，都没用。

事情已经发生，由他而起，说什么都没用。

二磊退学之后，谁也没联系。

他肯定很生气，贺朝心想，这事换了他，他也受不住。

后来贺朝找了很多人，在二磊当初住的地方问了个遍，最后问到他老家地址。

二磊那时候说过的话,他每个字都还记得。

"朝哥,这事不能全算在你头上,可我还是忍不住会埋怨你。"

"但我也不希望你这样,你……你回去念书吧,你这样辍学算怎么回事?"

"我?我不读了,也不打算再重新找学校……家里帮我找了培训班,希望我早点工作挣钱。"

贺朝把手机往桌肚里扔,合上了眼。

午休,罗文强和刘存浩两人合力扛着个纸箱子从门口进来,教务处和这边足足隔了三栋楼,刘存浩这个班长显然平时缺乏运动,走到教室门口就快不行了,气若游丝道:"同学们,发奖品了……运动会奖品。让让,都让让。"

二中效率挺高,运动会刚结束,奖品就来了。

"什么奖品?"有同学好奇地凑过去看。

"这次运动会奖品是姜主任亲自挑的,非常独特,你们肯定……"刘存浩说到这儿,顿了顿才继续往下说,"不会喜欢。"

说完,刘存浩用小刀把纸箱划开,露出里面整整齐齐的一箱子课外教材,从《英语课后阅读》到《带你走进神奇的物理世界》,几乎每个科目都有所涉猎。

"来吧,来挑吧,尽情地挑。"刘存浩说,"获得第一名的有优先权,谁先来?"

参加运动会的运动员们一个个避之不及。

刘存浩:"朝哥,别睡了,咱班俯卧撑第一,过来挑挑?"

"不要,"贺朝没抬头,闷声说,"谁要谁拿吧。"

刘存浩又问:"俞哥?"

谢俞说:"当我没参加过运动会。"

不愧是年级倒数第一倒数第二,让他们看书做题不如让他们去死。

最后许晴晴挑了两本名著,罗文强挑了本物理练习册。几个运动员都特别不情愿,只有薛习生羡慕不已:"体委,下次运动会,算上我一个,什么项目都可以。"

班里正闹着,吴正胳膊夹着沓试卷走进来。

"不要以为现在刚开学,掰着手指数一数,时日无多!"老吴把试卷放下,又从粉笔盒里捏出半截粉笔头,说话间粉笔头准确无误地往后排某位同学头上砸,"马上就到期中考了,我看你们能考出什么来。"

贺朝被砸也没起来,手指动了动,换姿势继续睡。

$r=a(1-\sin\theta)$

谢俞看到老吴在分试卷,踹了贺朝一下,提醒道:"考试。"

随堂测试,月考加强版,顺便展望接下来的期中考。

不拆桌,连考两节课。

还有几分钟时间,发试卷之前,吴正说:"要上厕所的赶紧去,等会儿别跟我说什么尿急尿频,我不管啊,憋着。"

班里同学拖拖拉拉地往厕所走,情绪低落:"考试,怎么又要考试?无穷无尽的考试。"

薛习生趁着这几分钟时间,过来争分夺秒地给他们疯狂灌输考点,生生把贺朝念叨得睡不着觉了。

薛习生边说边扶镜框,一本正经道:"你们记住了吗?这道题是必考题,就按照我刚刚给你们背的公式,你们背一下,这点分数想拿到非常容易。这样一来,我们班平均分就能上升0.5分。"

觉是睡不成了。

贺朝去厕所洗了把脸,回来准备应付考试,等试卷发下来,发现昨天留字条时用的那支黑色水笔不见了踪影。

他找了一阵,最后放弃,打算问同桌借支笔:"老谢,你有多余的笔没有?"

谢俞自从发现后进生考试不带笔这个规律之后,很想贯彻实施一次,显示自己出色的业务能力,今天随堂考试总算找到机会,于是表示:"我也没有。"

这对"家徒四壁"、浑身上下连支笔都摸不出来的同桌四目相对半天,然后贺朝拍了拍前桌同学的肩膀:"那个,朋友,借两支笔。"

前排那位同学翻了翻笔袋:"只……只有一支。"替芯倒是有一大把,但是多的笔就那么一支。

贺朝想了想说:"一支也行,够用,谢了啊。"

谢俞问:"够用?"

"你先写,"贺朝把笔递给他,"我还没看到有我会的题,暂时用不着。"

谢俞答着题,心想:按照贺朝这个水平,期中考试得考成什么样才能把他从倒数第一的位置上挤下去。

谢俞全程按照贺朝的答题量控分,殊不知他这位年级倒数第一的同桌也在暗中观察他。

做完试卷,谢俞粗略估了估,发现这次考试他和贺朝的数学分数差不了多少。

贺朝写完之后顺手把试卷压在课本下边，然后趴在课桌上偷偷打量谢俞。

谢俞被盯得浑身不自在："你发什么神经？"

不知道是不是因为昨晚通宵显得没精神，贺朝看起来有些疲倦，他顿了顿才说："心情不好。"

贺朝突然间很想问身边这个瘸子：今晚还翻墙出去上网吗？

下课铃响，吴正在讲台上叫起来："收卷了啊，都停笔，别看来看去的了……写不完拉倒，都交上来！"

"骚哥，你试卷。"

谢俞还想再估次分，低着头伸手问贺朝要试卷，伸了半天，对方也没反应，抬起头问："你发什么愣？"

谢俞估完分发现贺朝已经从后门走了，并且非常干脆利落地翘了接下来的两节课。

贺朝回了趟寝室，本来是打算补觉的，结果怎么也睡不着。

他撑着头，不知道为什么想到隔壁班那对小情侣，脑子里转了好几个圈，怀揣着复杂的心情点开手机联系人列表，找到沈捷发过去一句：你谈过恋爱吗？

没等到回复，贺朝熬到放学熬不住了，干脆爬起来回教室上晚自习。刚走上楼，大老远看到万达扒窗，探着头左右张望，特别猥琐。

贺朝走过去，走到窗前停下，屈起手指敲了敲窗台瓷砖："搞什么小动作？"

"防火防盗防'疯狗'，"万达说，"晴姐他们在斗地主，叫我帮忙盯着点。"

贺朝透过窗户一看，发现某位小朋友也在斗地主行列里边。

万达简单汇报了一下战况："俞哥简直了，几乎把把都赢，已经赢三万块了，晴姐都快哭了。"

说是斗地主，其实连扑克牌都是用A4纸裁的，上面简陋地画着红桃、黑桃，抓在手里薄薄的一小沓，抽起来都不方便。

看样子是临时起意，突发奇想来场说斗就斗的斗地主。（三）班这群人，混熟了以后，皮起来也是皮得不行。

谢俞坐庄。

确实赢了三万——黑色水笔在一张白纸上写了个3，后边接4个0。

贺朝站在走廊上，靠着窗台，饶有兴致地看了会儿。

斗地主玩家之一许晴晴感觉自己玩不下去了，跟谢俞打牌一点乐趣都没有，内心悲

$r=a(1-\sin\theta)$

苦，非常想穿越回半小时前，在万达问"俞哥，来不来"之前，先把万达掐死。

她拿着手里剩下的牌，左顾右盼，看到窗外的贺朝，眼睛一亮，直接来了句："朝哥——把你同桌牵走！"

贺朝一时间都没反应过来。

"你同桌简直就是行走的斗地主外挂，"许晴晴又道，"游戏体验极差。"

谢俞把牌放下，走之前想挽回一下自己的尊严："是你们技术太烂。"

许晴晴为了送走这尊佛，牌技烂也认了："是，是我们太差劲。"

贺朝说："那你们现在还差一个人啊。"

"我，"万达举手，"我也想玩。"

许晴晴现在就怕送走一位又来一位，警惕地问："你牌技怎么样？"

"我特别'菜'，从小到大从来没有赢过钱，"万达说，"我玩斗地主只敢玩低端局，像俞哥这种王者，我想都不敢想。"

"有没有朋友帮忙保护一下我们的人身安全？"万达疯狂暗示，"俞哥，你忙吗？"

谢俞说："不是朋友，我忙。"

冷酷，一如既往的冷酷。

谢俞说归说，还是起身在窗口那边找了个空位坐下。万达看着，也摸不透这位冷酷大佬到底是愿意帮忙盯着还是不愿意。

贺朝却笑笑说："你们打吧，他帮忙看着呢。"

万达不太相信道："你怎么知道？哪里看出来的？"

谢俞这个人，又孤又傲，极度不合群，臭脾气一点就炸，就差在脸上刻三个字"别惹我"。

分东西两楼那会儿，西楼"老大"谢俞，光"黑色指甲油"这个传闻就吓退了不知道多少人，听起来像个阴阴郁郁的变态。

万达那句问话，贺朝没回答。

他从窗外边翻进来，脚踩在椅子上，心想，我就是知道。

谢俞还在玩手机，时不时抬头看两眼外面，没发现什么异常，就又低头。

贺朝在谢俞前面那张课桌边坐下了，背对黑板，看看斗地主的那几个人，又抬头看看（三）班最近出的那期黑板报——我的梦想。

（三）班黑板报出得特别敷衍，放眼全班，三十几号人，愣是没个会画画的人才。反正也评选不上优秀黑板报，干脆不在上面浪费时间。

不过创意倒是挺新颖,让每个同学在纸上写个愿望,用胶带贴上去,最后围成一个歪歪扭扭的爱心。

就这么个玩意儿,唐森把它当个宝,用相机反复拍了好几张。

贺朝目光又落在面前这个人身上。

西楼"老大"穿着校服,最近天气转凉,大概是怕冷,在校服外头套了件外套,手一半缩在袖子里,露出来半截手,在手机屏幕上专注地点啊点。

谢俞有时候会做些让人觉得特别温暖的小动作,比如说他每天早自习睡醒,睡眼惺忪地看人的时候,还有嘴上说"关我什么事",隔了一会儿,却递给他一个问候的时候。

又或者是现在,细长白净的手指蜷着,小拇指轻轻勾在袖口边沿。

贺朝敲敲桌面:"你写了什么梦想?"

谢俞指尖顿了顿,他在跟梅姨聊天,问梅姨最近广贸那边走货量大不大,劝她别舍不得那点钱,人手不够就多请几个,话题突然转换,没反应过来:"啊?"

然后他顺着贺朝的目光回头看过去,看到黑板报。

那张纸就是瞎写的,什么梦想?正儿八经填在这个爱心里公之于众,未免太矫情。况且高二的学生,整个世界都绕着"高考"两个字转悠,万达他们拿到字条都嘻嘻哈哈地没当回事:"梦想!复旦就是我的梦想!"

"复旦就算了,复旦奶茶可以有。"刘存浩嘲笑他,嘲笑完了自己也开始畅想,"我吧,我想拯救世界。"

万达拍拍班长的脑袋:"你还是跟我一起喝复旦奶茶吧,别想了。"

成长期,对自我都还没有清楚的定义,梦想这东西实在有点远。

贺朝还在追问。

谢俞写完就忘,仔细想了想,想起来了:"发财。"

贺朝以为自己写"世界和平"已经够敷衍,没想到这里还坐着个人才:"发财?"

谢俞说:"你有意见?"

"没意见,这个梦想挺好的,"贺朝说着说着,想起来他还有一张"个人写真"没有签收,于是又敲敲桌面问,"我的帅照呢?"

"你烦不烦,什么帅照?"

"我摆姿势摆得那么努力,你没拍?"

"摆姿势?"

提到这三个字,谢俞想起来了:"你还好意思说?"

$$r=a(1-\sin\theta)$$

"我怎么不好意思了，"贺朝说，"不是你情不自禁想拍我吗？"

那张照片谢俞发朋友圈了，贺朝非要看，谢俞找出来递给他。

贺朝看了一眼，发现拍得还可以："技术不错啊，当然主要还是因为我比较上镜……"贺朝话说到一半，不小心滑到下面的评论，发现谢俞平时独来独往、不声不响的，照片评论居然有五十多条。

看名字，什么姨什么妈，七大姑八大姨，甚至还有一位备注的是"隔壁街早餐店-王妈"。

梅姨：儿子，中间这小伙是谁啊，长得挺帅。

XY回复梅姨：是个傻子。

大雷：这哥们怎么那么眼熟？

XY回复大雷：大众脸。

…………

贺朝看了一圈下来，发现这位朋友损他损得还挺开心："大众脸先不提，你跟你妈说我是傻子？"

谢俞显然忘了还有评论这茬儿，面不改色地说："那是我干妈。"

谢俞很少提自己家里的事，现在冷不丁还冒出来个干妈，而且这五十多条评论显示出小朋友人际关系网非同寻常。贺朝又问："你还有干妈？"

谢俞简单介绍了一下："我干妈，地头蛇，道上混的。"

贺朝又指指那个叫大雷的："这个呢？"

谢俞说："这个你们派出所里见过。"

最后实在是烦，谢俞不知道要怎么说自己跟隔壁街早餐店的关系，敷衍了几句"你帅，你不是大众脸"，这事才算过去。

贺朝把手机还给谢俞之前，动作相当快地添加了自己的微信号："我说你QQ空间怎么都没开通，加个好友？"

谢俞说："你加都加了，问我干什么？"

贺朝："显得有礼貌。"

梅姨她们都用微信，他和大雷跟着用也就习惯了。

反正也没什么同学需要联系，高一的时候他属于离开学校就彻底失联的那种人，常年离线，老师发通知都收不到。

不过现在，好像……哪里不一样了。

比如说好友人数越来越多的联系人列表。

再比如，谢俞没想过自己有一天会坐在窗口，给同学守着，就为了让他们安安心心地玩斗地主。

我脾气好像变好了？谢俞心想。

万达对自己的评价一点不夸张，不光手气差，牌技也烂。

"我很欣赏你这种'菜鸟'，"许晴晴没多久就把"钱"全赢了回来，心满意足道，"我们的友谊可以维持一辈子。"

万达也不在意自己输得那么惨，回答说："我的荣幸，许女士。"

贺朝靠着窗户，坐在课桌上，也帮忙盯了会儿："你们还要打多久？"

"朝哥，最后一把，马上，"万达很激动，他看了眼自己手里那副烂牌，"我马上就要输了。"

贺朝"啧"了一声："你还挺高兴？"

谢俞随口说："把把都输也是一种本事。"

"是，"万达点点头，"就是这种感觉，感觉自己也是相当有天赋的。"

盯了半天，姜主任倒是没出现，不过沈捷因为被老师留下来训话，从放学铃响一直训到现在，好不容易从老师办公室出来，路过（三）班的时候驻足看了一会儿："你们干吗呢？"

沈捷站在窗口，向里张望，听到许晴晴豪情万丈地吼了句"四带三"，简直被（三）班同学的才华所震惊："棋牌室？"

"你干吗呢，"贺朝反问，"还不回去？"

沈捷说："今天下午不是数学考试吗，我……发生了一点小小的意外。"

万达手里没有能打的牌，分心说："我知道，他下午数学考试作弊被抓住了。"

沈捷本来打算就这样把话题绕过去，没想到被万达直接挑明了，无奈道："你怎么什么都知道啊？"

万达挺贱地来了句："这个江湖，没有我不知道的事。"

"拉倒吧你，听墙脚还听出优越感来了，"沈捷走之前又说，"对了朝哥，你下午跟我说那个，谈恋……"

沈捷还放不下贺朝给他发的那句谈恋爱，怎么想都觉得不对劲，正好碰着人就想当面问一嘴，谁知道那个"爱"字还没说出口，就看到他朝哥整个人僵住，不知道戳中了他

$r=a(1-\sin\theta)$

什么点,差点跳起来,半个身体从窗口探出去:"闭嘴啊你!"

"不是,我就问问你,"沈捷摸不着头脑,"那个谈……"

谢俞歪了歪头,不知道这两个人在搞什么:"谈?"

贺朝直接从窗户翻了出去,看起来紧张得很,弯腰往下跳的时候脊背都绷紧了,他下去立马捂住沈捷的嘴,接过话:"谈谈,找我谈谈是不是?"

沈捷想说"当然不是",奈何嘴里只能发出"唔唔唔"的声音,就这样被贺朝拖走了。

"他们俩,干什么呢?"万达八卦之心又蠢蠢欲动,"感觉有事啊。"

许晴晴说:"江湖八卦通,你专心输好你的牌。"

贺朝也不知道要拖着沈捷去哪儿,感觉哪里都不是谈这事的地方,最后干脆把人带回了寝室。

沈捷坐在椅子上大口呼吸,他刚才不只是嘴被捂了一路,贺朝用力过猛干脆把他俩鼻孔也给遮住了:"朝哥,我差点窒息身亡,你知道吗?"

他还没缓过来,就听贺朝说:"那个,暗恋也行,你给我讲讲?"

沈捷:"啊?暗恋有什么好讲的,酸酸胀胀像罐汽水,还是被使劲晃过的那种,噗噗噗,这时候谁拉开易拉罐,能炸他一脸。"

这个比喻挺形象。

沈捷直到出了男生宿舍楼,走到公交车车站那边等车,在秋风中被吹得打了个喷嚏,也还是没弄明白贺朝这整的到底算哪一出,反而勾起了他想喝饮料的念头。

沈捷想着想着,发现说起谈恋爱,认识贺朝那么久,没见他谈过什么恋爱。

明明这人要是想脱单,那真是容易得不能再容易。

光那张脸,看起来就让人觉得他感情经历丰富,俗称帅到让人不放心。

不过他朝哥还真是凭本事单身了十几年。

沈捷亲身经历过跟贺朝出去,路上有妹子娇娇羞羞鼓起勇气过来搭讪,贺朝回人家一句:"推销的?我不买东西。"

"上天给人开了一扇门,总会关掉一扇窗,"沈捷摇摇头,公交车正好来了,他一边掏交通卡一边说,"长得帅也没用。"

贺朝晚上没睡好,对着试卷看半天最后还是扔了笔,也不知道该干什么,干脆点开谢俞朋友圈,一条一条往下看。

谢俞朋友圈像条分界线,把他认识的那个谢俞给划开了,贺朝看到他过去的生活、人际圈……还有平时不显山露水的温柔。

谢俞发出来的日常都很简单，基本上都是短短一句话，生气了也会来句脏话，高兴的时候就发点花花草草的照片，出镜最多的是一只胖得出奇的大橘猫，配文：吃，胖死你。

这只橘猫有时候摊开肚皮躺在小卖部门口晒太阳，眯着眼睛打盹。

小卖部看起来破旧，货架上摆的都是小孩子喜欢的玩意儿，一整排廉价小玩具。

这张照片左上角有个路标，隐约看到"黑水街"三个字。

贺朝顿了顿，觉得这地名有点耳熟。

不过黑水街日常近几年出现得比较少，贺朝心想，谢俞大概搬家了？

他翻着翻着，翻到一张橘猫的大头照，离镜头很近，鼻子都快凑上来了，橘猫脑袋上是谢俞的手——光看这手根本想象不到揍起人来能有多狠。

谢俞就坐在路边台阶上，那猫显然是被揉得舒服，惬意地眯起眼睛。

贺朝盯了半天，悄悄点了保存。

这些照片里的谢俞，跟学校里的有些不一样，但还是那个他认识的小朋友。

套着一层厚厚的盔甲，让人以为他刀枪不入。

谢俞晚自习下课，回寝室刚洗完澡，就接到家里打过来的电话。他以为是顾女士又来问他周末回不回家，打算用马上期中考试他得专心复习搪塞过去。

结果接起来就听到钟杰明显喝醉，说话结结巴巴的声音："谢俞，我告、告、告诉你，你别以为……"

钟杰的声音戛然而止，谢俞干脆利落地挂了电话。

隔两分钟，钟杰又拨了过来，趾高气昂地说："你不过是个贱民，还敢挂我电话？"

谢俞听了额角突突突地跳。

可笑的"贱民"两个字，敢情今天喝醉了拿的剧本还是霸道王爷？

贺朝还沉浸在谢俞的朋友圈当中无法自拔，就听到谢俞本人在走廊上破口大骂："你还没完了是不是？"

贺朝一时没反应过来。

"别人都欠你，你最可怜，"谢俞推开寝室门往外走，打算去走廊尽头没人的地方接着讲，脸上没什么表情地说，"是，我觊觎你家财产很久了，你最好跟条狗似的守着。"

谢俞没走两步，对面门也开了，贺朝靠在门口看他。

$r=a(1-\sin\theta)$

谢俞面不改色地越过他往前走，走了一路骂了一路，功力深厚，不带重复的。

等他骂完了，挂掉电话走回来，贺朝才问："谁啊，这么欠骂？"

不明就里的人乍一听，会感觉谢俞才是欺负人的那一方。贺朝却问都不问，直接给那位被骂了半天的仁兄戴了个"欠骂"的帽子，偏心偏得相当过分。

谢俞本来没想谈这事，听到这话，停下来，站在寝室门口，多说了句："就是个神经病。"

谢俞眉眼全是烦躁，戾气过重，要是钟杰现在出现在他面前，再往他手里递根棍，他能毫不犹豫揍钟杰。

贺朝侧身："你要不要进来坐坐？"

谢俞没动弹。

贺朝又说："请你吃糖。"

谢俞讲事情讲得十分精简，能用两个字表达清楚绝对不会多说一个字。

贺朝听了一圈下来，差不多听明白了，认认真真地建议道："你继兄，是不是该去看看脑科？"

谢俞笑了一声："是应该去看看。"

贺朝说着，想起来刚才朋友圈里那只橘猫，翻给谢俞看："这只猫，怎么吃成这么肥的？"

"一整条街的人养着，能不肥吗？"谢俞看了一眼，又说，"你翻我朋友圈干什么？"

"我……"贺朝顿了顿，"随便看看。"

两个人聊了一会儿，从钟杰聊到游戏里的新装备，最后话题落在刘存浩生日上："耗子下周末生日，你去不去？"

谢俞想了想："生日？"

"你没发现他这几天疯狂暗示吗？"贺朝把椅子拖近了点，"心机男孩啊！"

刘存浩最近几天到处暗示自己喜欢什么东西，生怕别人想给他买生日礼物却无从下手："我最近吧，没有特别喜欢的，非要说的话，也就××乐队那张新出的专辑……还凑合。"

除了万达跟他熟得不能再熟，没有必要遮遮掩掩如此迂回，直接甩过去一个淘宝链接之外，其他人无一幸免。

被贺朝这样一提醒，谢俞总算回味过来："我以为他神经病。"

贺朝靠在椅背上笑："真的很明显，你感觉不出来？那耗子不是很尴尬？"

谢俞想起来刘存浩这几天在他这里碰的钉子，也有点想笑："又不说清楚，谁知道啊。"

225

朝俞
ZHAOYU

　　两个人难得坐在一起聊聊班里同学,话题聊着聊着突然断了,一时间没人说话。谢俞没由来地觉得不太自在,感觉周遭弥漫着一种奇怪的气氛。
　　谢俞坐不住,起身回寝室:"那我回去了"。
　　话还没说完,衣角突然被贺朝拽住。
　　少年穿着件衬衫,看起来还是那种什么也不在意的样子,有些散漫,嘴角总是带笑,好像很多事情值得高兴。
　　贺朝喉结滚了滚,然后不知道是在对自己,还是在对谢俞说:"会往前走的。"
　　会过去的。
　　即使现在深陷泥沼,只要使点劲,不行就再用点力,走出去,想要的生活、答案……都会有的。
　　"回去吧,"贺朝松开手,笑着说,"小朋友,晚安。"
　　谢俞怔住,半晌,也回了句"晚安"。

　　次日,被当成神经病的心机男孩总算开始正式邀请大家参加他下周末的生日聚会,还有模有样写了请帖。
　　谢俞也收到一张,打开,里面写着下周日早上九点中央大道集合。
　　贺朝故作为难道:"耗子,那个,礼物……"
　　刘存浩摆摆手,这时候大义凛然了,仿佛前几天疯狂暗示的人不是他一样:"礼物不重要,礼轻情意重,在我们的友谊面前那都是浮云。"
　　谢俞:"你要脸吗?"
　　刘存浩说完,许晴晴和万达两个人听不下去,直接抄起家伙往他身上砸:"什么礼轻情意重!亏你说这话不觉得害臊!"
　　万达:"要不要我帮你回忆一下你给我的那条淘宝链接?耗子你看看你的链接再说话。"
　　刘存浩抱着头躲开:"这么粗鲁,尤其是你,晴哥,你这样是要嫁不出去的。"
　　贺朝搅浑水:"耗子,你怎么跟晴哥说话呢?"
　　许晴晴本来砸完就要去老师办公室取英语作业,听到这话开始捋袖子,咬牙说:"你过来,你过来!"
　　刘存浩直接往教室外边跑:"我傻我才过去。"
　　刘存浩生日也就是叫大家伙出去聚一聚,吃顿饭。
　　谢俞本来不想去,但看着刘存浩那股高兴劲,还没想好用什么话拒绝,贺朝就拍拍

$$r=a(1-\sin\Theta)$$

他脑袋,以一种早已经预料到的语气说:"去,他去。"

谢俞:"我不去。"

贺朝继续选择性耳聋:"他去。"

对于这个同学生日聚会,顾女士比刘存浩还要高兴。

谢俞以前的熟人都在黑水街那块儿,搬走之后,也没见谢俞交什么新朋友。

当初跟周大雷他们玩到一块儿去,也是费了不少时间。自从小时候家里出事,墙倒众人推,亲戚朋友都把他们往外头赶,顾雪岚现在想想,那些年带着谢俞东奔西走遭人白眼,以为他不懂事,其实孩子都看在眼里。

所以谢俞渐渐地不爱说话,遇到人下意识防范,戒备心也重。

"你同学,那个班长,"顾雪岚笑着说,"礼物买了吗?要有礼貌,祝人家生日快乐,嘴甜点儿。这样多好,平时多跟同学出去玩玩,多拍点照片……身上钱够吗?"

谢俞出门前被念叨了一通,多少有点烦,换上鞋就往外走:"够。不说了,妈,我出门了。"

平时在学校里大家都穿校服,就连发型也有硬性规定,聊的都是作业、考试什么的,这回出来个个都疯了。

许晴晴穿了条背带裤,长发披着,挎着个小挎包,出现的时候大家都惊讶了一阵:"哇,这谁啊,咱班有这个人吗?"

许晴晴笑着说:"我是你晴哥。"

贺朝早就到了,蹲在街边上,低头玩手机。

刘存浩他们很快发现,出去玩带着这人,回头率贼高,几乎走过去的每个小姑娘都会偷瞄几眼。等会儿再来个谢俞,简直不敢想象。

谢俞还没出地铁就被这人短信连番轰炸。

——到了吗?

——我们在地铁口,北面那个。

——你到哪儿了?

谢俞低头,边走边回:再烦拉黑。

贺朝没声了。

但是没走几步,这人又发过来一句:我今天特帅。你一出站就能看见,人群中最醒目的那个。

万达换了个发型,在台阶上蹦跶,跳起来的时候隐约看到了谢俞:"哇!我看到俞哥了!"

万达这话一出,大家都往地铁口那边看。

贺朝今天套了件黑色外套,谢俞穿了白的,低着头不知道在干什么。

谢俞手指正点在拉黑好友选项上,还没摁下去,就听到前面一阵欢呼,抬头看到(三)班同学们浩浩荡荡地冲他挥手:"俞哥,这里——"

贺朝站在最前面,笑着喊了声"老谢",还真是人群中最醒目的那个。

(三)班没来全,凑了十二个人,其他同学要补课,抽不出时间。

"我们今天吃完饭去唱K?"刘存浩边说边收礼物,手上都快拿不下了,"哎,你们先别给我,等会儿吃蛋糕时再给吧,有点仪式感,而且我也不好拿。"

这顿饭吃得跟打仗一样。

每道菜上来都要靠抢,罗文强更是毫不掩饰地表示自己为了等今天这顿,连昨天晚饭都没吃。

谢俞看得皱眉,没加入这场战役,倒是打开照相机打算拍个照。

"太夸张了吧兄弟们,"贺朝也在里边抢,差点沾上一袖口油,好不容易从鱼肚子上抢到块鱼肉,往谢俞碗里放,"你们是想饿死我同桌?"

谢俞手一抖,镜头歪了。

没拍着人,手机屏幕里只拍到六七双筷子纠缠在一起,还有饭桌中央那盘惨不忍睹的清蒸鱼。

贺朝就像条往窝里叼肉藏起来的狼狗,不过这个窝,是谢俞的碗。

贺朝又不知道从谁那里抢过来一块糖醋排骨,边往谢俞碗里扔边说:"老谢,偶像包袱别那么重,偶像包袱太重的孩子没饭吃。"

说完,他又强调了句:"我这筷子干净的……你赶紧吃啊,看到体委如狼似虎的眼神没有?"

谢俞张张嘴,也不知道想说什么,最后只叫了他一声:"贺朝。"

贺朝还在跟罗文强竞争最后一块玉米烙,没太在意,分心说了一句:"嗯?"

谢俞顿了顿,又叫了一声:"朝哥。"

第十七章

谢俞经常叫他傻子,以及各式各样的攻击性称谓,唯一称得上"哥"的还是个"骚哥",但是听上去也不算什么好话。

所以谢俞这句"朝哥",虽然语调平平,没什么起伏,却让贺朝发了会儿愣,手差点握不住筷。

等他反应过来,最后一块玉米烙已经被罗文强用手抓走了。

罗文强一只脚踩在椅子上,整个人异常豪迈,为了吃也是拼尽全力,干脆放弃筷子直接上手:"哈哈哈哈哈,朝哥,认输吧!"

许晴晴说:"体委,我真没想到你是这种人。"

刘存浩也摇摇头:"我也没想到……为了吃简直不择手段,你告诉我,你真的只有昨天晚饭没吃吗?你昨天怕不是一整天都没吃饭吧?"

罗文强咬着玉米烙,为自己辩解:"不至于不至于,我就是饭量比较大。"

贺朝清清嗓子,正想说叫哥干什么,就听谢俞来了句:"我不喜欢吃玉米烙。"

"正好我也没抢到,"贺朝说,"那你想吃哪个?"

谢俞指了指对面那锅还冒着热气的三鲜汤。

饭桌上已经一片狼藉,有盘青菜上甚至堆了几只虾,还有一小块不知道哪盘菜里飞过来的排骨。

贺朝伸手去转餐盘,转了半圈突然冒出来个念头,手顿住,随口说:"想吃?想吃就再叫一声。"

贺朝说完,觉得这个小浑蛋肯定没那么乖。说不定会直接踹他,惹急了还能撩起袖子,十分高冷地赐给他三个字:"滚出来。"

但是小浑蛋毫无负担地又叫了一声:"朝哥。"

贺朝察觉到自己的喉咙紧了紧。

认识的人几乎都喊他朝哥,但这两字从谢俞嘴里说出来,跟别人不一样。

他脑子里乱得很,最后千言万语聚成一句话:这也太犯规了。

谢俞脑子里也乱。

他盯着那碗汤看了半天,最后用汤勺搅了搅。

刘存浩订的这家酒店服务挺周到,生日蛋糕推上来的时候,包间里自动关了灯,谢俞还在喝汤,突然间周遭暗下来。

有人喊了句:"停电了?"

下一秒,包间门被服务生推开,餐车上是插着十七根蜡烛的大蛋糕,蜡烛发出微弱的光,跟着餐车向前移动时带起的风一道晃荡。

不知道是谁先开始唱生日快乐歌,然后大家开始齐声合唱:"祝你生日快乐……"

谢俞也跟着唱了两句,声音被万达他们盖下去,贺朝离得近,倒是隐约听到几个音节。

还挺好听。

唱完之后大家边鼓掌边喊:"许愿!吹蜡烛!"

刘存浩闭上眼许了愿,然后吹蜡烛,一口气还没吹下去,其他人凑热闹帮着一起吹,吹完之后罗文强兴高采烈地来了句:"切蛋糕!"

刘存浩笑着损他:"你还没吃饱啊?就知道吃,你平时在学校都是怎么过的?"

"凑合过呗,"罗文强说,"每天打两份饭,还能咋办?"

大家笑着闹了一阵,然后每人分到一块巧克力蛋糕。

万达偷偷摸摸从餐车上剩下的小半块蛋糕上抓了点奶油,绕到刘存浩身后,扬了扬那一手的奶油,冲他们眨眼睛。

大家都心领神会。

刘存浩正在拆礼物,明明是他厚脸皮讨来的,拆开的瞬间还是表现出毫不知情般的惊喜:"哇,天哪,这不是我一直想要的礼物吗!我亲爱的达,你真是太了解我了……"

话没说完,他"亲爱的达"直接抹了他一脸奶油。

万达打了头一阵。

抹蛋糕的游戏队伍越来越浩大,最后一群人在包间里你追我赶。

谢俞蛋糕还没吃几口,贺朝从大混战中抽身退出来,没玩过瘾,看到小朋友一个人坐着,走过去,拍了拍他的肩,趁谢俞往后仰头看他的工夫,把奶油抹在了他脸上。

"老谢,躲不过的,"贺朝说,"该抹的奶油还是得抹。"

然后刘存浩他们就看着他们班两位战斗力爆表的大佬又打起来了。

$r=a(1-\sin\theta)$

不过这回是奶油大战。

谢俞手里抓着一大把奶油就往贺朝头上招呼:"有意思吗?好玩吗?高不高兴?"

许晴晴虽然被大家尊称为晴哥,毕竟是女孩子,基本上只有她抹别人的份,抹得累了,停下来休息会儿,然后她掏出手机,笑着拍了张照:"哎——咱要不要合个影啊,我数三二一,大家喊茄子。"

贺朝这人在镜头面前有种天生的表现欲,哪怕脸上、头发上被抹得都是奶油,也还是勾着谢俞的脖子,想摆个姿势:"茄子!老谢,看镜头啊。"

谢俞明显不想配合:"不看。"

许晴晴也不管他们有没有准备好,反正她自己准备好了,"咔嚓"一声按下快门。

班长的十七岁生日。

每个人脸上都被抹得不成样子,尤其刘存浩本人,只剩下两只眼睛还露在外面。

许晴晴突然想,真好。

看了那么多青春读物,虽然自己的日常没有那么多轰轰烈烈的经历,有的只是平淡无奇的日子,每天为考试烦忧,晚上点着灯写作业写到半夜……但是真好啊。

吃了饭,蛋糕也被糟蹋光之后,谢俞抽了几张餐巾纸擦脸,发现黏黏腻腻的,擦不干净。

贺朝提议去厕所洗洗,怕等会儿洗手间人满为患,两个人从后门溜出去。

"你也太狠了,"贺朝直接把头往水龙头下面凑,边洗边说,"还有哪儿有?"

谢俞洗得快,就脸颊和鼻子上沾了点儿,洗完之后仔仔细细地开始洗手,侧头看了看,说:"脖子后面。"

贺朝低着头,反手去摸:"这里?"

"不是,"谢俞说,"再下面点儿。"

贺朝摸半天没摸到,弯腰弯得有点累,手撑在水池边沿,随口说:"逗我玩呢?"

谢俞伸手——他手上还沾着水,冰冰凉凉地贴在贺朝脖子上:"这儿。"

贺朝:"……"

刘存浩他们用纸巾擦半天发现实在擦不干净,后脚也跟过来了。

看到贺朝跟谢俞两个人在洗手间里,刘存浩不由得好奇问:"你们俩在干啥呢?"

谢俞没说话,让出位置,往洗手间外走。

贺朝眨眨眼，睫毛上挂着从头发上滴下来的水，抬手抹了把脸："没什么，那个……洗好了，你们洗吧。"

刘存浩没时间多想，因为万达和罗文强已经冲过去抢占了两个空位，他痛心道："你们俩，能不能照顾一下我这个寿星？"

罗文强摇头晃脑，嘿嘿傻乐，头往水池里探，但是跟水流完美错开。

万达也好不到哪里去，他对着镜子开始扭腰："音……音乐。"

他们打了辆出租车，万达上车就睡着了。

"师傅，去立阳二中。"

"二中啊，好嘞。"司机看了看路线，专心开车。

一路无话。

贺朝现在静下来，觉得身上有点热。

胃里也在烧。

他想开窗透透气，扭头看到身边那位小朋友也睡着了。

车里几乎没什么声响，除了万达在前面梦呓般的哼唧声，还有窗外车流穿梭、鸣喇叭的声音。

接近傍晚，光线稍暗，车开进隧道的时候，万达砸吧砸吧嘴，又醒了，迷茫又惊恐地问："我的灯光呢！打光师？"

又是音乐又是跳舞的，现在还想打光，看来这小子心里沉睡着一个国际巨星梦。

好在万达就说了这么两句，又昏昏沉沉地两眼一闭，睡死过去。

前面道路平坦不少。

红灯过去，车继续往前开，计费数字从起步价慢慢往上跳。

不知道过了多久，沿途的街景越来越熟悉，车总算拐进二中附近一条小道，立阳二中标志性建筑——最高的那栋教学楼就在不远处，楼顶还刻着校训。

"是这前面吧，"司机边转弯边说，"学校挺气派啊，你们高几了？"

"高二。"

"高二啊，我儿子今年高三，就比你们早一年……现在学生苦得很，每天晚上写作业都要写到半夜，要我说，这学习是重要，但身体也得注意。"

眼看学校快到了，贺朝一边把某位小朋友拍醒，一边心不在焉地和司机说话："是

$r=a(1-\sin\theta)$

挺累的,祝您儿子高考考个好成绩……"

司机还在说自己儿子:"人都瘦了一大圈,看着怪心疼的。高中三年是累,熬呗,大家都这样过来的,谁也逃不掉,你说你是不是。等考上大学就轻松了,再苦再累也值得……"

司机师傅那些絮絮叨叨的话,根本没人听进去。

车缓缓停下,谢俞绕到副驾驶,弯腰拍了拍万达的脸,把万达拎了出来。

万达脚踩在地上像踩棉花,摇头晃脑地问:"啊?该我上场了吗?"

"是啊巨星,"谢俞说,"该你上场了。"

万达很高兴,看着路边几盏还没亮起的路灯,感觉自己处在舞台中央:"你们想听什么歌?"

谢俞拽着他的衣领把他往学校里拉:"来首《精忠报国》?"

万达立马蔫了。

自从《精忠报国》被姜主任设置成起床铃,就成了每个住宿生心里无法抹去的一道阴影。

贺朝付完钱,过来帮忙,两个人一左一右扶着万达走,除此之外,还要忍受万达间歇性发疯,比如上楼梯的时候突然号一嗓子:"台下的朋友,让我看到你们的双手!"看不到双手他就赖在楼梯口不肯走。

"这是楼梯,不是台下,我平时怎么没感觉出来你这么烦呢?"贺朝真是服了,"别逼我动手啊。"

万达抱着楼梯扶手,坚持自己巨星的尊严。

谢俞事不关己,坐在楼梯上看热闹。

然后他看着贺朝往下退了几步,挥了几下手,满足了万达的需求。

万达高兴地也冲他挥手:"我的粉丝朋友!"

谢俞单手捂住半张脸,低下头去笑:"这就是你说的动手?"

"你还笑!"贺朝又叮嘱说,"别说出去啊,我也是要面子的。"

明天就要上课了,大家基本上从中午开始陆陆续续返校,万达的室友已经在寝室了,把"巨星"送回去的时候,谢俞靠在门口说了两个字:"保重。"

那位室友开始不知道"保重"到底是什么意思,直到看到万达在床上跳舞才明白。

"那个,帮忙照顾一下,"贺朝说,"要是实在忍不了,直接一棍子敲晕拉倒。"

从万达寝室出去,贺朝和谢俞往三楼走。

万达说的那些话让谢俞想起来自己的"青春往事",大概初二的时候,周大雷有一个心仪对象,听说那姑娘喜欢有才华的,他又是学吉他又是亲自写歌,整天抱着把破吉他在街道里唱:"Oh baby,你就是那带刺的玫瑰……"

他每次练习都能收获不少黑水街人民砸过来的小礼物——锅碗瓢盆,甚至砖头。

只有大美会捧捧场:"哥,其实还不错的,相信你自己。"

"真的吗?真的还不错吗?"

周大雷受伤的心灵显然需要更多的安慰,便把目光投向谢俞,谢俞把耳朵里塞着的耳塞拿出来,毫不留情地问:"唱完了吗?"

面对谢俞无情的言行,周大雷抱着吉他郁闷地说:"谢老板,你没有喜欢过人?你根本不懂爱。"

谢俞在感情方面向来冷淡。

但是很多时候不表达,不代表不知道。

他不喜欢拖泥带水,有事就直接说个明白,避免麻烦。

以前也有人暗恋他又不敢表白,但是闹得人尽皆知,好像真的怎么样了似的,连大雷都过来挤眉弄眼:"听说那个谁,就那什么,你们有没有……"

第二天谢俞直接过去找人了,只说了两句话。

——你喜欢我?

——不好意思我不喜欢你。

走到寝室门口,谢俞打算说些什么,贺朝已经打开门,走进去,然后又关上了寝室门。

谢俞走过去,打算敲门。还没来得及敲,门又开了。

贺朝站在门口:"我……"

谢俞打断道:"那个,我以前可能很多地方做得不太好。"谢俞看着他,又说,"以后我会注意。"

谢俞说完,隔了好久贺朝都没说话。

如果不是今天太兴奋,谢俞也不会说出这种略带矫情的话来,他说完有些不好意思,也有些无所适从的烦躁。

刚跟面前这人认识的时候,他一个人待惯了,很多时候说的话、做的事没规没矩,容易伤人,这些他都知道。

$r=a(1-\sin\theta)$

逐渐融入这个集体之后,他身上发生的改变,连自己都没法掌控。

贺朝心说,这岂止是不太好。别的不说,脾气是真的暴。

但他没有接谢俞的话茬。

谢俞等着等着,等来贺朝的一句:"挺好的。"

贺朝嘴角忍不住一点一点上扬,最后笑了起来,重复道:"你挺好的。"

谢俞觉得自己被贺朝传染了,嘴角也开始往上扬,压都压不下去,傻气十足,他干脆反手开了门打算出去:"我回去了。"

贺朝没拦他,但是等他走出去两步,贺朝又在后面叫他:"谢俞。"

谢俞开了门,转过身靠在门边,抬眼看他。

贺朝又叫了一遍。

谢俞被他叫得有点烦,想说"你叫魂啊"。

贺朝站在对门——他身上那件黑外套,拉链只拉到一半。

贺朝说:"没什么,熟悉一下同学的名字。"

这句话似曾相识,总感觉在哪里听过,还没等谢俞想起来,贺朝又说:"以后多多关照啊,同学。"

他想起来了。

那是开学第一天,贺朝坐在最后一排,也是用这种方式叫他,并且特别散漫地对他说:熟悉一下新同桌的名字……以后多多关照啊,同桌。

现在这两句话又从贺朝嘴里说了出来。

这种感觉很奇妙。

"你进去吧,"贺朝说,"早点睡。"

谢俞转身进屋,关上了门。

谢俞回寝室之后洗了个澡,洗完做了几套试卷,本来以为会没办法集中注意力,拿着笔在草稿纸上算起来之后,发现还好。

挑了几道题,做完把试卷翻页,等他粗略刷完各门科目,从题海中抬起头,发现已经十一点了。

次日,姜主任晨间播音节目准时准点开播,从不迟到,也永远不会缺席,他用自己的声音唤醒所有住宿生的活力:"同学们,今天又是新的一天,你们快乐吗?"

姜主任刚开口,已经有人蒙着被子哀号:"啊——苍天啊——"

"没人性啊——"

"生活为什么要这么对待我这个弱小无助的孩子?"

对宿舍楼内惨状一无所知的姜主任,还陶醉在自己的励志演讲当中。

"期中考试临近,各位同学心里是否多多少少有些激动?这不仅是一次考试,还是你们收获胜利果实的日子。现在就起床吧……起来!想考高分的同学们!"

谢俞忍了会儿,实在忍不下去,手从被子里伸出来,往边上摸,摸半天也没摸到耳塞,又把手缩了回去。

走廊上热闹起来。

这片热闹里,出现好几声"朝哥"。贺朝打了一圈招呼,走到对门,抬手敲了敲:"老谢,你起了吗?"

回应他的是谢俞反手砸在门板上又弹回来,在地上滚了两圈的闹钟。

边上有人看到了,这个场景几乎每天都会上演一遍,更离奇的是贺朝也不生气,脾气特别好地蹲在门口,等里头那位爷起床气过去之后给他开门,于是忍不住凑过去问了一嘴:"朝哥,这……西楼谢俞每天脾气都这么暴躁?"

"是啊,"贺朝笑了笑,"可爱吧?"

那人临走前反复怀疑自己是不是听错了,朝哥说的应该是可怕,还是他根本不懂什么是可爱?

过了差不多有两分钟,谢俞才起来给贺朝开门。

贺朝一进门就往床上倒,谢俞靠在门边上看着,不知道这人到底什么毛病,自己有床不睡,非得过来占他的:"昨晚没睡?"

"三点多睡的,"贺朝半睁开眼,又问,"你还睡吗?"

谢俞说:"床都让你占了,我怎么睡?"

"一起睡。"贺朝往里头挪了挪,腾出来块空地。

谢俞弯腰把闹钟捡起来,对着贺朝又砸了过去。

广播里,姜主任还在继续演讲:"早起是特别好的一个习惯,就拿我个人来说,我就喜欢五点半起床,呼吸窗外的空气,这时候你会发现生活太美好了……"

虽然在谢俞床上赖了一会儿,但贺朝这个万年迟到的难得没迟到。

上午第一节语文课,唐森对贺朝提出了表扬,希望贺朝同学加油保持,然后点名批评了万达:"你怎么回事,今天怎么迟到了?"

$r=a(1-\sin\theta)$

万达闹得过头，早上醒过来脑袋还在疼，实在是爬不起来，但他肯定不能说实话，只能绞尽脑汁，回想平时贺朝迟到都是怎么胡扯的，最后扯出来一句："是这样的，老师，今天早上，（八）班的沈捷同学又犯病了。"

昨天参加生日会的所有知情人士都忍俊不禁。

"他那个、那个病，"万达忘记到底是什么病，那病名字那么长，鬼记得住，说到一半卡壳了，"那个胃……"

贺朝在后面提醒："慢性非萎缩性胃炎。"

万达连连点头："对对对，就是这个。"

唐森十分信任自己的学生，尤其万达平时表现挺不错，在这之前也从来没有过迟到前科，倒是沈捷，这个病确实反反复复了好多次，于是说："你做得很好，看到同学需要帮助就得去帮，不过说起来，（八）班那位小同学真的得注意注意身体了，怎么三天两头送医务室……"

万达额头上冒着冷汗，有惊无险地坐下了。

刘存浩他们把头埋在臂弯里，闷声狂笑。

正好下课铃响，等老唐走了，他们直接笑出声，越笑越夸张。

刘存浩擦擦笑出来的眼泪："你怎么想的？"

万达说："我脑子里想着朝哥，想模仿一下他的套路。"

贺朝忍不住也笑："那你也不能直接照搬，你怎么不说扶老奶奶过马路。还好老唐人傻，要是换成姜主任，你爸现在可能在过来揍你的路上了。"

万达摸摸头："这么恐怖的吗？还好还好。"

"好个头，"谢俞说，"沈捷已经在过来揍你的路上了。"

课间，沈捷真来了，在窗口站了几分钟，扯着嗓子喊："万达你好样的啊，你知不知道，我刚刚从厕所出来遇到你们班老唐，他让我好好保重身体，我还以为我在自己都不知道的情况下得了什么绝症。"

第十八章

上午最后一节课是体育课,蔫了整个上午的罗文强这时候头不疼了,激动地站起来:"兄弟们,球场见!"

贺朝起身:"你这让老吴看到了他不得气死。"

就在刚才那节数学课上,吴正让罗文强上黑板解道题,罗文强都说自己今天太柔弱拿不动粉笔,现在倒是活了,恨不得脱了外套直接从楼上跳到篮球场。

罗文强张张嘴,话还没说出口,谢俞知道他想找借口:"别扯什么体育精神。"

"老谢,"贺朝站在门口,又说,"走了。"

罗文强心说,今天这两人怎么有点一致对外的意思。

"两圈热身,"体育老师蹲在主席台边上,嘴巴里叼着支口哨,懒洋洋地说,"跑完自由活动。"

谢俞现在一看到这个体育老师就想起来俯卧撑。

谢俞和贺朝并排站在队列最后,谁都没说话。谢俞别开眼,盯着纷乱的足球场,还有人抱着一袋子排球从他们面前走过去。

体育老师眯起眼睛,又说:"要借器材找体委啊,体委统一去器材室借。罗文强,你们今天还是打篮球?"

罗文强:"打啊,当然打了。"

体育老师:"你们这学期篮球比赛都不知道有没有,听你们主任说今年想搞点新花样。"

"什么新花样?"刘存浩好不容易才加入的篮球队,为此在体委面前拍了好久的马屁,"因为上学期那事吗?"上学期淘汰赛最后剩下的两个班,竞争意识太强,最后差点没打起来,搞得两个班互相仇视对立了整整一个学期。

众人你一言我一语。

"老谢。"贺朝突然说。

"干什么?"

$r=a(1-\sin\theta)$

"等会儿打球吗?"

"不打。"

直到罗文强走到最前排,带队跑圈,他手高高举起,边跑边说:"女生跟着咱晴哥跑啊!注意队形,别掉队了。"

贺朝本来跑在最后,趁体育老师不注意,也不管队形了,往前蹿了一位,跑到谢俞边上,低声说:"你能跑吗?脚伤好了?"

早好了,本来也没多严重,恢复得快,躺几天就差不多了。

谢俞一句"嗯"还没说出来,就听罗文强在前面喊:"朝哥,你干什么呢?队形!队形!你很嚣张啊。"

贺朝冲罗文强摆摆手,又绕到最后面去了。

两圈慢跑跑完,冲过终点线,大家向四面八方散去。

操场后边,器材室附近有片绿化带,不运动的一般都坐在那边聊聊天。

谢俞本来打算找个地方坐着,但想到上次他就是这样被(三)班学委逮到——薛习生简直无孔不入,从口袋里掏出本袖珍便携式词汇手册就过来了:"谢俞同学,我给你讲一讲词根吧,英语词根记忆法非常有效,希望期中考试你的英语分数能够有所提高……"

他决定还是去球场找个地方躲躲。

谢俞出现在篮球场的时候,罗文强眼睛亮了亮:"俞哥!"

作为从开始就被体委盯上的球队选手之一,谢俞的实力还没人见识过,总感觉会很强。只有万达默默抱着球,回忆了一番他跟谢俞打游戏的场景,然后绝望地摇了摇头。

他实在想象不出孤狼型玩家打配合赛的样子。

贺朝正在篮球架下面脱衣服,脱得只剩件短袖,然后把外套随手往边上扔,听到罗文强那一声吼,抬头往身后看过去。

罗文强:"俞哥你是不是过来……"

谢俞:"不是,我就看你们打。"

罗文强还想再说什么,许晴晴站在篮球场门口喊他:"体委,还有多的羽毛球球拍没有?不够用。"

罗文强摸摸脑袋,小跑过去:"不够吗?我按照咱班人数借的啊。"

贺朝靠在篮球架边上,光是站在那边什么也不干就已经够引人瞩目,等罗文强走远了,他才略微弯腰,凑到谢俞耳边问:"你是来看我们……还是看我?"

谢俞心说,都不是,我来躲学委。

"看你,"谢俞还是决定给这人一点面子,他叹口气,"看我同桌。"

"朝哥——"万达在边上催,"好了没?"

贺朝笑着应了句"马上",然后又抬手拍了拍谢俞的脑袋,走之前说:"看好了,让你见识见识,你同桌全二中最帅。"

多帅不见得,不要脸倒是真的。

整场下来,贺朝都打得又凶又猛,尤其三步上篮的时候,整个人凌空跳跃起来,夹着风,动起来那截腰若隐若现。

疯狂抢球,抢到就带着球满场跑,有人的时候就过人,没人的时候还能带球过……空气。

"很好,现在我们又看到了朝哥带着球过空气,这真是一次完美的带球过空气,姿势秀得眼花缭乱,精彩纷呈,仿佛那边真的站着个人。"刘存浩这场是替补选手,坐在边上闲着没事干起解说来,"太牛了,让我们为朝哥鼓掌。"

谢俞笑着骂了一句。

跟贺朝一起打球的几个人实在是受不了,尤其是万达,他感觉自己站在场上丝毫没有用武之地,脱下球服甚至还能坐在刘存浩身边歇一会儿,反正贺朝控制全场,连辅助都不需要,而且操作假动作一套一套的,身为队友都捉摸不透这人接下来到底想干什么。

"你去休息吧朝哥,"罗文强劝道,还没等贺朝回话,他又冲替补选手挥挥手,"耗子,来!"

贺朝:"你们是人吗?当初是谁求着我来的?"

罗文强:"我错了还不行吗?我现在总算知道为什么你之前说自己太强不想过来打扰我们了,你对自己的认识还挺准确。"

贺朝秀一场的代价,就是被体委踢出了(三)班球队,并且让体委清晰又深刻地认识到,东西楼两位大佬不是他可以掌控的人物。

贺朝下了场,有点沮丧:"他们不是人。"

谢俞:"你也不是人,带球过空气过得爽吗?"

场上又热闹起来,刘存浩运着球想越过一个人,没越过去,球直接被人抢了。

$r=a(1-\sin\Theta)$

贺朝侧头问:"难道不帅吗?"

谢俞:"像个傻帽儿。"

伴随着一声清亮的口哨声,体育课临近尾声。

体育老师从体育馆里走出来,冲罗文强摆摆手,刘存浩手里拿着球,趁最后这几秒钟,争分夺秒想再过把手瘾,跳起来把球投出去,正中篮圈。

"下课了,解散吧,"体育老师叮嘱,"体委把器材收一收。"

全班的运动器材都归体委负责,罗文强一个人拿不下,贺朝从花坛边上跳下去,过去帮忙:"球拍我拿,老谢,搭把手?"

谢俞分担了一半球拍,几个人一道往器材室走,刘存浩还抱着个篮球不撒手,用几根手指顶着放在掌心瞎转悠:"唉,你们说今年会不会真的取消篮球赛啊?"

"都怪去年那两个班,还打架,有什么好打的?"

"我在场,场面真是劲爆,最后直接扔了球,两队人互殴,裁判都傻了。"

器材室很大,按照种类划分,羽毛球球拍在最里面那排货架上,贺朝抬手把球拍塞进去,然后往边上侧了侧身,给谢俞腾个空位:"去年篮球赛我也在。"

谢俞说:"难怪你们班没进决赛。"

"(二)班几个小子打球太脏,没意思,我们第一轮就退赛了,"贺朝开始反思自己怎么就变成了个拖后腿的,"不是实力不行。"

"是是是,你强,"谢俞把球拍放回去之后,有点强迫症似的把球拍摆整齐,说,"特别强。"

货架之间间隔很小,容纳两个人有点勉强,贺朝不知道什么时候靠在他对面去了,等谢俞整理完转身,几乎整个人靠在他怀里。

谢俞说:"好狗不挡道,让让!"

"我又不是狗,"贺朝说,"不让。"

谢俞直接往贺朝的"狗头"上招呼了一巴掌。

期中考试临近,高二(三)班安静不少,课间也不打闹了,每个人都在临时抱佛脚,指着靠这几天突击复习,取得意想不到的好成绩。

薛习生座位前人流络绎不绝,一串问问题的,弄得他都没工夫去抓班里两个"重犯"。

万达排在后面,估计这个课间是排不到他了,于是往谢俞前面找了空位一坐,唉声叹气:"你们两个,居然还有闲情逸致打游戏?"

对于(三)班前所未有的紧张气氛,谢俞显得很淡定:"复习什么?不如烧香拜佛。"

贺朝更淡定:"我前几天在网上买了几副逢考必过的对联,期中考前应该能收到货,大师开过光的,到时候送你两副?"

这两个人,根本就不是人。

还开过光?

万达心里这样想着,嘴上倒是很诚实:"那……那给我两副吧。"

贺朝买的对联是期中考前一天到的,一袋十副,大红色的底,金色粗体字,看起来相当奢华,最下角印了四个小字——灵慧法师。

(三)班同学无不叹为观止,深觉自己想象力不够丰富。

期中考前一天下了一整天的雨,直到早上路面还是湿的。

没多余的时间给他们准备,熬夜的甚至还没熬出点黑眼圈印证一下自己这些天来的努力,考试那天转眼便到了。

"同学们,天气转凉,记得加件衣服,以温暖的心情迎接今天的考试。"姜主任在广播里日常给广大考生送关怀,"俗话说得好,练兵千日,用兵一时,不要给自己留下遗憾,加油吧,考生们!"

还有十分钟换考场,唐森在讲台上贴座位表,其他同学换好位置之后争分夺秒背诗词、背公式,等换考场的铃声响起,大家才拿着文具往对应的考场走。

谢俞跟贺朝还是在最后一个考场,跟上次月考一模一样。

"后进生聚集地"的人基本上都没有什么变动,顶多位置变了。

就算上回考试作弊,抄的那个答案也是同考场的,分数高不到哪里去,半斤八两,往前进几名,就已经值得庆祝。

谢俞在位置上坐下,贺朝坐在他身后:"老谢,我感觉我今天状态很不错,感觉能考高分。"

"那你就感觉吧,"谢俞说,"你也只能活在感觉里。"

贺朝:"倒数第二,你还挺有优越感?"

谢俞:"反正比你强。"

贺朝抬手拍了拍谢俞发顶。

$r=a(1-\sin\theta)$

隔了会儿，贺朝又问："考完想吃什么？"

"吃什么都行，别叫沈捷，"谢俞闲着没事干转笔玩儿，随口说，"每次他来都得打起来。"

贺朝想起来那两次吃饭，丝毫不知道反省一下自己和某位一言不合就动手的小朋友，也觉得是沈捷这个人有问题："行，不带他。"

期中考试比月考重要多了，直接关系到"生命安全"，分数出来之后还有家长会等着他们，所以这次"后进生聚集地"的人不再满足于互相抄，发现了新方法："那个，卖答案了。少挨一顿揍，有人需要吗？"

其他人一窝蜂地拥过去："什么答案？怎么卖？"

"两百一份，发你手机上，闪电发货。"

"两百，你趁火打劫呢？"

卖答案的那个人说："我就是趁火打劫啊。"

"后进生聚集地"的人倒是也有骨气，嫌贵，愣是没人买。

"第一门考试科目，语文。要求字迹整洁，答题规范，考试时间一百二十分钟。"

监考老师还是他们班老唐和隔壁历史老师，除了老唐，估计没人愿意认认真真监考他们这个考场。

用其他老师的话说：就算让他们抄，抄来抄去也就那样。

"仔细审题，尤其作文不要跑题，"唐森说这话的时候眼睛盯着贺朝，他还真有点担心，别的不要求，起码把这两点做到了，"还有那个字，要是看不懂也没法给你算分。"

拿到试卷之后谢俞先是看了看作文题，想着该怎么跑题的同时，又在想，不知道某个傻瓜会怎么跑题。

上次那篇零分作文至今还在年级组里流传。

二中试卷难度没有其他学校大，题目都比较保守，中规中矩。谢俞答完题，算了算能考五六十分，打算趴下睡会儿。

刚趴下去他就听到贺朝叫他。

贺朝压着声音叫了两遍，又用指尖敲敲桌子底下："老谢。"

窗外又开始淅淅沥沥地下起雨，打在窗户上，风从窗户缝吹进来，带着凉意。

谢俞回想起上次月考，手往后伸，问："又是什么？"

贺朝没说话。

谢俞往他桌下伸的手没在空气中摸索几下，又被贺朝不小心握住："传个答案，你手别乱动。"

考场里虽然小动作多，但还是很安静。

玻璃窗被雨滴打出一片涟漪。

老唐来回踱步，在贺朝座位面前停了几分钟，看贺朝的答题纸，越看眉头皱得越紧，最后神色复杂地对着那张正反面都填得满满当当的答题纸叹了口气。

等老唐走了，贺朝用笔戳戳谢俞："他那是什么意思？"

"朝哥，低头看看你自己答的什么玩意儿，"谢俞说，"心里没点数？"

谢俞说完，又有点无奈地想，这傻瓜心里确实是没什么数。

上午考试科目结束，午休大家基本上都在对答案。

"朝哥，你的'逢考必过'没用，数学大题我错了好几道，"万达把那张"逢考必过"还给贺朝，"你还是自己留着吧。"

"我也觉得没有用，"贺朝拿起手机说，"早上第一门语文考试，老唐还对着我的试卷叹气，我去问问卖家。"

谢俞不太明白："问卖家干什么？"

"问问是不是使用方法不太对。"

"还能怎么用，烧了喝下去？"

"不会这么邪吧？"

几个人凑在一起议论了会儿，最后卖家回过来四个字——心诚则灵。

"心诚则灵，"贺朝又把"逢考必过"塞进万达手里，"你要不……下午再酝酿酝酿情绪？"

谢俞怎么觉得贺朝看上去像在忽悠人。

偏偏万达还真的被忽悠住了："好，那我下午再试一试。"

考试考了整整两天，等最后一门考完，大家除了累没有别的感受。刘存浩为了给大家放松放松，在电脑上找了部喜剧电影，电影放了快一半，班里鸦雀无声，然后班长很焦心地问："你们怎么不笑啊？不好笑吗？开心一点啊！"

万达面无表情地说："关了吧，实在笑不出来。顺便一说，灵慧法师现在是我最讨厌的人之一。"

"小命都要不保，"罗文强趴在桌上，"我需要安安静静思考一会儿我的生存问题。"

$r=a(1-\sin\theta)$

只有贺朝很给面子，心态超棒："这片子挺好看的啊，你们都不看吗？"

谢俞出去接了通电话。

昨天晚上雷妈就问他什么时候考完，刚考完周大雷一通电话就打了过来。

周大雷蹲在小巷弄里："谢老板，你考完了？"

"嗯。"

"找时间聚聚吧。梅姨前几天学会道菜，念叨好久说哪天你来了做给你吃……"大雷话说到一半，又扭头对边上的不知道谁"啧"了一声，"小兔崽子你还跟我横，给我按住了，我今天弄不死你，我'雷仔'两个字倒过来写。"

听这话不太对劲，谢俞问："你那边什么情况？"

"没啥，"周大雷往巷弄外走了段路，嘈杂声也渐渐远了，"偷东西的，敢偷到这片儿来……"

谢俞了然："下手悠着点。"

周大雷走着走着，不知道想起来什么，又乐了："谢老板，你还记得那个——就是王妈大半夜把我们都叫起来让我们抓的小毛贼吗？那天晚上真是惊险，吓我一跳，我以为出了什么事。"

谢俞靠着墙，目光穿过这片教室，好像回到了那个熟悉的、每次街道社区环境大评比总排不上号的小街道。

忽然恍惚。

好几年前的事了，有天晚上王妈家里遭贼。那贼还扒窗户没翻进来，跟王妈四目相对半天，没有猜到区区一个中年大妈能那么猛，锅碗瓢盆直接砸过去就算了，还扯着嗓子把整条街道的人都喊醒了："抓贼啊——"

小毛贼更没想到，他逃都逃不掉，刚顺着水管跳下去，落地还没站稳，迎面就是一只拖鞋往他脸上砸。

雷妈穿着睡衣，把另一只脚上的拖鞋也取下来，在阳台喊："这儿呢！我看到他了！还敢跑，我揍死你！"

一整晚鸡飞狗跳。

人们追着小偷追出了三条街。

谢俞他们几个小屁孩也混在大部队里，东奔西跑。

那个夏天，连晚上吹过来的风都是热的。

送派出所之前，那小偷被他们堵在墙脚，哭着求饶："我再也不敢来你们这儿了……"

"好好的偷什么东西呢?"梅姨站在前面,捋起袖子,"头抬起来,我们聊聊。别怕啊,不会真的揍死你的,留你半条命跟你讲讲道理。"

顾女士一直不太能融入这条街道,她多年来接受的教育、礼仪无不告诉她,怎么样也不能随便打人,小偷抓到了送派出所里去就行了,何必动粗。

最后顾女士拎着谢俞的耳朵把他拎回家:"你瞎凑什么热闹——"

谢俞回神说:"就这周末吧,反正我周末也没事。"

"行。"周大雷爽快地应了。

两人又聊了几句。

谢俞站在楼梯拐角,贺朝不知道什么时候从班里溜了出来,趁没人看见,俯身凑过去问:"干什么呢?"

周大雷正想挂电话,冷不防听到电话另一头突然冒出来这句。

那人声音压得较低,靠得也很近,说话就凑在他谢老板耳边,尾音略微往上扬。

有点耳熟。

周大雷虎躯一震:"谁啊?听声音感觉很不正经!"

谢俞说:"这也被你听出来了?"

莫名其妙被扣上不正经帽子的贺朝:"啊?"

"哦……你是那个,我记得你,我们派出所里见过。"谢俞对着他简单提示了一嘴,贺朝记忆力不错,没忘记暑假那段蹲在派出所里抱头写检讨的经历,绞尽脑汁夸了句,"朋友,你检讨写得不错,文采斐然。"

"这人到底是谁啊!"周大雷问完,又回味了一番"派出所里"这几个字,加上这人又这么皮,想起来了,"是不是那个,戴口罩的大帅哥?"

贺朝凑得近,周大雷说话声音又大,他听见后恬不知耻地回应:"是我是我,派出所里最帅的那个。"

贺朝这人自来熟,不管认不认识都聊得起来。谢俞听不下去:"你还要不要脸了?"

周大雷还真挺想跟这位兄弟聊下去的:"哎——谢老板,巧啊,你们一个学校的?朋友?"

谢俞顿了顿,说:"嗯,朋友。"

等谢俞挂了电话,贺朝问:"你周末回去?"

谢俞说:"去我干妈那儿。"

贺朝想了想:"那位道上混的地头蛇干妈?"

$r=a(1-\sin\theta)$

谢俞没想到随口胡扯的一句话贺朝记到现在,梅姨虽然脾气暴了点,给人一种社会姐的感觉,但也是正儿八经做生意的。

正巧放学铃响,大家陆陆续续收拾东西往外走,期中考试成绩还没出来,已经有人欢喜有人忧。刘存浩他们站在教室门口,远远地看到他们,冲他们挥手:"走了——"

贺朝一条胳膊还搭在谢俞肩上,也冲刘存浩挥挥手:"拜。"

谢俞回寝室收拾东西,贺朝寸步不离跟着。

他拿了几件衣服,转身想拿手机充电线,一转身直接跟贺朝撞上:"您找个地儿安安静静坐一会儿行吗?"

贺朝说:"安静不了,我想到我们接下来两天见不着面——2天,48小时,2880分钟,172800秒……"

谢俞只顾着强行把他往床上按,愣是没发现哪里不太对,也没留意他这个心算速度。

"坐下,"谢俞把人按下去之后,忍着脾气,语气不太好地说,"你再跟着我瞎转悠,我就揍你。"

谢俞没直接去黑水街,先回了趟钟家。

顾女士还在烧菜,围裙都没摘,过来开门:"回来了?怎么也不提前说一声?"

顾雪岚又问了一串,学校里饭菜怎么样?是不是瘦了?期中考试考得怎么样?

谢俞从果盘里拿个苹果,靠在厨房门口说:"还行吧。"

这个"还行"模棱两可,也不知道到底是指什么。

"什么还行,"顾雪岚说,"你这次再考个倒数第二?"

谢俞没说话,顾雪岚也没纠结在这个话题上,莫名其妙开始聊起了年级倒数第一:"你同桌,那孩子回回拿倒数第一?"

顾雪岚说完,又"哎哟"了一声。

谢俞其实觉得自己有时候心情跟顾女士差不多。

本来就打算做两道菜的顾女士多做了几道,在厨房间忙活一阵。

谢俞在沙发上坐着等开饭,没忍住,低头在手机浏览器里一个字一个字地打:同桌不爱学习怎么办?

学霸相性三十问

1. 对对方的第一印象?

谢俞：戏多。

贺朝：长得好看,腰细,手指也……(省略五百字。)

2. 欣赏对方身上哪一点呢?

谢俞：那份难得的自信。

贺朝：各方面都很优秀,更难得的是,拥有一位跟他同样优秀的同桌。

3. 讨厌哪一点?

谢俞：没有。

贺朝：喜欢都来不及。

4. 您觉得自己平时与对方相处得好吗?

谢俞：还行吧。

贺朝：特别好,我同桌肯定也觉得我俩相处得特别好。

5. 您怎么称呼对方?

谢俞：哥。

贺朝：小朋友。

6. 您希望怎样被对方称呼?

谢俞：俞哥。

贺朝：叫什么都行……俞哥?不可能。

$r=a(1-\sin\Theta)$

7. 如果以动物来比喻,您觉得对方是?

谢俞: 禽兽不如。

贺朝: 猫。

8. 如果要送礼物给对方,您会送什么?

谢俞: 模拟题。

贺朝: 感人的小礼物。

9. 那么您自己想要什么礼物呢?

谢俞: 我不想要。

贺朝: 我同桌送的就行。

10. 对对方有哪里不满?

谢俞: 没有。

贺朝: 特别满意。

11. 您自我检讨有什么缺点吗?

谢俞: 没有。

贺朝: 我觉得我这个人就是过于优秀,不给别人展现自己的空间,走到哪里都是焦点……

12. 对方的呢?

谢俞: 太多了。

贺朝: 没有。

13. 对方做什么样的事情会让您不快?

谢俞: 送礼物。

贺朝: 做什么都不会。

14. 您做的什么事情会让对方不快？

谢俞： 没有。

贺朝： 不会做那种事情。

15. 对方平常喜欢什么样的穿衣打扮？

谢俞： 酷帅。

贺朝： 简单。

16. 会因为些什么事情吵架呢？

谢俞： 男人动手不动嘴。

贺朝： 没吵过，一般都是他对我动手。

17. 之后如何和好？

谢俞： 打完就好。

贺朝： 他对我动完手，气就消了。

18. 如果约饭时对方迟到一小时以上怎么办？

谢俞： 打电话。

贺朝： 等。

19. 您会为对方的生日做什么样的准备？

谢俞： 挑礼物。

贺朝： 精心准备。

20. 两人之间有互相隐瞒的事情吗？

谢俞： 没有。

贺朝： 没有。

$r=a(1-\sin\theta)$

21. 对方跟以前的同桌相比较，最大的不同点是什么？

谢俞：以前没有同桌，没人敢坐我旁边。

贺朝：都不是他。

22. 清华、北大您二位更喜欢哪个？

谢俞：都还行吧。

贺朝：更喜欢有我同桌在的那个。

23. 对方在游戏里花了多少钱？

谢俞：人民币玩家，花到变强为止。

贺朝：我同桌不花钱，他玩什么都是单机游戏。

24. 两位演技这么好，有没有想过以后进军娱乐圈？

谢俞：没有。

贺朝：虽然为娱乐圈痛失像我这样的人才而感到可惜，不过我确实没有这个想法。

25. 两位对未来毕业以后有什么规划？

谢俞：学习。

贺朝：继续跟我同桌一起。

26. 各自喜欢的房间装修风格？

谢俞：简单。

贺朝：简单点的。

27. 猜猜对方会喜欢什么样的工作。

谢俞：有意思的。

贺朝：动手能力强、操作型的吧。

28. 对方平时会护肤吗?

谢俞: 不会。

贺朝: 我同桌天生丽质。

29. 您觉得对方喜欢什么运动呢?

谢俞: 篮球。

贺朝: 所有运动。

30. 最后一个问题,请对彼此说一句真心话。

谢俞: 感谢遇见。

贺朝: 小朋友,以后的路也一起走。